U0012692

台灣の讀者の皆さんへのコメント

海を越えて旅したことのない私の書いた小說が、
海を越えて多くの讀者の皆樣のもとに届いていることを、
心から嬉しく思っています。
この作品も、どうぞお樂しみいただけますように！

致親愛的台灣讀者

從未出國旅行的我，
這次很高興自己寫的小說能跨海與許多讀者見面，
希望這部作品能帶給您無上的閱讀樂趣。

宮部みゆき

宮部美幸 作品集／30
Miyabe Miyuki

誰？

誰か

宮部美幸

劉子倩——譯

宮部美幸

作品集／30

Miyabe Miyuki

誰？

Contents

總導讀——傅博

宮部美幸的推理文學世界「增補版」

日本當代國民作家宮部美幸

近年來在日本的雜誌上，偶爾會看到尊稱宮部美幸爲國民作家。怎樣才能榮獲這個名譽呢？好像沒有確切的答案，然而綜觀過去被尊稱爲國民作家的作家生涯便不難看出國民作家的共同特徵。

明治維新（一八六八年）一百多年以來，被尊稱爲國民作家的爲數不多，夏目漱石和吉川英治是最早期的國民作家。夏目漱石是純文學大師，其作品具大眾性，一九一六年逝世至今，已歷九十年，其作品在書店仍然可見，代表作有《我是貓》、《少爺》等等。吉川英治是大眾文學大師，其作品有濃厚的思想性，對二次大戰戰敗的日本國民發揮了鼓舞的作用，其著作等身，代表作有《宮本武藏》、《新．平家物語》等等。

屬於戰後世代的國民作家有松本清張和司馬遼太郎。松本清張是社會派推理文學大師，其寫作範圍十分廣泛，除了推理小說之外，對日本古代史研究、挖掘昭和史等，留下不可磨滅的貢獻。司馬遼太郎是歷史文學大師，早期創作時代小說，之後撰寫歷史小說和文化論。這兩位作家的共同特徵是，著作豐富、作品領域廣泛、質與量兼俱。他們的思想對一九六〇年代後的日本文化發揮了影響力。

上述四位之外，日本推理小說之父江戶川亂步、時代小說大師山本周五郎，以及文學史上創作量最多、男女老少人人喜愛的赤川次郎也榮獲國民作家的尊稱。

綜觀以上的國民作家，其必備條件似乎是著作豐富、多傑作；作品具藝術性、思想性、社會性、娛樂性、普遍性；讀者不分男女，長期受到廣泛的老、中、青、少、勞動者以及知識分子的閱讀。

宮部美幸出道至今未滿二十年，共出版了四十三部作品，包括四十萬字以上的巨篇八部、長篇二十四部、中篇集四部、短篇集十三部，非小說類有繪本兩冊、隨筆一冊、對談集一冊。以平均每年出版兩冊的數量來說，在日本並非多產作家，但是令人佩服的是，其寫作題材廣泛、多樣，品質又高，幾乎沒有失敗之作。所獲得的文學獎與同世代作家相較，名列第一，該得的獎都拿光了。質的成功與量成比例，是宮部美幸文學的最大武器，也是獲得國民作家之稱的最大因素。

宮部美幸，本名矢部美幸，一九六〇年十二月二十三日生於東京都江東區深川。東京都立墨田川高中畢業之後，到速記學校學習速記，並在法律事務所上班，負責速記，吸收了很多法律知識。一九八四年四月起在講談社主辦的娛樂小說教室學習創作。

一九八七年，〈吾家鄰人的犯罪〉獲第二十六屆《ＡＬＬ讀物》推理小說新人獎，〈鎌鼬〉獲第十二屆歷史文學獎佳作。一位新人，同年以不同領域的作品獲得兩種徵文比賽獎項實爲罕見。

前者是透過一名少年的觀點，以幽默輕鬆的筆調記述和舅舅、妹妹三人綁架小狗的計畫所引發的意外事件，是一篇以意外收場取勝的青春推理佳作，文風具有赤川次郎的味道。後者是以德川幕府時代的江戶（今東京）爲時空背景的時代推理小說。故事記述一名少女追查試刀殺人的凶手之經過，全篇洋溢懸疑、冒險的氣氛。

要認識一位作家的本質，最好的方法就是閱讀其全部的作品。當其著作豐厚，無暇全部閱讀時，則是先閱讀其處女作，因爲作家的原點就在處女作。以宮部美幸爲例，其作品裡的偵探，不管是系列偵探或個案偵探，很少是職業偵探，大多是基於好奇心，欲知發生在自己周遭的事件眞相，而做起偵探的業餘偵探，這些主角在推理小說是少年，在時代小說則是少女。其文體幽默輕鬆，故事收場不陰冷而十分溫馨，這些特徵在其雙線處女作之中已明顯呈現。

繼處女作之後的作品路線，即須視該作家的思惟了；有的一生堅持一條主線，不改作風，只追求同一主題，日本的推理小說家大多屬於這種單線作家——解謎、冷硬、懸疑、冒險、犯罪等各有專職作家。

另一種作家就不單純了，嘗試各種領域的小說，屬於這種複線型的推理作家不多，宮部美幸即是罕見的複線型全方位推理作家。她發表不同領域的處女作——推理小說和時代小說——同時獲得肯定，登龍推理文壇之後，此雙線成爲宮部美幸的創作主軸。

一九八九年，宮部美幸以《魔術的耳語》獲得第二屆日本推理懸疑小說大獎，拓寬了創作路線，由此確立推理作家的地位，並成爲暢銷作家。

宮部美幸作品的三大系統

這次宮部美幸授權獨步文化出版社，發行台灣版《宮部美幸作品集》二十七部（二十三部中有四部分為上下兩冊），筆者以這二十三部為主，按其類型分別簡介如下。

要完整歸類全方位作家宮部美幸的作品實非易事，然其作品主題是推理則毋庸置疑。筆者綜合故事的時空背景以及現實與非現實的題材，將它分為三大系統。第一類為推理小說，第二類時代小說，第三類奇幻小說，而每系統可再依其內容細分為幾種系列。

一、推理小說系統的作品

宮部美幸的出道與新本格派崛起（一九八七年）是同一時期，早期作品除可能受此影響之外，文體、人物設定、作品架構等，可就是受到赤川次郎的影響了。所以她早期的推理小說大多屬於青春解謎的推理小說；許多短篇沒有陰險的殺人事件登場，大多是以日常生活中的家庭糾紛為主題，屬於日常之謎系列的推理小說不少。屬於本系列的有：

1.《吾家鄰人的犯罪》（短篇集，一九九〇年一月出版）收錄處女作以及之後發表的青春推理短篇四篇。早期推理短篇的代表作。

2.《完美的藍——阿正事件簿之一》（長篇，一九八九年二月出版／獨步文化版．宮部美幸作品集01——以下只記集號）「元警犬系列」第一集。透過一隻退休警犬「阿正」的觀點，描述牠與現在的主人——蓮見偵探事務所調查員加代子——的辦案過程。故事是阿正和加代子找到離家出走的少年，在將少年帶回家的途中，目睹高中棒球明星球員（少年的哥哥）被潑汽油燒死的過程。在搜查過程中浮現的製藥公司的陰謀是什麼？「完美的藍」是藥品名。具社會派氣氛。

3.《阿正當家——阿正事件簿之二》（連作短篇集，一九九七年十一月出版／16）「元警犬系列」第二集。收錄〈動人心弦〉等五個短篇，在第五篇〈阿正的辯白〉裡，宮部美幸以事件委託人登場。

4.《這一夜，誰能安睡？》（長篇，一九九二年二月出版／06）「島崎俊彥系列」第一集。透過中學一年級生緒方雅男的觀點，記述與同學島崎俊彥一同調查一名股市投機商贈與雅男的母親五億圓後，接獲恐嚇電話、父親離家出走等事件的眞相，事件意外展開、溫馨收場。

5.《少年島崎不思議事件簿》（長篇，一九九五年五月出版／13）「島崎俊彥系列」第二集。在秋天的某個晚上，雅男和俊男兩人參加白河公園的蟲鳴會，主要是因爲雅男想看所喜歡的工藤小姐一眼，但是到了公園門口，卻碰到殺人事件，被害人是工藤的表姊，於是兩人開始調查眞相，發現事件背後的賣春組織。具社會派氣氛。

6.《無止境的殺人》（長篇，一九九二年九月出版／08）將錢包擬人化，由十個錢包輪流講自己所見的主人行爲而構成一部解謎的推理小說。人的最大欲望是金錢，作者功力非凡，藉由放錢的錢包揭開十個不同的人格，而構成解謎之作，是一部由連作構成的異色作品。

7.《繼父》（連作短篇集，一九九三年三月出版／09）「繼父系列」第一集。一個行竊失風的小偷，摔落至一對十三歲雙胞胎兄弟家裡，這對兄弟的父母失和，留下孩子各自離家出走，於是兄弟倆要求小偷當他們的爸爸，否則就報警，將他送進監獄，小偷不得已，承諾兄弟倆當繼父。不久，在這奇妙的家庭裡，發生七件奇妙的事件，他們全力以赴解決這七件案件。典型的幽默推理小說集。

8.《寂寞獵人》（連作短篇集，一九九三年十月出版／11）「田邊書店系列」第一集。以第三人稱多觀點記述在田邊舊書店周遭所發生的與書有關的謎團六篇。各篇主題迥異，有命案、有日常之謎、有異常心理、有懸疑。解謎者是田邊舊書店店主岩永幸吉和孫子稔。文體幽默輕鬆，但是收場不一定明朗，有的很嚴肅。

9.《誰？》（長篇，二〇〇三年十一月出版／30）「杉村三郎系列」第一集。今多企業集團會長今多嘉親之司機梶田信夫被自行車撞死，信夫有兩個未出嫁的女兒，聰美與梨子。梨子向今多會長提議，要出版父親的傳記，以找出嫌犯。於是，今多要求在集團廣報室上班的女婿杉村三郎協助姊妹倆出書事務。聰美卻反對出書，杉村認爲兩姊妹不睦，藏有玄機，他深入調查，果然……

10.《無名毒》（長篇，二〇〇六年八月出版／31）「杉村三郎系列」第二集。今多企業集團廣報室臨時僱用的女職員原田泉與總編吵架，寄出一封黑函後，即告失蹤。原田的性格原來就稍有異常，今多會長要求杉村三郎調查眞相。杉村到處尋找原田的過程中，認識曾經調查過原田的私家偵探北見一郎，之後杉村在北見家裡遇到「隨機連環毒殺案」第四名犧牲者的孫女古屋美知香，於是捲入毒殺事件的漩渦中。杉村探案的特徵是，在今多會長叫他處理公務上的糾紛過程中，因其正義感使他去解決另外的事件。

以上十部可歸類爲解謎推理小說，而從文體和重要登場人物等來歸類則是屬於幽默推理、青春推理爲多。屬於這個系列的另有以下兩部。

11.《地下街之雨》（短篇集，一九九四年四月出版）。

12.《人質卡濃》（短篇集，一九九六年一月出版）。

以下九部的題材、內容比較嚴肅，犯罪規模大，呈現作者的社會意識。有懸疑推理、有社會派推理、有報導文體的犯罪小說。

13.《魔術的耳語》（長篇，一九八九年十二月出版／02）獲第二屆日本推理懸疑小說大獎的社會派推理傑作。三起看似互不相干的年輕女性的死亡案件，和正在進行的第四起案件如何演變成連續殺人案。十六歲的少年日下守，爲了證實被逮捕的叔叔無罪，挑戰事件背後的魔術師的陰謀。宮部美幸早期代表作。

14.《Level 7》（長篇，一九九〇年九月出版／03）一對年輕男女在醒來之後失去記憶，手臂上被印上「Level 7」；一名高中女生在日記留下「到了 Level 7 會不會回不來」之後離奇失蹤。尋找自我的男女，和尋找失蹤女高中生的眞行寺悅子醫師相遇，一起追查 Level 7 的陰謀。兩個事件錯綜複雜，發展爲殺人事件。宮部後期的奇幻推理小說的先驅之作、早期代表作。

15.《獵捕史奈克》（長篇，一九九二年六月出版／07）持散彈槍闖入大飯店婚宴的年輕女子關沼惠子、欲利用惠子所持的槍犯案的中年男子織口邦雄、欲阻止邦雄陰謀的青年佐倉修治、欲去探望臥病妻子的優柔寡斷的神谷尚之、承辦本案的黑澤洋次刑警，這群各有不同目的的人相互交錯，故事向金澤之地收束。是一部上乘的懸疑推理小說。

16.《火車》（長篇，一九九二年七月出版）榮獲第六屆山本周五郎獎。停職中的刑警本間俊介受親戚栗坂和也之託，尋找失蹤的未婚妻關根彰子，在尋人的過程中，發現信用卡破產猶如地獄般的現實社會，是一部揭發社會黑暗的社會派推理傑作，宮部第二期的代表作。

17.《理由》（長篇，一九九八年六月出版）二〇〇一年榮獲第一百二十屆直木獎和第十七屆日本冒險小說協會大獎。東京荒川區的超高大樓的四十樓發生全家四人被殺害的事件。然而這被殺的四人並非此宅的住戶，而這四人也不是同一家族，沒有任何血緣關係。他們爲何僞裝成家人一起生活？他們到底是什麼人？又想做什麼？重重的謎團讓事件複雜化，事件的眞相是什麼？一部報導文學形式的社會派推理傑作。宮部第二期的代表作。

18.《模仿犯》（百萬字長篇，二〇〇一年四月出版）同時榮獲第五十五屆每日出版文化獎特別獎，二〇〇二年同時榮獲第五屆司馬遼太郎獎和二〇〇一年度藝術選獎文部科學大臣獎文學部門獎。在公園的垃圾堆裡，同時發現女性的右手腕與一名失蹤女性的皮包，不久凶手打電話到電視公司和失主家中，果然在凶手所指示的地點發現已經化爲白骨的女性屍體，是利用電視新聞的劇場型犯罪。不久，表面上連續殺人案一起終結，之後卻意外展開新局面。是一部揭發現代社會問題的犯罪小說，宮部文學截至目前爲止的最高傑作，推理文學史上的不朽名著。

19.《R．P．G》（長篇，二〇〇一年八月出版／22）在食品公司上班的所田良介於杉並區的建築工地被刺死，在他的屍體上找到三天前在澀谷區被絞殺的大學女生今井直子身上所發現的同樣纖維，於是兩個轄區的警察組成共同搜查總部，而曾經在《模仿犯》登場的武上悅郎則與在《十字火焰》登場的石津知佳子連袂登場。是一部現今在網路上流行的虛擬家族遊戲爲主題的社會派推理小說。

宮部美幸的社會派推理作品尚有：

20.《東京下町殺人暮色》（原題《東京殺人暮色》，長篇，一九九〇年四月出版）。

21.《不需要回答》（短篇集，一九九一年十月出版／37）。

二、時代小說系統的作品

時代小說是與現代小說和推理小說鼎足而立的三大大眾文學。凡是以明治維新之前為時代背景的小說，總稱為時代小說或歷史．時代小說。

時代小說視其題材、登場人物、主題等再細分為市井、人情、股旅（以浪子的流浪為主題）、劍豪、歷史（以歷史上的實際人物為主題）、忍法（以特殊工夫的武鬥為主題）、捕物等小說。

捕物小說又稱捕物帳、捕物帖、捕者帳等，近年推理小說的範疇不斷擴大，將捕物小說稱為時代推理小說，歸為推理小說的子領域之一。捕物小說的創作形式是日本獨有，其起源比日本推理小說早六年。一九一七年，岡本綺堂（劇作家、劇評家、小說家）發表《半七捕物帳》的首篇作〈阿文的魂魄〉，是公認的捕物小說原點。

據作者回憶，執筆《半七捕物帳》的動機是要塑造日本的福爾摩斯——半七，同時欲將故事背景的江戶的人情和風物以小說形式留給後世。之後，很多作家模仿《半七捕物帳》的形式，創作了很多捕物小說。

由此可知，捕物小說與推理小說的不同之處是以江戶的人情、風物為經，謎團、推理為緯而構成的小說。因此，捕物小說分為以人情、風物為主，與謎團、推理取勝的兩個系統。前者的代表作是野村胡堂的《錢形平次捕物帳》，後者即以《半七捕物帳》爲代表。

宮部美幸的時代小說有十一部，大多屬於以人情、風物取勝的捕物小說。

22.《本所深川詭怪傳說》（連作短篇集，一九九一年四月出版／05）「茂七系列」第一集。榮獲第十三屆吉川英治文學新人獎。江戶的平民住宅區本所深川，有七件不可思議的事象，作者以此七事象爲題材，結合犯罪，構成七篇捕物小說。破案的是回向院捕吏茂七，但是他不是主角，每篇另有主角，大多是未滿二十歲的少女。以人情、風物取勝的時代推理佳作。

23.《幻色江戶曆》（連作短篇集，一九九四年八月出版／12）以江戶十二個月的風物詩爲題，結合犯罪、怪異構成十二篇故事。以人情、風物取勝的時代推理小說。

24.《最初物語》（連作短篇集，一九九五年七月出版，二〇〇一年六月出版珍藏版，增補一篇作品／21）「茂七系列」第二集。以茂七爲主角，記述七篇茂七與部下糸吉和權三辦案的經過，作者在每篇另有記述與故事沒有直接關係的季節食物掌故，介紹江戶風物詩。人情、風物、謎團、推理並重的時代推理小說。

25.《顫動岩——通靈阿初捕物帳1》（長篇，一九九三年九月出版／10）「阿初系列」第一集。破案的主角是一名具有通靈能力的十六歲少女阿初，她看得見普通人看不見的東西，而且一般人聽不到的聲音也聽得到。某日，深川發生死人附身事件，幾乎與此同時，武士住宅裡的岩石開始顫動。這兩件靈異事件是否有關聯？背後有什麼陰謀？一部以怪異取勝的時代推理小說。

26.《天狗風——通靈阿初捕物帳2》（長篇，一九九七年十一月出版／15）「阿初系列」第二集。天亮颳起大風時，少女一個一個地消失，十七歲的阿初在追查少女連續失蹤案的過程中遇到邪惡的天狗。天狗的眞相是什麼？其陰謀是什麼？也是以怪異取勝的時代推理小說。

27.《糊塗蟲》（長篇，二〇〇〇年四月出版／19．20）「糊塗蟲系列」第一集。深川北町的鐵瓶大雜院發生殺人事件後，住民相繼失蹤，是連續殺人案？抑或另有陰謀？負責辦案的是怕麻煩的小官井筒平四郎，協助他破案的是聰明的美少年弓之助。本故事架構很特別，作者先在冒頭分別記述五則故事，然後以一篇長篇與之結合，構成完整的長篇小說。以人情、推理並重的時代推理傑作。

28.《終日》（長篇，二〇〇五年一月出版／26．27）「糊塗蟲系列」第二集。故事架構與第一集一樣，在冒頭先記述四則故事，然後與長篇結合。負責辦案的是糊塗蟲井筒平四郎，協助破案的除了弓之助之外，回向院茂七的部下政五郎也登場，作者企圖把本系列複雜化，或許將來作者會將幾個系列納爲一大系列。也是人情、推理並重的時代推理小說。

以上三系列都是屬於時代推理小說。案發地點都在深川，但是每系列各具特色，有以風情詩取勝，也有以人際關係取勝，也有怪異現象取勝，作者實爲用心良苦。宮部美幸另有四部不同風格的時代小說。

29.《扮鬼臉》（長篇，二〇〇二年三月出版／23）深川的料理店「舟屋」主人的獨生女阿鈴發燒病倒，某日一個小女孩來到其病榻旁，對她扮鬼臉，之後在阿鈴的病榻旁連續發生可怕又可笑的不可思議的事，於是阿鈴與他人看不見的靈異交流。一部令人感動的時代奇幻小說佳作。

30.《怪》（奇幻短篇集，二〇〇〇年七月出版）。

31.《鎌鼬》（人情短篇集，一九九二年一月出版）。

32.《忍耐箱》（人情短篇集，一九九六年十一月出版／41）。
33.《孤宿之人》（長篇，二〇〇五年出版／28·29）。

三、奇幻小說系統的作品

史蒂芬·金的恐怖小說和奇幻小說《哈利波特》成爲世界暢銷書後，原處於日本大眾文學邊緣的奇幻小說獲得成長發展的機會，漸漸確立其獨立地位，而宮部美幸的奇幻小說就在這欣欣向榮的機運中誕生。她的奇幻作品特徵是超越領域與推理小說結合。

34.《龍眠》（長篇，一九九一年二月出版／04）榮獲第四十五屆日本推理作家協會獎的長篇獎。週刊記者高坂昭吾在颱風夜駕車回東京的途中遇到十五歲的少年稻村愼司，少年告訴記者：「我具有超能力。」他能夠透視他人心理，愼司爲了證明自己的超能力，談起幾個鐘頭前發生的事件眞相，從此兩人被捲入陰謀。是一部以超能力爲題材的奇幻推理傑作，宮部早期代表作。

35.《十字火焰》（長篇，一九九八年十一月出版／17·18）青木淳子具有「念力放火」的超能力。有一天她撞見了四名年輕人欲殺害人，淳子手腕交叉從掌中噴出火焰殺害了其中的三個人，另一個逃走了。勘查現場的石津知佳子刑警，發現焚燒屍體的情況與去年的燒殺案十分類似。也是一部以超能力爲題材的奇幻推理大作。

36.《蒲生邸事件》（長篇，一九九六年十月出版／14）榮獲第十八屆日本ＳＦ大獎。尾崎高史爲了應考升學補習班上京，其投宿的飯店發生火災，因而被一名具有「時間旅行」的超能力者平田次郎搭救到一九三六年二月二十六日的二·二六事件（近衛軍叛亂事件）現場，兩名來自未來的訪客能否阻止起義而改變歷史?也是一部以超能力爲題材的奇幻推理大作。

37.《勇者物語—Brave Story》（八十萬字長篇，二〇〇三年三月出版／24・25）念小學五年級的三谷亘的父母不和，正在鬧離婚，有一天他幻聽到少女的聲音，決心改變不幸的雙親命運，打開幽靈大廈的門，進入「幻界」到「命運之塔」。全書是記述三谷亘的冒險歷程。一部異界冒險小說大作。

除了以上四部大作之外，屬於奇幻小說的作品尚有以下四部：

38.《鴿笛草》（中篇集，一九九五年九月出版）。

39.《僞夢1》（中篇集，二〇〇一年十一月出版）。

40.《僞夢2》（中篇集，二〇〇三年三月出版）。

41.《ＩＣＯ——霧之城》（長篇，二〇〇四年六月出版）。

以上三十九部是小說。另有四部非小說類從略。

如此將宮部美幸自一九八六年出道以來，一直到二〇〇五年底所出版的作品，歸類爲三系統後，再按時序排列，便很容易看出作者二十年來的創作軌跡，也可預見今後的創作方向。請讀者欣賞現代，期待未來。

二〇〇七・十二・十二

本文作者簡介

傅博

文藝評論家。另有筆名島崎博、黃淮。一九三三年出生，台南市人。於早稻田大學研究所專攻金融經濟。在日二十五年以島崎博之名撰寫作家書誌、文化時評等。曾任推理雜誌《幻影城》總編輯。一九七九年底回台定居。主編「日本十大推理名著全集」、「日本推理名著大展」、「日本名探推理系列」以及「日本文學選集」（合計四十冊，希代出版）。二〇〇九年出版《謎詭・偵探・推理——日本推理作家與作品》（獨步文化），是台灣最具權威的日本推理小說評論文集。

某人

好黑，好黑，某人如此說著，
從窗下經過。

室內燃著瓦斯，
戶外天色應該還很亮

但好黑，好黑，某人如此說著，
從窗下經過。

西条八十
摘自詩集《砂金》

1

夾帶著猛烈熱氣的西風，從灰濛濛的乾燥水泥步道席捲而過。風的餘韻微帶涼意。但是暑氣，就像在接近打烊的時刻依然賴在位子上聊得起勁的客人，恐怕暫時不可能離去。

白底寫有鮮明墨跡的看板，幸好被兩對鐵絲綑綁在電線桿上，沒有遭強風颳倒，像忠貞的哨兵般站得筆直，反射著白金色的陽光。和街頭處處林立、把粉味廣告招牌名副其實地當成拋棄式看板設置的色情業者不同，警方做事果然仔細多了。鐵絲的打結處，像紙捻一樣漂亮地扭絞成團。大概是為了避免哪個不小心的人太接近看板會刺傷手指吧。越看越值得嘉獎。

哪會有那麼不小心的人呢？有，就是我。我從口袋取出大塊白手帕抹去額頭的汗，連脖子也擦一擦，順便看看手錶。馬上就下午兩點了。錶面上，卡通狗手持疊著三球冰淇淋的蛋卷杯正在開懷大笑。

這是向桃子借來的。我的手錶好幾個月前就壞了，也沒修理就隨手扔進抽屜置之不理，所以女兒把她的錶借給我。

「爸爸的錶怎麼了？」

「壞掉了，也可能是沒電了。」

「拿去修理不就好了。」

「我以爲只要有手機，就不需要手錶了。」

「可是今天又需要手錶了？」

「嗯，事實上我的手機也壞了。」

雖才降臨人世四年，但早已成爲笑容達人的寶貝女兒，露出總是令我神魂顚倒的笑容說：

「爸爸，你是什麼都會弄壞的大師耶。」

到底是誰在桃子小小的腦袋瓜中，輸入「大師」這個名詞呢？抑或是她從書本、電影或卡通看來的？不管教者是誰，她都用得極爲正確。小孩學起東西就像呼吸一樣自然，所以我和妻子向來注意不說任何會污染女兒耳朵的字眼。

可是現在，我還是忍不住想破例大罵，幸好桃子不在身邊。眞想罵一聲「怎麼會他媽的這麼熱！」太陽聽到了大概會回我一句：「那你幹嘛偏要愣頭愣腦地杵在路旁？」

我自有用意。我是來看這塊看板的。爲了親眼確認，刻意挑選當初車禍發生的時間來到事發現場。

這是沿著東西向十五米寬道路延伸的寧靜住宅區。在我和看板一同佇立的這一邊，總戶數多達三百八十九戶的大型公寓大樓，襯著搶先帶來秋意、飄著點點卷積雲的藍天巍然聳立。抬頭一看，是一棟假道具般、帶著超現實感的氣派建築。

公寓右鄰，有兩棟規模顯得遜色的小公寓。左鄰是更小的商業大樓，和古老的獨棟住宅櫛比鱗次。隔著馬路對面，有座小小的兒童公園，兩旁同樣是成排的小巧獨棟住宅，而公園再過去可以看到一棟掛著「高崎電子」公司招牌的灰色大樓。我敢賭上一整個月的零用錢，這裡肯定成了高崎電子公司員工的休息場所。除了嚴冬和盛夏，他們一定都坐在長椅和鞦韆上，在膝上攤開午餐。因爲他們的午休時間，會利用兒童公園的孩子們大半還被囚禁在以學校爲名的牢籠中。

妝點道路的行道樹枝繁葉茂。就連行道樹腳下的四方形泥地，也都無一例外地長著茂盛的花花草草，或黃或紅的小花恣意綻放。那不是雜草，想必是本區居民精心栽種的吧。

我很喜歡這一區。一來此地就有這種感覺，在看板旁邊站了超過三十分鐘後的現在，甚至萌生搬來此地也不錯的念頭。

沿著道路朝西邊看去，灰色水泥大幅度地扭曲起伏。不是馬路鋪得不好，是因爲有橋。橋下，流著一條就東京都內的標準而言算極爲乾淨的河川。堤岸上鋪設了遊步道，兩旁栽種杜鵑花叢。既可信步閒逛，又可悠然垂釣。妻子想必也會喜歡吧。我來教她釣魚，到時還會幫她裝上活餌，絕對服務周到。

這眞的是一個讓人很想搬來居住的地區。從小，我就憧憬能住在河邊。剛才我說了謊，我並沒有在看板旁邊站足三十分鐘，其實其中有二十五分鐘是在橋上俯瞰街景，爲之心醉神迷。

這是一座弧形恰到好處，勾勒出平滑半圓的橋。

我就像愛撫美女的身體曲線般，緩緩地以目光掃過橋的輪廓。

這是一個可以盡情踩著踏板，任由自行車馳騁而過的最佳場所。

距今十九天前。不只是小孩，對大人來說也正值暑假期間的八月十五日下午兩點。某人就是這樣騎自行車經過這座橋，並沒有放慢速度，就這麼來到我和看板佇立的地點。

然後撞上一名男子。男子猛然倒地，頭部撞到人行道，在送醫急救途中不治死亡。死因是腦挫傷。

他得年六十五歲，驗屍解剖後發現，除了致命死因，胃部幽門處還罹患早期癌症。不過距離癌症殺死他應該還有段漫長的歲月。令他喪命的，是一輛橫衝直撞的自行車，這是不可動搖的事實。

越過橋，乘著風，衝啊，衝啊，踩著踏板盡情狂飆。

兇手尚未抓到，轄區的城東分局才會在車禍現場豎起這塊看板。

「八月十五日下午兩點左右，此地發生自行車肇禍的死亡意外。如有這場意外的目擊者，請向本局通報。」

「死亡意外」、「目擊」與「通報」，還有城東分局的電話號碼，皆以紅字標出。

對，這是標準的肇事逃逸。正因如此，此刻我才會在這裡。

我並非想找出兇手。我既非警察也不是律師或檢察官。當然，更不是私家偵探。我是個有妻有女的三十五歲上班族，雖然有駕照，但並沒有足以處理危險物的資格，也沒有手槍。我，只是一個儘可能想讓自己善良的，一介平凡市民。

即便如此，在這個連在路上騎自行車都能輕易殺死人的社會，要繼續保持善良平凡，或許其實是件了不得的偉業。

那是前晚的事。吃完晚餐，桃子早已上床就寢。白天她似乎玩得很瘋，我連《胡椒罐婆婆》（*Little Old Mrs. Pepperpot*）的頭一個故事都還沒唸完兩頁，她已呼呼大睡。老實說，我有點遺憾。因爲本來想多唸一點胡椒罐婆婆的故事。那是我小時候最喜歡的書，我一直很期待能夠重讀。可是我和桃子說好了。不管什麼書，爸爸都不能一個人先看。

我答應桃子每次都要一起看書，一起享受。我闔起書本，放回女兒房間的小書架，轉身回到妻子待的客廳。

妻子正坐在沙發上，什麼也沒做，只是茫然地注視著電視，這對她來說是罕見的現象。每逢在家休息時，她多半在看書，再不然也會動手做點什麼。有時是畫水彩畫，有時是挑戰一千片拼圖，也有時在做精細的法國刺繡。有一陣子她還透過函授教育學習拼布手藝，但是，對她來說同樣罕見的，才學了半年就放棄了。

「那好像不適合我。我無法透過布與布的組合，拼出有趣的圖案。」

既然如此不如別做了，我說。可以享受拼湊樂趣的其他嗜好，隨便找多得是。

最近，她熱中於用和紙製作紙娃娃。這陣子，每當吃完晚餐，她便急忙打開工具箱。今晚她什麼也沒做。一手拿著電視機的遙控器，意興闌珊地茫然望著節目之間的廣告。

我正想出聲喊她，妻已朝我這邊看來，用遙控器關掉電視。

「她好像立刻就睡著了。」

她稍微往旁邊挪了一下位子，方便我在她身旁坐下。就算不這麼做，沙發也絕對夠大。這是昂貴的進口家具，即使把我婚前的年薪全部砸下，還是連百分之五的消費稅都付不起。妻子之所以挪位子，是爲了強調她希望我坐在她身邊。

所以我就這麼做了。妻子嫣然一笑，把遙控器往桌上一放。

「老實說，我有點事想和你商量。」

剎時，我以爲她要提出離婚。

究竟需要多大的膽量，方可處在令人難以置信的幸運中，猶能不提心吊膽地擔心好運隨時會離開自己？假設那是一水桶的量，那我頂多只具備一只玻璃杯的量。這個杯子，看不出有成長爲水桶的可能。

結婚七年。我總是小心翼翼地捧著自己的杯子。就算是杯水車薪，至少勝過一無所有。即便是常常打翻灑出水來，也比用掌心掬水來得管用。

「今天中午，我和父親一起吃飯。」

我的心臟開始亂跳。岳父大人嗎？離婚的徵兆越來越濃，我很緊張。

「我們就是在吃飯時談起的……」

妻子說得慢條斯理的。

「父親問我，能不能替他託你做件事。我叫他自己和你說，可是他說那樣就變成會長下達命令，你會不方便拒絕。他堅持要我轉告你。」

的確沒錯。我的岳父大人，正是我如今任職的今多財團的會長。

不過，既然是有事「拜託」，看來應該不是要離婚。因爲岳父如果想將我驅離他的愛女身旁，眞的是只要一道命令就能解決。我換個姿勢，牢牢握緊積存我微薄膽量的杯子握把。

「即使到現在，只要一提到父親你還是會立刻臉色僵硬耶。別看他那樣，其實他也有溫柔的地方。像你，他就很欣賞。」

妻子像被搔癢似地笑了，我也像要搔她癢似的，用手指戳她腹側。

我的妻子杉村菜穗子，雖已二十九歲了，笑起來卻像二十四歲。她和大多數女性正好相反，化妝時看起來像三十一歲，脂粉不施時往往看似二十歲。

不管看起來像幾歲都是個美女。

任何人見到她都會說：「哇，好可愛的小妻子喔。」再不然就是「尊夫人眞出色」——在我介紹完「這是內人」後。還沒介紹前，沒人會以爲我們是夫妻。

最常見的情況，就是把我當成妻子的祕書。我也曾被誤認爲司機。只有一次被誤認爲兄妹，事後好一陣子妻子還沾沾自喜地說：「聽說感情好的夫妻連長相都會越來越像。」我雖然也很高興，心裡卻暗自搖頭。問我們是不是兄妹的人（是精品店的店員），想必只是私心判斷，比起其他問法，這是最不會得罪人的說詞吧。

現在妻子素著臉，穿著簡單的棉質家居服，將柔軟的秀髮綁起來放在一側肩上，看起來就像個十八歲的小姑娘。她的身材修長，有點過瘦，臉色蒼白。明亮的眼睛令她看似活潑。附帶一提，她的視力好到雙眼裸視都是一．五，所以才能看那麼多書吧。大富翁的掌上明珠，對書店的外售人員比百貨公司的外售人員更熟可是罕見之事——瞧我說得好像很了解，其實我和妻子交往後才見識到何謂「外售」。對我和我生長的環境而言，商店是客人自行前往的「場所」，從來不是恭謹造訪客人住處的「人」。

「是關於父親以前那個司機梶田的事……」

此人全名叫梶田信夫。之所以說「以前」，是因爲他已過世。我看著妻子，猜測她的言外之意，也就是岳父的委託內容。

「他也差不多該納骨安葬了吧。」

岳父大概又想叫我替他出席他喜歡的司機梶田的納骨儀式。可是妻子卻像要略施薄懲般拍了一下我的膝蓋。

「納骨還早呢。現在才剛過半個月。」

「他是上個月十五日去世的吧？」

其實我當然也沒忘。八月十五日，就一個人的忌日來說是個令人印象相當深刻的日期。

我們是在輕井澤的度假飯店接獲梶田死訊的。打電話來的是岳父的首席秘書，我常常（只有在心裡）懷著敬畏之心喊她「冰山女王」。

冰山女王轉告我，今多會長希望我能出席梶田的守靈夜和喪禮。我當下一口答應，收拾隨身行李，決定打道回府。妻子擔心我一個人恐怕連喪服放在哪裡都不知道，本要陪我一起回去，但我還是委婉地說服她留下，因爲那是會長命令。

按照冰山女王的說法：

「這個星期，東京正値酷暑。氣溫常高達三十六、七度。會長希望至少在這波熱浪消退前，大小姐和桃子小小姐能留在輕井澤。」

我聽從指示。或者該說，就算岳父沒這麼吩咐我也打算獨自回去。因爲我憂心比體溫還高的氣溫，菜穗子的身體受不了。擔心你女兒的，可不只你一個人喔，岳父大人。

總之不管怎樣，對我來說，這只不過是提早幾天結束公司給的暑假。妻子和女兒就這麼留在輕井澤，等到桃子的幼稚園開學才回東京。

「梶田的喪禮辦得怎麼樣？」

聽到這個問題，我回答：「雖然簡單，不過挺感傷的。」

出席者意外的少。一方面可能因爲正値中元假期，不過梶田不屬於負責接送今多財團主管與來賓的「車輛部」正式職員，純粹只是岳父的私人司機，這點恐怕多少有點影響。

那場喪禮，岳父就如同死者好友似的，以個人名義送了署名並不惹眼的花圈。至於今多財團，只有車輛部來了幾個據說和梶田有過點頭之交的人。岳父沒來，換言之我算是代理人。

此舉的意義，我事後想了老半天，最後做出的結論是：想必是我所記得的梶田，岳父也同樣記憶深刻吧。

我多少體會到一丁點和岳父親密共享祕密的滋味。

沉浸在半個月前回憶中的我，被妻子的聲音拉回現實。

「梶田去世後，父親的生活大概也起了一點變化。無論何時何地，都得和車輛部的人一起出門。他好像很不自在，當然多少也覺得寂寞，畢竟年紀大了。」

「我倒不這麼認爲。」

每次聽到妻子這麼正經地喊自己的爸爸「父親」，我總會有那麼一點彆扭。聽到桃子喊「外祖父」時也一樣。

因爲就家人彼此之間的稱呼而言，這兩者登錄在我語彙詞典中的時間都還很短。

「不，難以習慣事物的變化，就表示老了。況且他自己也承認。」

我的岳父，妻子的父親，同時也是財界大老之一的今多嘉親，今年七十九歲。妻子是他的小么女，上面有兩個年紀相差甚多的哥哥。年長二十歲的大哥現任今多財團社長，年長十八歲的二哥擔任總經理。兩人的頭銜不僅於此，還兼任許多旗下企業的其他職銜。我怎麼記也記不完。直到目前爲止，今多財團的組織圖，在我看來仍只是進化程度錯縱複雜得令人敬畏的系統圖。而且，是某個外星球的生態系統圖。

有段時間我也曾努力試著解讀（雖然爲期甚短），但終究以虛無告終，況且現在我唯一徹底明白的，就是那對我來說並無任何不便之處。總之我只要記得，他們站在頂點，能踩在他們頭上的只有父親大人就夠了。

還有，記得自己站在最末端。

那麼菜穗子又在哪裡呢？她在圖外。說是幅添附在系統圖旁的絕美彩色插圖應該最恰當不過。

她的母親，也同樣在圖外。

只要一說是父親五十歲才生的孩子，或許任誰都會察覺她的親生母親並非岳父的元配。所以她和兩個哥哥是同父異母。

菜穗子說，她並未因此受到什麼特別辛酸的待遇——因爲父親和兩位兄長一直對我很好，現在也是喔，她說。

菜穗子的母親以前在銀座的街角經營一間父母留下的小畫廊。她本來也是畫家，但在美術界並不曾留下什麼聲名大噪的作品。靠著畫廊收入，省著點用應該不愁生活，應該是個得以盡情作畫度日的幸福女子。

她是在什麼因緣際會下和今多嘉親結識的，詳情我並不清楚。因爲做女兒的菜穗子不知情，無從告訴我，據說岳父也沒提過。

總之，菜穗子的母親和今多嘉親發生婚外情，菜穗子出生那年，她母親三十五歲。今多嘉親雖然認養了菜穗子，但當然還是各自生活。即便如此，照菜穗子的說法，母女倆相依爲命似乎過得還挺快樂的。她父親也頻頻前來探訪。

菜穗子的母親在菜穗子十五歲那年過世，死因是急性心功能不全。

未成年的菜穗子被父親接了回去，改從父姓，這時才初次和兄長們見面。

對菜穗子來說，幸運的是（這麼說或許有點失禮），今多嘉親的元配當時早已過世。聽說他們是姊弟配，她比岳父年長五歲。她的死，比菜穗子的母親還早了兩年。

兩名兄長早已過了感情偏激易感的青春期，當時大哥已結婚生子，二哥也正值新婚燕爾。對於意外搬回家中同住的美麗妹妹，身爲今多財團繼承人兼財界明日之星，生活忙碌的他們表現出適度的不關心，以及不至於令人覺得冷漠的親切。當然他們之所以能這樣保持令彼此舒服的距離，想必是因爲打從一開始岳父就已再三聲明，菜穗子不會和他們爭奪今多財團這份巨大的「資產」。

菜穗子天生體弱多病。雖還稱不上心室肥大，但她的心臟的確比普通人略大。這個掌管人類生命的器官一旦體積過大，運作時就會增加負荷，導致身體虛弱。聽說她母親生前也有這個毛病，所以應該是體質問題。

小時候，菜穗子曾多次瀕臨死亡。即便是普通的感冒，一旦發起高燒，對她那虛弱的心臟來說還是有可能致命。

她也無法和朋友在外面玩，體育課總是只能旁觀。遠足、戶外教學和運動會一概不能參加。不僅如此，有時還得一連休學好幾個月，結果她的小學足足念了七年。國中和高中雖然各以三年時間平安畢業，也順利考取了大學，但她無法按時上課，最後只念了兩年就輟學了。

在學校，菜穗子總是一個人孤伶伶的，好寂寞。不過跟隨母親習畫又愛看書的她，從不曾感到無聊。她在幻想的世界中結交了許多朋友。

而今多嘉親很了解愛女的情況。畢竟他透過人脈關係，帶著菜穗子遍訪各家以小兒科著稱的醫院，一一接受了診斷。

當菜穗子失去母親，變成無人可依的孤女時，做父親的只有一個念頭：一定要設法讓女兒擺脫世間的煩瑣雜務，安逸、平和而自得地過一生。憑著今多財團的財力，這點小事不費吹灰之力。

於是，就有了菜穗子現在的生活。

我那兩個至今仍和菜穗子保持距離，偶爾親切地打個招呼的大舅子，都比我年長，頭腦也遠比我聰明。如果單以「世故」這種字眼來形容他們或許有點失禮。只要有意願，他們絕對可以也有能力號令世間配合他們的需求。當然，岳父亦然。

不僅對我而言，對社會上絕大多數的人來說都很幸運的是，今多家的三個男人並不會隨便濫用他們擁有的力量。他們和我一樣，也具備了正常人的種種長處與短處（應該是吧），但在他們的短處之中，沒有「惡意作對」這一項，也沒有「暴君」的成分。至少對自家人沒有。我對這點深懷敬意。

「梶田的車子我也坐過四、五次。」我說。

「和父親一起？」

「嗯。自從我加入集團廣報室後，曾有幾次機會陪他老人家同行。」

不過其中有一次是發生在七年半前，當時我尚未加入直屬於今多財團會長室的今多集團廣報室。那是一次令我終身難忘的經驗，但妻子並不知情。

就是在那次的車上會談，批准了我和菜穗子的婚事。當時岳父和現在一樣，忙得分身乏術（財界有哪個人不忙？），會談時間並不長，頂多只有一個小時左右。在細雨綿綿的都心，銀色賓士載著我未來的老丈人和我，不斷地兜圈子。駕駛座的梶田彷彿也化爲車子的一部分，流暢地操縱著賓士。和未來岳父的交談令我緊張得幾乎窒息，爲了激勵自己，抑或是爲了表現我在今多嘉親的面前毫無所懼、誇示這是平起平坐的men's talk，我試圖和梶田開玩笑——話說這位先生，打從這輛車出廠時你就是隸屬於它的配備嗎？還是車商在交易時把你配給車子的？

很無聊的笑話。但結果我還是開不了口，因爲我不僅在今多嘉親的面前畏懼萬分，也不可能和他平起平坐。

我唯一記得的是，駕駛座的梶田始終不發一語，僅有高雅的鬍後水香味，若有似無地隱約飄散在空氣中。

我要下車時，他也走下駕駛座，替我打開後座車門。在我笨拙地撐開雨傘的期間，他雖然淋著小雨卻依然立正站在我身旁。

然後，他以只有我才聽得見的細微音量，伴隨著只有我才看得見的淺淺笑容，如此說道：

「恭喜。」

這是我接到的第一句祝福。那句話之後沒有接著「問題是」、「今後你可累了」或「你蠻有一套的嘛」等等充滿猜疑、冷笑、疑惑、輕蔑的表情與動作，純粹就是一句「恭喜」。在我看來，他是眞心替我高興。我能感受到他的心情，而那是我的親生父母始終無法道出的祝福，所以我印象深刻。

岳父似乎也記得。他都聽見了。正因如此，本來隨便從大批秘書和助理之中指派一人就能交差的事，他卻刻意叫我代他送梶田踏上人生的最後一程。

而這次，據說岳父爲了有關梶田的某件事，又要委託我——

梶田是意外身亡的。他在盛夏驕陽下的人行道遭自行車撞倒。撞他的人逃走了。發現梶田，替他打一一九求救的，是一名路過的家庭主婦。

至今依然沒有逮捕犯人的消息。據說現今自行車造成的路人死傷意外正逐漸增加。讓自行車和步行者一起走人行道的交通規則，並非現在才改的。只不過，大家似乎是這幾年才開始注意到從小擦撞演變成出動救護車的死傷車禍。至於原因，應和自行車的性能提升，任誰都能輕易飆出高速，以及手機的普及有關。走在街頭，被自行車從背後扭著龍頭像特技表演一樣蛇行超越，或是和邊騎車邊講手機的騎士撞上的經驗，連我都有過。

岳父似乎不這麼覺得。梶田的守靈夜和喪禮過後，我去會長室報告時，他曾不屑地說：

「國民素養日漸低落。」

沒常識的人一天比一天多——如果換成這個說法或許比較淺顯易懂。在街上做這事或那件事後果不堪設想，所以不能做——人們已喪失了這種踩煞車的自覺。我贊成岳父的意見，也能理解他的憤怒，因而忍不住欣然掠過幻想，猜測他是否即將開口，對越來越自甘墮落、自我中心的日本人，以及莫名其妙的現行交通法規發出批評與抗議之聲。岳父生氣的方式，總是能夠讓觀者大呼痛快——只要你不是惹他生氣的當事人。

據說岳父年輕時，被人取了個「猛禽」的綽號。現在雖已年近八十，卻仍保有那種強悍的風采。日本人罕見的鷹勾鼻，配上挑起的眼尾和尖銳的眼神。雖然體型矮小細瘦，但那反而令岳父的容貌更有威嚇力。世人常說，身材短小的男人反而好強。就像戰鬥機，不也遠較一般運輸機或客機來得嬌小嗎？

發揮機動力在天空自在翱翔，連體型較大的鳥類鑽不進去的森林都可翩然降落，攫取獵物——岳父的綽號，想必隱含著這種意味吧。

今多財團的前身，是岳父從他父親手中接下的都內某運輸公司，營業範圍僅限於關東一帶。主要負責將工業材料和小型零件上架運送。

岳父僅憑一己之力就把公司規模擴大到今天的地步。至今，物流業仍是今多財團的核心，主要運送的依舊是工業零件和材料，反倒是岳父自行開拓的外食產業連鎖店，以及被他吸收或納入旗下的其他公司名號，更加廣為人知。

當然，其下的公司規模仍有大小之別。最小的是僅在東京和博多各設一店的高級美容沙龍。我連一步都沒進去過，不過菜穗子去過幾次，她被店內低調簡樸的裝潢嚇了一跳，直說枉費那還是著名舞台劇女演員們的御用名店。不，或許正因如此才要低調。該店絕對不讓女性雜誌發現，不接受採訪也不打廣告。而且雖然收費昂貴，不過據說確實有效。

岳父從來不去做什麼臉，但他那張宛如光滑皮革的臉龐向來光彩照人，從不曾浮現疲色。甚至他因梶田的橫死發怒、激動時，臉色看起來反而更加紅潤。

「梶田有兩個女兒。大女兒馬上就要結婚了。都是那些不替別人著想就騎車橫衝直撞的傢伙，害得一個認眞工作的男人連女兒出嫁的模樣都看不到了。」

守靈夜和喪禮上，我也見到了梶田的兩個女兒。梶田的妻子早在五年前便已過世，這次喪禮是由長女負責打理一切。這對還來不及穿上新娘禮服，就先替母親、接著又爲父親穿上喪服的姊妹，就像被網子捕獲關進籠子裡的小鳥一樣，肩靠著肩怯生生的。

我一提起當時的情景，妻子就直點頭，朝我這邊扭過身子，一手還放在我的膝上。

「就是爲了那兩位小姐。」

梶田的兩個女兒在喪禮結束一週後，特地去向岳父致意。岳父告訴她們，如果警方的調查有進展一定要通知他。此外，有困難可以立刻來找他商量。

幾天後，梶田姊妹主動聯絡岳父，說有要事相商。岳父很高興，邀請她們假日到家裡來。聽完她們的敘述後，判定這件事與其自己出馬，不如交給女婿處理比較合適。

妻子也許是有點想嚇唬我吧，故意賣關子吊足我的胃口，之後才說：「梶田的女兒說，她們想寫書。」

「書？」我挑起眉頭。對於八字眉的我來說，這是很高難度的動作。

「也許該說是她們父親的傳記吧。」妻子歪起腦袋斟酌措詞。「這樣好像太誇張了對吧。簡而言之，她們應該是想寫出父親走過什麼樣的人生、這輩子是個什麼樣的人等等，並出版。」

而我，也終於明白岳父的想法了。我是個編輯，編書自然輪到編輯出馬。

「那麼，岳父是要我幫她們看稿子？」

「大概吧。我想具體內容可能要當面問她們比較清楚，不過老公，你覺得怎樣？父親說不管你要答應或拒絕，他都希望你能和她們見一面，如果你沒興趣，我代你去見她們也行。」

妻子的心意我很高興，不過岳父八成想都沒想過我會拒絕，更不用說爲了省事而讓菜穗子替我跑這一趟。

「不，我無所謂。那就先見個面。反正我本來就打算等她們心情穩定下來後，再次前往致哀。」

「你抽得出時間？」

「當然。」

「噢。」妻子再次嫣然一笑。「謝謝。幸好你肯配合父親的任性。」

我倒不覺得這是多任性的要求。七年半前我就已下定縱身跳海的決心。事到如今，那片汪洋就算再添上一、兩杯的水，也不影響整體水位高度。

「那我立刻和她們聯絡。」我做出承諾。

結束話題後，我們倆決定把時間拿來做小孩早睡後的年輕父母最適合做的事。

2

今多財團的總公司大樓，距離地下鐵銀座線新橋車站徒步只需兩分鐘。這兩分鐘的路程就算下雨天也不用撐傘，因爲地下鐵的C8出口直通大樓內部。

總公司大樓是一棟地上二十二層的建築，是所謂的超高層大樓，不過這年頭，就算不特地聲明，只要是在這十年之中新蓋的大樓，應該都是如此。地下深達三層，Ｂ２和Ｂ３是停車場。樓面並非全由今多財團獨占，有三分之一是出租店鋪。承租者多半是外資金融機構或特殊法人團體。

在這棟以鋼鐵和玻璃打造而成、宛如巴別塔（註）的大樓背後，還有另一棟今多財團名下的大樓。這棟以古典圓柱支撐的三層樓建築，稱之爲「洋樓」或許更適合。據說是在昭和（一九二六～一九八九）初年完工落成的。

這是岳父買下的第一棟都心建築。在他三十到四十歲今多財團發展最快速的十年間；曾把這裡的一部分當作私宅使用，算是住商合一。

所以，岳父買下周邊土地，決定建造新的公司大樓時，也不肯將這裡拆毀。雖然它的設計頗爲典雅，就像是著名的第一生命大樓十分之一的縮小版，但在建築史上並沒有獨樹一格的價值，當然也沒有被美軍的什麼大人物接收使用過的歷史價值，有的只是岳父的私人回憶。

於是這棟洋樓，就這麼悄悄地蜷伏在等同「現代的化身」的超高層新辦公大樓的腳下，員工們已習慣把這裡稱爲「別館」。

我的職場——今多財團集團廣報室，就在這棟別館三樓。

走Ｃ８出口進入別館，必須先穿過新辦公大樓的大廳。兩棟大樓背向而立。就連身爲職員的

註：據《聖經》創世紀第十一章記載，是當時人類聯合起來興建，希望能通往天堂的高塔。

我，進出時都得把員工證舉起來給警衛各看一次。我嫌麻煩，通常從別的出口出來，再從別館的正門進去。不知情的人見了，八成以爲我是別家公司的人。

別館，理所當然地，難以當作現代化辦公大樓使用。由於電力負荷量上限較低，大型電腦和頗耗電的最新型辦公機器裝設數量都有限制，因此岳父也不想讓這棟洋樓的大廳全被辦公室占據。一樓改過裝潢後就租出去了。目前由「睡蓮」咖啡座和「阿比錫翁」花店承租。二樓有旗下三家公司進駐，其中之一是「東晉社」這家出版社。

三樓的集團廣報室獨占一整層樓面，看似豪華，其實三分之一被「社史編輯室」占據，資料室也很寬敞，所以實際能用的辦公室只有兩間房。雖說是洋樓，不過既然當作私宅使用，可見空間本來就有限。

一樓的睡蓮咖啡座沒有浪費這難得的環境背景，刻意裝潢成戰前電影常見的西式茶館風格。裝飾著採光小窗的彩色玻璃，以及環繞卡座磨得發亮的木頭扶手，營造出一種靜謐沉穩的氣氛。我也很喜歡在這裡看書。

該說是復古風嗎？這類型的店頗受女性喜愛。也曾被一些雜誌和電視節目介紹過，到了午餐時間，甚至會大排長龍直到店外。不過可能是爲了賣房東一個面子吧，每當我們從三樓叫咖啡或三明治外賣，老闆總是以驚人的速度快快送來，這點還挺令人開心的。

別館沒有電梯，在二、三樓上班的人只能使用豎起「非相關人士請勿進入」立牌後的樓梯。爲了避免腳步聲太吵，也爲了緩和冬天的刺骨寒意，寬敞的樓梯上鋪著殷紅地毯。因此，睡蓮和阿比錫翁的客人，偶爾會誤以爲上面還有其他店家，也不管立牌警告硬是闖上來瞎走。

繫著圍裙的睡蓮老闆，正在擦拭鑲有美麗蝕刻精雕的玻璃門，空氣中瀰漫著玻璃清潔劑的氣味。這裡不供應早餐，很晚才開店。我和他互道早安，踩著樓梯直上三樓。

上午八點三十分，集團廣報室的辦公室出入口還是鎖著的。我是第一個報到。總公司那邊各單位不是要舉行朝會就是有晨間會報，職員們早就來上班了。別館是另一個世界。

我按下牆邊的打卡鐘，打開古老的上開式窗戶，讓新鮮的空氣流入室內。接著拿起一塊小抹布，勤快地抹去桌上的灰塵。不只是自己桌上，就連兩邊的桌子以及充當作業台兼會議桌的大桌也一併擦拭。然後開啓茶水間的咖啡機電源，坐到位子上。

我的手一放在話筒上，就重新審視便條紙上一絲不苟的筆跡。梶田的兩個女兒的名字還標記了拼音，下面列出地址和電話號碼。

長女名叫聰美。次女名叫梨子，念成ＲＩＫＯ。地址是高圓寺南的某公寓。半個月前，尚是父女三人同住該處。

「聰美爲了準備結婚已辭去工作，隨時都方便聯絡。不過，爲了各種雜務她常常外出，如果要打電話到家裡，一早或傍晚再打可能比較好，再不然就是打手機。」菜穗子如是說。

的確，除了家裡的電話號碼還添上了手機號碼，括弧註明是長女。不過我還是不好意思劈頭就打她的手機。我決定打到她家，實在找不到人時再打手機。

我愼重其事地按下號碼以免撥錯。茶水間那頭飄來咖啡香。窗外，傳來新橋街頭甦醒的喧囂，幸好不會吵到無法開窗打電話，毋寧說是令人心情愉快的背景音效。

電話響了又響。如果不在家應該會開答錄機才對。然而響了十聲還是沒人接，我打算掛斷電話。

這時，一個氣喘吁吁的女聲接起電話。

「您好，這是梶田家。哪位？」

是個沙啞堅定的聲音。

我曾以岳父代理人的身分出席梶田的喪禮，也有機會和姊妹倆說話，不過那時我不記得聽過這麼令人印象深刻的聲音。說到這裡我才想起，就連兩人的容貌，好像也沒留下什麼特殊印象。

「不好意思，請問是梶田聰美小姐嗎？」

「我就是。」

我在椅子上坐正。「早。一早打來眞不好意思。我是今多財團的杉村三郎。」

梶田聰美「啊」地發出小小的驚嘆，接著也急忙回禮道早安。

「令尊舉行喪禮時，我曾代表會長前去致哀。在那種場合，一次見到太多人，我想妳大概已經沒有印象了……」

梶田聰美打斷我的開場白，「不，我記得。上次很謝謝你。呃，請問，你打電話來是爲了我們拜託今多會長的那件事嗎？」

「對，沒錯。」

她的聲音頓時一縮。「對不起，我們厚著臉皮去拜託，沒想到你這麼快就主動聯絡。而且我還這麼慢才接電話。我剛才在陽台。」

現在是晾衣服的時間嗎？今天是晴天，天空的顏色看起來就像會有秋老虎發威的酷熱。

「用不著跟我客氣。會長交代過，要我和妳見個面，好好聽取詳情，順便看看我是否派上用場。我想請問什麼時候方便。」

「我隨時都可以，今天見面也沒問題。啊，不過我妹妹……」

「是啊，我想兩位一起出席可能比較好。」

「等一下……請等一下好嗎？」

她匆匆拋下這句話，就走開了。她似乎沒按保留鍵，只聽見拖鞋啪達啪達匆忙走過拼木地板的腳步聲。

「梨子！梨子！」她喊道，看來她妹妹也在家。說到這裡我才想起，還沒聽說她是做哪一行的。

不久，腳步聲再次啪達啪達地回來。

「喂？不好意思讓你久等了。我妹妹也說今天有空。這樣會不會太倉促？」

「不會，我無所謂。」

雖然我不是成天遊手好閒，但也不至於忙到分身乏術。即便如此，梶田聰美還是惶恐地頻頻道歉。

經過一番互相禮讓的結果，我們約定下午兩點在睡蓮碰面。

梶田聰美說她記得我的長相，不過爲了預防萬一，我還是決定帶著今多財團的集團宣傳雜誌去。聽到這裡，對方的聲音這才初次放鬆。

「杉村先生，聽說你是那份宣傳雜誌的記者吧。我聽會長老師提過。他說你原本在出版社當過編輯，最適合處理這種事。」

果然，岳父打從一開始就指望我。不過話說回來，我還是頭一次聽到「會長老師」這種稱呼。

我客套地放緩聲音。「那是會長太高估我了。實際上，我也不知道能幫到什麼程度的忙。聽說你們想寫一本書記述令尊的人生。」

不知爲什麼，梶田聰美遲疑了一瞬間才回答，「對。」

「以前任職出版社時，我並沒有接觸過人物評傳或傳記類的出版品。等我聽完詳情後，如果有更適合的人選，我再幫妳介紹。再不然應該也可以透過關係，幫妳找適當的編輯。」

不知爲何，梶田聰美再次停頓了一下。然後才說：「杉村先生，你和會長老師的千金結了婚吧。」

「對，沒錯。」

霎時之間，我暗忖，岳父難道向她說「這種事交給我女婿就行了」嗎？但仔細回想，其實是我參加喪禮時主動報上身分的。

「會長老師看起來好像非常信賴杉村先生。」

噢，是喔，那又是再次高估我了——我無從答起，只回了一句「謝謝」。

之後，再次出現尷尬的沉默。

「所以呃……或許你會覺得很奇怪，」梶田聰美沙啞的嗓音變得更加低沉含糊。好像是用手捂住了話筒。「約好兩點見面，我們姊妹倆一起出席，但我會讓舍妹先走，之後，能不能請你再抽空給我一點時間？」

我有點瞠目結舌。「那是無所謂啦……」

「對不起，一直給你添麻煩。那就兩點見面，地點我知道。眞的很謝謝你。」

我們客氣地互道再見，結束通話。

「早。」

抬眼一看，桌子對面站著園田總編。今天她也穿著古怪的……這麼說好像有點失禮……相當有個性的服裝。

「一大早就這麼賣力啊。」

園田瑛子，大學畢業後就進入今多財團，今年已是入社第二十八個年頭的資深員工。就行政工作來說，她待過許多單位，被外派到相關公司和旗下公司的經驗也很豐富，想必會在這裡待到退休的她，不知怎麼看待自己在公司的最後一個頭銜「集團廣報室長兼集團宣傳雜誌總編輯」。

在我看來，她對於現在的工作似乎頗爲樂在其中。拋開彆扭的套裝和高跟鞋（當然也擺脫了穿制服的義務），改穿起亞洲民族風連身洋裝和褲子（大多是手工縫製，據說布是從曼谷和台北買回來的）搭配運動鞋或帆布鞋上班，即便在吸菸室以外的場所照樣吞雲吐霧（在厲行社內分菸制度的總公司大樓，這可是滔天大罪），人人都喊她總編。看來這一切似乎對她很受用。

但是，大部分員工和我的意見似乎正好相反。他們看的不是園田瑛子「個人」，而是被流放到集團廣報室的「老處女職員」。

「下午，我有點事和人約了碰面。我會在睡蓮，說不定會耽擱一點時間。」我對梶田聰美最後補上的那句令人費解的要求耿耿於懷。

「沒關係你去吧，反正現在閒得很。」

園田總編走近自己的桌子，把旋轉椅一拉，就皺起臉。她不發一語，把堆在椅子上的卷宗隨手往地上一掃，逕自坐下。

「原稿怎麼會放在這種地方？」

「一定是想給總編過目的原稿吧。」

園田總編的桌上，經常處於像「無能整理症候群」的年輕女性房間的狀態。要確保便條紙或留言能讓她看到，必須費一番工夫，更不用說每月排出的樣張了。

不久，其他職員陸續抵達，旋轉椅上的原稿之謎總算解開了。這是個總編以下僅有六名成員的小單位，要保持這種謎團恐怕很難。

原來是最年輕的成員，希望能讓她早點看到下個月號的「四季日本巡禮」，雖只是訪問員工後寫成的旅行小專欄，但這是第一次單獨訪問某位主管所寫的報導，所以大概心情特別忐忑。

「當事人不是正在看校稿嗎？也修過稿了吧？那不就好了。沒問題。」

我根據過去經驗打造出來的「總編觀」（當然，那本身就很靠不住），在經過園田總編的洗禮後，如今已大幅改變。這說好聽點是從容大度，說難聽點是馬虎懶散，這就是她的行事作風。我認爲其中自有我們總編的幸福，其他員工則認爲其中自有園田瑛子的不幸。

集團廣報室直屬今多財團會長室。字面上看起來似乎很正式，是個相當具權威性的單位。既是「廣報室」感覺上自然也光鮮亮麗。不過這其實是在玩文字遊戲。

岳父不斷擴大事業，導致財團內部的多家公司——五花八門的各種行業，出現同床異夢的問題。岳父對此感到不安，認爲這會導致從業員彼此溝通不良。於是就在十年前，以會長命令創立了這個單位。

工作是什麼呢？就是製作針對今多財團全體員工發行的社內報。

如此而已，毫無價值。

在這之前，當然也有社內報，是開辦物流集團後，同行的相關企業及旗下公司個別發行的。至今依然存在。

這些社內報和集團宣傳雜誌，由來與機能截然不同，並沒有像樣的交流，說得好聽點，是各自獨立自主。

負責對外的廣告宣傳部，位於總公司大樓內，那才是眞正的「廣報」，有時還會因應狀況變身爲「大本營」，是個極爲能幹的單位，和集團廣報室截然不同，就像太陽與月亮之別。

我曾聽說，直屬會長室的集團廣報室創立時，社內部分人士曾經爭相揣測，派到這個單位的職員會不會就是會長的眼線。說「眼線」還算客氣了，聽說還有些人乾脆直呼我們「蓋世太保」。

這點，正是人只要身在組織就會專門朝壞處想像的最佳範本。

我的岳父是個設想周到的人（這可不是語帶雙關），想必社內的確安插了眼線，也的確命他們擔任蓋世太保的工作，不過集團廣報室並不是，否則我不可能被派來這裡。

和菜穗子結婚時，岳父提出的條件就是這個。到今多財團上班，在集團廣報室當記者兼編輯。換言之，也就是得待在岳父視線所及之處。不過這種情況下的「視線」，等同於「權力」。

當時，我任職於一間專門出版兒童圖鑑與繪本的小型出版社「藍天書房」。這家公司慷慨錄用了剛踏出大學校門的我，令我銘感五內。我很喜歡那份工作，甚至打算在那裡待到退休。替小朋友編書，對我來說是一份極有意義的工作。

即便如此，無法放棄菜穗子的我終究答應了岳父的要求。

藍天書房是一家好公司，要繼續經營一家好公司並不是非我不可。相較之下，我需要菜穗子，菜穗子也不能沒有我。我別無出路，選擇也並非那麼艱難。

藍天書房的同事們都替我感到高興，他們說我這下子麻雀變鳳凰。我當然不可能不知道當上「駙馬爺」，也就是「攀裙帶關係」是怎麼回事，不過我作夢都沒想過它居然會發生在我身上。

那時的我，除了和菜穗子獨處之外，總是無法眞正開心。說不定至今依然如此，只不過因爲必須開心的時候被迫減少了而沒有察覺罷了。

不過說來有點諷刺，我在這種原委下任職的集團宣傳雜誌居然也叫《藍天》。發行人當然是岳父，今多嘉親。

我這才醒悟。說不定岳父打算把梶田姊妹的書交由集團廣報室出版，因爲他不忍心讓她們自費出版。而能以發行人的身分把名字印在單行本版權頁，或許也有小小的吸引力吧。

至於樓下的東晉社，主要是出版經濟學或市場經營的外文翻譯書。就和那家高級美容沙龍一樣，雖是岳父半是爲了應付人情、半是爲了消遣才併購的公司，但做的可都是非常硬派的優質書籍，算是一筆很有意義的買賣。但，這家出版社絕對不可能做出商業類暢銷書，在經營上當然沒有獲利可言，況且來往的業者也都專走學術相關書籍的通路，若是冷不防推出一本《我們父親的回憶》，恐怕也會不知如何處理。岳父自從買下出版社後，就完全交由舊經營群（不過其實也只有寥寥數人）掌管，應該還是有這點最起碼的認識。既然如此……

聽完梶田姊妹的想法後，關於這部分必須先確認岳父的盤算——我在心中暗自提醒自己。

每逢和人有約，我一定會提前十五分鐘抵達。但這次卻被梶田姊妹搶先一步。我一走進睡蓮，她們倆早坐在靠窗的卡座上，面前放著深琥珀色的冰紅茶。

我們幾乎同時認出對方，梶田姊妹一起從椅子起身隔著桌子向我致意。

「不好意思讓妳們久等了。」

「哪裡，是我們太早到了。因爲這裡令人懷念。」

面對我左側的女子以沙啞的嗓音如是說。一眼便可看出她比較年長。坐在旁邊的妹妹梨子，興味盎然地來回審視著鞠躬的姊姊和我的臉。

女人穿上喪服後往往和平時給人的印象截然不同，梶田姊妹也不例外。尤其是做姊姊的，可能當天穿的喪服是和服吧，喪禮時貌似四十多歲。如今換上淺朱鷺色連身洋裝，看起來頂多三十出頭，是個輪廓深邃，甚至令我奇怪那天怎會沒留下印象的美人。高雅的短髮（應該是所謂的「夫人式短髮」）非常適合她，耳垂上閃爍著耳環。

至於妹妹，一頭豐盈及肩的波浪狀鬈髮大膽地染得亮眼奪目，栗子色裡摻雜著鮮豔強烈的紅色。裝扮也同樣大膽，曲線分明的花襯衫，配上極短的裙子，看起來年輕亮麗，同樣也很適合她。

我不知道兩人的實際年齡。不過，這麼並排著一看，姊妹倆的年紀似乎相差頗多，妹妹頂多只有二十歲。難怪今早在上班族理應早已出門的時間她還在家，如果還是學生就解釋得通了。

「爲了我們的任性要求，讓你抽空前來，眞是感謝。」

在我點的冰咖啡送來之前，梶田聰美再次客氣地道謝。她妹妹也終於開口說了一句「我們眞的很感激」，她的聲音正好和姊姊相反，聽起來很孩子氣。

「這間店，你們和令尊一起來過吧？」爲了找話題，我問道。

聰美回答：「家父生前愛看歌舞伎。每逢想看的戲碼上演，就會邀我們去。我們總是先在這裡碰面喝茶，看完戲再去銀座用餐。」

「一定很愉快吧。」我說，其實內心有點驚訝。梶田和歌舞伎？好像有點不搭調。我自己很怕看歌舞伎，多少也是因爲不管看幾遍還是看不出樂趣何在。

「我比較喜歡看電影。」梨子說。她的嘴唇閃著豔光，是護唇膏。「我們也去過新橋演舞場對吧？」她問姊姊。

姊姊點點頭，「那是很久以前的事了。那次是去看『黑蜥蜴』。」

有兩個這麼漂亮的女兒作伴，梶田想必非常驕傲吧。

「梶田先生的事，眞的很遺憾。會長也感到身邊少了個伴，很懷念他。」

姊妹倆高興地笑了。我發現梨子一笑，左臉頰就會露出一個搶眼的酒窩。

「會長老師眞的很照顧我們，眞不知該怎麼感謝他。」

對了，就是這個稱呼。

「在電話中，妳好像也這麼稱呼過會長。」

「啊，說得也是。」聰美抬手遮口，一臉靦腆。「對不起，擅自喊他『老師』。」

用不著道歉，只是聽起來有點像新興宗教的教祖罷了。

「像我們這種小人物，不好意思隨便直呼『會長』。在家也是這麼稱呼他老人家。」

「是我爸先這麼喊的。」梨子補充道。她輕盈地傾身向前，手指扶著冰紅茶的杯腳，逕自看著我。

「有那麼偉大的岳父，你有什麼感想？果然還是會覺得抬不起頭來？」

「沒禮貌……」聰美慌忙地喝止她。

我笑了。「是啊。每次都直冒冷汗。你們也知道的，會長這把年紀依然精神抖擻，腦袋也很靈光。」

「可是杉村先生，你沒有入贅吧，因爲你們的姓不同。」

梨子無視於姊姊的臭臉，索性問起更尷尬的問題。

「對，我沒有入贅。不過，等於是卡通『阿螺太太』中那個靠岳家生活的女婿。」

梨子一臉「我就知道」的表情猛點頭，又若無其事地吸吮杯裡的吸管。她的長指甲上精心裝飾了指甲彩繪。如果是她自己畫的，技術算是相當高明。

「杉村先生還有工作，妳講這些廢話會耽誤人家。」

聰美制止妹妹後，把眼前的杯子往旁邊一推，注視著我。

「關於我們和會長老師商量的事，不知杉村先生了解到什麼程度？」

我解釋，目前只有電話中談過的程度。我省略過中間還夾著傳話的妻子而非親耳聽岳父說的事。用不著動不動就特意強調我是「抬不起頭的女婿吧」。

「這樣嗎……眞是對不起。都是我們仗著會長老師的好意，提出任性的要求。」

「有什麼關係。是人家會長老師叫我們『有什麼事儘管商量』。人家應該不是那種只會嘴上敷衍兩句的人吧。」梨子微噘起唇反駁，接著說：「提議替我爸寫傳記的人，是我。」

我點點頭。我已經這麼猜想了。

「恕我冒昧問一句，梨子還是學生吧。」

她慌忙舉起手來回揮舞。「不，不是的。我可不是什麼大學文學系學生，算是打工族啦。」高中畢業後報考過大學，可惜全軍覆沒，起初打算補習一年再次挑戰，可是上了一陣子補習班後，不知怎地就厭煩了，她含笑地說明。

「現在在我家附近的麥當勞打工。我也知道不可能一輩子打工，正打算去念美容學校，我爸也很贊成。」

美容師嗎。如果指甲彩繪是她自己的傑作，那應該頗具天分。

「那麼，梶田先生一定也很期待囉。」

「他只是笑著說，反正以我的個性一定很快就膩了。我啊，從小不管是學才藝還是去補習，向來都是三分鐘熱度。彈鋼琴、跳芭蕾舞、學游泳都是。」

她羞赧地按住頭髮。

「雖然我什麼都好奇，可是一下子就失去興趣。眞的，我很容易厭倦。我爸也很清楚這一點。雖然他聽的時候沒怎麼當眞，不過他還是說，如果我眞的好好努力考取美容師執照，將來他會幫我開一間店。」

她看起來落落大方毫不扭捏，一定是在父母關愛下長大的吧，我想。而且，如果梶田梨子如我所推測的才二十上下，那她應該是父親的老來子，受到的關愛想必更是深厚吧。

一個是說話時比手畫腳、表情豐富、充滿活力的妹妹，一個則是沉穩得稍嫌嚴肅的姊姊。想當然耳，梶田必定也同樣愛聰美，不過姊妹倆的年齡差距，以及與生俱來的氣質差異，塑造出宛如磁鐵兩極般迥異的女性。我一邊附和梨子的話，一邊這麼想。

「想必你也知道，害死我爸的犯人至今仍未找到。」

愉快的回憶告一段落後，梨子倏然繃緊嘴角，切入正題。

「事發至今才過了半個月，警方就毫無音信。我懷疑他們是否眞的在調查。」

「那倒不見得吧。」我提出妥當的質疑。「畢竟這是一條人命。」

「要是對方是開車，警方的處理態度可能會積極一些吧。可是我爸遇到的是自行車肇事。而且，據目擊者表示，肇事的好像還是小孩。就算警方拚命調查找出犯人，也判不了什麼重罪，所以恐怕提不起勁吧。」

這倒是初次聽說。就連有目擊者我都不知道。

既然妹妹是這麼外向的女孩，這個夏天，在梶田身亡之前，想必正盡情享受假期。不過這年頭的年輕女性褪去夏日黝黑膚色的速度比月曆還快，梨子的臉頰白皙毫無斑點，此刻卻隱約泛紅，正忿忿不平。

「所以我才會決定把我爸的事寫成書。」

不知不覺中，她的一隻手緊緊握拳。

「如果這件事就這麼放著，撞死我爸的小孩必然會忘得一乾二淨吧，就好像壓根兒沒發生過這事一樣。只要沒有人追究，這種不愉快的事，就會被刻意遺忘吧。對那孩子來說，我爸只是一個陌生人，頂多只會覺得，誰教他自己要呆呆杵在盛夏的人行道上。但我就是無法原諒這一點。」

聰美想插話打斷妹妹。爲了阻止聰美，我連忙發問。我還想多聽一些梨子的說法。

「替令尊的人生寫一本書，妳認爲有助於找出犯人嗎？」

梨子奮力搖頭，搖得頭髮都亂了，她的答案是「不」。

「我不知道有沒有直接的助益。只是，我想讓那孩子明白，我爸不是路邊的電線桿或路牌。被自行車撞倒，腦袋撞上水泥地，是感受著痛楚與恐懼而死去的。當他感到自己生命垂危時，說不定很擔心被留下的我們。」

我緩緩點頭。聰美垂下眼。

「我想讓那孩子知道。被你害死你卻佯裝不知的那個人，是兩個女兒的爸爸，他有一份正經工作，愛看歌舞伎，老婆死後一直很寂寞，正滿心期待女兒下個月的婚禮，也盼望著將來抱外孫。其他，還有好多好多我想告訴他的……」

梨子顫抖了一下，暫時打住，然後才啞著嗓子繼續。

「他是個人。現年六十五歲，雖說今後不可能有什麼多采多姿的未來，只是個不起眼的司機，卻是我們珍愛的父親。年輕時吃過不少苦，好不容易才把我們拉拔長大。他既不是能夠上報紙版面的名人，也不是什麼值得表揚的大人物，可是，卻是個正經人。他這一生，一直很認眞工作。」

梨子抬起眼，她的眼眶都紅了。

「我想把我爸的人生如實地重現，當著那孩子的面前塞給他，告訴他：是你殺死了這個人。六十五年來，他一直努力生活著，是你終結掉他的人生。」

我有點汗毛直豎。也許是感動，也許是有點害怕。爲什麼會怕呢？就一個社內報記者的標準來說，我的想像力或許過於豐富。所以在這個憤怒的女孩面前聽著她滔滔敘述那極爲正當的心願時，卻忍不住站在那個被迫面對梶田信夫六十五年人生的犯人那一邊。

「他奪走了一條人命耶。這種事，可不是抹抹嘴巴就可以忘記的。我們很氣憤，也很傷心。我要讓犯人明白這一點。」

梶田梨子扭過身，往放在身邊的手提包裡翻了一下，取出手帕。可是遲了一步，一滴眼淚已筆直落下。

正當我搜索枯腸，試圖說些什麼之際，聰美靜靜地開口了。

「我妹妹認爲，透過這種做法，也許可以讓犯人在良心不安的情況下主動出面自首。」

我依舊沉默，只能對著姊妹倆頻頻點頭。

「可是，我認爲事情不會這麼順利。我們既非作家也不是記者，寫出來的書就算印再多本，讓世人看到的機會恐怕也不多。更何況如果撞倒家父的犯人眞的是個孩子，或許連那本書的存在都不會察覺。」

「所以，我才說不僅僅是要出書呀！」

梨子高聲向姊姊抗議。用手帕擦過淚水後，她的眼睛反而變得更紅。

「等書印好了，還要送給各家電視台和週刊雜誌。只要媒體肯報導，一定會廣爲人知！絕對會！到時，警方辦案的態度必定會大大轉變的。」

這讓我想起最近發生過類似的案例：警方把某人的猝死視為自殺，死者的妹妹無法接受這個結論，強忍悲傷自行調查，最後把成果整理成書出版。在雜誌和電視台的新聞談話節目大幅報導下掀起話題，最後，警方只好重新展開調查。

我一提起這件事，梨子就激動地頻頻點頭。「對，就是那個。對吧？實際上的確有這樣的事嘛。」

「那是例外。」聰美搖頭。「到目前爲止，不也有許多受害者的家屬出版過這種書，或是在電視上請大家提供失蹤家人的線索，可是多半都沒有下文。」

「如果還沒做就放棄，可能性就等於零。不試試看怎麼知道？」

我暗忖，就算岳父再厲害，也不見得能在領域迥異的傳播界吃得開。不過，說不定他有什麼人脈。

「會長也知道希望借用媒體的力量這件事吧。」我問。

「對，我都告訴他了。」梨子斷然地回答。

不需我再追問，聰美搶先回答我的疑問。「會長老師說，如果能出書，他會向熟人打聲招呼，替我們安排看看。不過這樣的話，我們未免太厚顏麻煩他老人家了。」

「怎麼會？」梨子像小學生一樣噘起嘴巴。

「撒嬌也該有個限度。」

「可是人家會長老師……」

「妳別鬧了。」

我插入姊妹口角打圓場。「到目前爲止，妳們曾試著向電視台或報社訴求過嗎？我是說在沒有書的情況下。」

梨子氣呼呼地回答：「我試過了，可惜沒用。」

我搜尋回憶。「記得是去年吧……我在電視的新聞節目上，看過一個針對自行車狂飆造成死傷車禍的專題報導。那是哪一台來著的……」

梨子表示知道那個專題報導。雖然不是當時看過，但父親死後，她上網查過資料。

「還有那種自行車車禍受害者和死者家屬的互聯網站喔。」

「妳在網站上面寫過令尊的事嗎？」

「寫過好多次了。也收到許多鼓勵我的電子郵件和安慰的話。不過，犯人本來就不會去看那種網站。」

「受害者相當多。」聰美說。「件數太多了，媒體想必也無法一一報導吧。呃……除非更具有話題性。」

這話雖然露骨，但現實想必就是如此吧。

既然如此那就自己來製造話題——梨子的想法並不荒唐。只是，事情進展會不會像她想的這麼順利，我和聰美一樣，不得不感到悲觀。

我很困惑，也開始覺得有點生氣。既然知道梶田姊妹——尤其是妹妹梨子這麼鑽牛角尖，岳父爲何不親自出馬？根本不必不著邊際地說什麼書出了可以幫她們推銷，只要他開個金口，說伺候他多年的司機被横衝直撞的自行車撞死了，至今找不到犯案者，他感到義憤塡膺就行了。

這個案子缺乏爆點，他如果願意出來登高一呼，就算各大媒體沒有蜂擁而至，至少也會有哪家電視台或報社樂意報導吧。

難道是因爲肇事逃逸的犯人是小孩子，令他卻步，自動踩煞車？還是爲了提防萬一在岳父的積極運作下幸運找到犯人時，可能會令大眾認爲這是財界大老充分發揮自己的影響力，逼得無力對抗的未成年孩童走投無路？

想必如此吧，岳父看穿了這一點，看穿了喜怒無常不負責任的社會大眾，一旦脫離具體事況從高處鳥瞰時，關心的總是「看起來怎樣」，而非「發生了什麼」。

「我已再三勸阻過她了。」聰美像要道歉似的，低下頭說。「結果這丫頭眞是的，竟然擅自打電話給會長老師。」

梨子氣嘟嘟地抿著嘴。她拿起還剩一半冰紅茶的杯子，賭氣地用力吸吮吸管，發出滋滋滋的聲響。

「姊，妳應該沒忘吧？」她握緊杯子，尖聲說。「爸的身上不是還留下自行車清晰的輪胎印子嗎？明明發生事故時沒人目擊，卻能立刻判定他是被自行車撞的，不就是這個緣故嗎？」

「我怎麼可能忘記。」聰美低語。

「從腰部到背部，就像被烙上輪胎的紋路一樣。」

「拜託妳別說了。」

「妳不會不甘心嗎？一想到爸不知有多痛苦、多難受……」

聰美抬起一隻手捂住臉，梨子這才住口。

「剛才，妳說有間接的目擊者是吧？」

我決定轉移梨子的注意力。她把杯子放回桌上點點頭。

「對，是住在車禍現場那條馬路邊上的學生。」

「那個人並沒有目擊車禍發生的瞬間吧？」

「是沒錯，但在我爸被撞倒的推定時間，他看到家門前有一輛自行車以驚人的速度飛馳而過。他說騎車的是一個穿著紅T恤的男孩。」

聽說那名學生住在梶田被撞倒的現場西側二十公尺外。

「他家和車禍現場位於馬路的同一邊，所以光從窗口應該看不見我爸倒在人行道上，只看得見經過的自行車。」

「他不是聽到什麼聲音才探頭往外看的嗎？」

「很遺憾，並不是。他說眞的只是湊巧從二樓窗口往外瞄了一眼。」

八月十五日的豔陽天，人跡杳然的馬路上發生的意外，有人往窗外看實在夠僥倖了。雖然撞擊的那一瞬間多少會發出聲響，但附近的家家戶戶都緊閉門窗開著冷氣，就算無人發覺也不足為奇。

「正值中元假期，東京都內的人口本來就只剩一半，對吧？」梨子對著我咄咄逼人地問道。

「撞倒我爸的肯定是那輛自行車。那種時間，不可能有好幾輛自行車在附近打轉。連發現我爸倒在地上替他叫救護車的太太也說，當時豔陽高照，路上空無一人，連一輛汽車也沒有。」

中元節返鄉期間，一片死寂、空殼般的街景倏然浮現眼前。這時車輛排放的廢氣總量減少，天空看起來特別清澈蔚藍。

「那個騎自行車、穿紅T恤的小孩，一定就是害死我爸的人。」梨子如此斷言，再次緊握拳頭。

可能性的確很高。所以岳父才不肯站上檯面，我暗忖。

我也輕輕握拳，抵在鼻下，一心想：但願這模樣看起來像是深謀遠慮。

「如此說來……要替令尊執筆寫書的，主要是妹妹囉。」

聰美像要責備我似的，猛然把臉一抬。

梨子迫不及待地點頭。「對，是我要寫！」

「要忠實撰寫梶田先生的人生恐怕得多方調查資料，還得和很多人會面。令尊年輕時的往事，連妳們倆也不知道。能夠談往事的人，最好是馬上就能聯絡到的人，不過令尊以前的老同事，或許連住址和聯絡電話都查不到。要是令堂還健在就另當別論了。」

「我會努力的，沒問題。別看我這樣，調查資料可是我的強項。」

眼看妹妹幹勁十足，聰美卻在一旁發出嘆息。

「對了，關於出版社，會長對兩位做出什麼承諾了嗎？」

梨子當下愣住了。剛才生氣時暫時消失的稚氣口吻頓時又回來了。

「啊？呃……會長老師旗下也有出版社吧？」

她指的是東晉社。

「他說由那裡出版嗎？」

「對，聽起來好像是這個意思……不行嗎？」

我總算從岳父那裡扳回一城，看來無所不能的岳父大人對出版業並不清楚。

「沒事，這個我們可以慢慢商量。總之，妳不妨先將想寫的內容整理一份大綱，光在腦中想是很難釐清的，最好試著寫出來。這樣的話，該去見誰、調查什麼資料，也能理出一個順序來。」

梨子從皮包裡取出小記事本，把我的建議記下來。

「也可以去採訪會長老師吧？」

「我想應該沒問題。」

對於私人司機梶田信夫，岳父比誰都了解。他總不至於把這件事推給我，自己置身事外吧。

「好了，我們也差不多該告辭了。」聰美催促妹妹。「妳最好去補個妝。」

這句話具有魔法般的效力。梨子匆匆離席。的確，淚水好像把她的眼妝暈花了。

她一遁入洗手間，聰美就看著我，「對不起，我會先和那孩子一起離開，再折回來。麻煩你等我一下好嗎？」

我當下首肯。雖然這次會面的內容已夠豐富，不過我總覺得接下來才要上演正戲。

3

二十分鐘後，梶田聰美回來時，我已換到牆邊的座位。因爲我隱約覺得，這樣或許能讓她安心一些。

她一走進店內，察覺我不在剛才的位子上，竟慌了手腳。待看見我輕輕舉手招呼，才頓時鬆了一口氣。由於一時之間憔悴得太快，看起來就像喪禮時一樣蒼老。

欺騙妹妹獨自回頭，只能在妹妹不在場的情況下談論某些隱情，兩者對她來說似乎都是同樣沉重的負擔。

一直待在冷氣很強的店內，我們倆都點了熱飲。芳香的「今日特調咖啡」一送來，梶田聰美就端起杯子，垂著眼如釋重負地嘆了口氣。

「眞的眞的很不好意思。」

這是到目前爲止她最小聲的一次說話。

我報以微笑。「用不著道歉。重點是，雖說有些失禮，但能否先讓我猜猜妳想說的事？」

聰美抬起眼。

「妳不想出書記述令尊的一生吧。妳不願調查梶田先生的過去，是嗎？」

聰美雙手捧著杯子，以問句代替回答。「被你看出來了？」

「就算不是特別敏感的人也看得出來。而且，那並不是因爲妳客氣，不好意思爲了這種事麻煩會長，而是另有無法告訴令妹的理由。」

梶田聰美眼睛也不眨地盯著我，不意之間，羞赧地展顏一笑。

「如果我眞的這麼容易讓人看穿，爲何梨子就是不明白呢？」

「因爲妳們是一家人。況且我猜爲了不讓令妹發現，想必妳也付出一番努力吧。」

她深有同感地奮力點頭，放下杯子，「對不起，我可以抽根菸嗎？」聰美說。她會抽菸雖然令我意外，不過當然無所謂。

「請便。我以前也抽菸。」

「你戒菸了嗎？」她從手提包中取出蠟染的漂亮菸盒，以同款外殼的打火機點火。她抽的是細長的 Menthol。

「我十六歲就開始抽菸，不過女兒出生後就戒了。」

「是嗎？我也是十幾歲開始抽的，可是一直戒不掉。也許有了小孩會戒吧。」

她高雅地撇開臉，噴著煙露出笑容。

「妳快結婚了吧。恭喜。」

剛才梨子說，婚禮將在十月舉行。

「謝謝。對於我的婚事，我爸與其說是高興，更像是安心，好像覺得總算把我送出門了。不過，他很期待抱孫子。」

我默默點頭。妹妹不在身旁，聰美顯得輕鬆多了。

「我想你大概也發現我們姊妹倆年紀差很多，正好是十歲。那孩子二十二，我三十二。」

在年齡差距上，我的推測倒是正確，不過實際年齡有點看走眼。

「中間應該還有一個手足，聽說是拿掉了。爲此我媽一直飽受折磨。她很想把孩子生下來，可是當時經濟相當艱難，夫妻倆都得拚命工作，實在沒有餘裕照顧一個奶娃。」

她是後來才得知詳情的，但她說事情發生在她六歲，剛上小學的那個春天，所以她隱約記得有一晚母親沒回家，翌日雖然回來了，臉色卻很糟，臥床休養了好幾天。

「那是將近三十年前的往事，墮胎手續遠比現在麻煩得多，對身體的負面影響想必也很大。我爸媽好像都已死了心，以爲不會再有孩子了。所以懷了梨子時，我想他們眞的很高興。」

我茫然想起岳父與菜穗子的面孔。光是老來得子就已視若珍寶，如果早已對懷孕生子死了心，那必定是加倍寵愛了。

「也許是這個原因吧，我爸媽都很寵梨子。尤其是我爸，簡直是溺愛……梨子永遠是我爸眼中的『第一顆星』（註），是他最心愛的寶貝女兒。爲此我以前還非常吃醋呢，直到我明白就算那樣也於事無補。」

「長女眞辛苦。」我說。

註：傍晚時天空亮起的第一顆星。

「杉村先生，你有兄弟姊妹嗎？」

「我上面有一個哥哥、一個姊姊，我是次男。」

「可是你的名字……」

我常被人問起這個問題，都是因爲「三郎」這個淺顯易懂的名字。

「應該純粹只是指第三個小孩吧。我父母向來主張男女平等。」

聰美笑著用老練的手勢摁熄香菸。原來如此，她的確不像最近才開始抽菸的。這個美麗高雅，在學校想必也一直是優等生的女子，之所以十幾歲就開始抽菸，說不定也是對妹妹集父母關愛於一身的叛逆結果。

「一旦差上十歲，對父母的看法自然也有所不同。」聰美說。「至少表示我和父母的相處時間比她多了十年。就連我妹不知道的事，我……也知道不少。」

終於要進入正題了。

「家父替會長老師開車到今年六月就滿十一年了。這你知道吧？」

「對。梶田先生認識會長的時間比我還久。」

岳父平日有車輛部配給主管的司機，只有週末才會找梶田。因此他只是私人雇用的司機，不算正式職員。

週六週日，如果岳父必須上哪去或和誰會面時，就會找梶田。雖然多半是打高爾夫球或聚餐等交際應酬，再不就是出席各式由他擔任理事或委員的會議，或私人購物、看戲。當然，還會爲了一些不想讓社內的人——其他主管甚至同住的長子夫婦——知悉的事情外出。就重要性而言，後者遠遠更高。

別忘了，當年岳父和我這個準女婿見面，也是在梶田的車上。

這一切梶田心知肚明，他閉緊嘴巴，不告訴任何人。

「家父平時開計程車，那本來就是他的主業。這你也知道吧？」

「我聽說過。」

「家父四十歲加入計程車行，他大概天生就適合做這行，十年後取得個人計程車營業執照，打算離開車行自立門戶時，上司卻挽留他，問他要不要調到禮車部門。可是，家父好像不想再替別人做事，所以拒絕了。」

「聽說他會成爲會長的私人司機，是前任司機介紹的？」

「對，沒錯，是橋本。他是家父任職計程車行時的前輩。他做滿十五年後調到禮車部門，曾有幾次機會替會長老師開車。大概是頗受賞識吧，聽說後來會長老師每次都指名找他開車。」

那個姓橋本的前任司機，在禮車公司一直待到退休，退休後才正式受雇爲今多嘉親的週末私人司機。

所以，橋本受雇時已經六十五歲了。他平順地做了四年，由於糖尿病的宿疾影響視力，只好辭去工作，並推薦老友梶田接替他。

這就是我所聽說的。

聽了我的敘述，梶田聰美點點頭。

「你說的沒錯。家父自立門戶後，一直和橋本來往密切。他很欣賞家父的技術，兩人的感情也像親兄弟般。不過就年齡來說，或許比較像叔叔和姪兒吧。」

雖說只有週末，畢竟是要再次受人雇用，況且載的對象又是大人物。當初橋本問梶田願不願意接替自己的工作時，梶田再三婉拒。他說自己不是那塊料，萬一冒犯了對方就麻煩了。

「可是橋本還是鍥而不捨地勸說。他說除了家父之外沒有人足以讓他安心推薦，況且今多會長是個了不起的人。由於他實在太熱心了，最後家父只好點頭答應。」

「原來是被趕鴨子上架啊。我都不知道。」

說到這裡才想起，我從來沒對梶田說過慰勞之詞，但也少有那種機會就是了。

「雇用僅在週末專屬於他的司機本來就是會長的任性之舉。不過，我多少能理解有些事不想讓公司的人知道的心情。」

「之前，聽說會長老師即便是週末外出也是用車輛部的人喔。我是說在橋本之前。」

我有點吃驚。我一直以爲，雇用私人司機是岳父一直以來就有的習慣。

「後來因爲有幾次不愉快的經驗……該說是情報外洩嗎？倒也不是什麼企業機密，純粹是會長老師的私事。可是，那幾次經驗好像令他很不高興。」

「是會長這麼說的？」

「對，他是這麼告訴家父的。他說，人的嘴巴關不住。當然，我想他會這麼說應該也是在暗示家父口風最好緊一點。家父也是這麼說的。」

我暗自思索。岳父和誰見面、跟誰打高爾夫球、買了什麼、好像很欣賞某某店的某某人……即便是這麼無聊的傳聞，一旦透過車輛部在公司裡傳開，還是會變成八卦話題，一發不可收拾。或許有心人士聽到後會企圖根據這些情報拍岳父馬屁，的確很煩人。

就算想找出傳聞來源加以懲處，車輛部的員工也太多了。更何況，為了這點小事動不動就吹鬍子瞪眼地急著揪出犯人，也未免太孩子氣。

可是如果是私人司機，看不順眼立刻炒他魷魚再換一個就行了，豈不是輕鬆多了——原來是這麼回事。

「不過話說回來，妳對以前的事知道得還眞多。」我很單純地感到佩服。

「因爲家父常說給我聽。他說，爸爸這種小人物竟能待在會長老師身邊，妳們一定感到很不可思議吧。」

她看似羞赧，又好似有點驕傲。我試著想像梶田向女兒談論自己時的表情。

「是啊，不過……自從家母和橋本去世後，知道這些事情的，就只剩我一個人了。」

聰美把眼光瞥向晶瑩玻璃窗外的灌木，臉色倏地一暗。

「我妹妹什麼也不知道，今後應該也不會知道吧。」

她的語氣不像在對我說，反倒像在說給另一人聽，想必……是說給梶田聽。

她再次把臉轉向我。

「正如我剛才所說，家父在四十歲那年進入計程車行。之所以與橋本和會長老師結緣，也是由此而來。可是家父還有以前的人生，而且那段人生和家父的……和他後來的人生，有相當大的差異。」

我突然感到很不自在，開始抗拒梶田殘留在我心中的印象遭到破壞。

——恭喜。

那個祝福我的人、一看就是歷經滄桑的微笑——我希望就這麼完整地保留在我心中。

可是，事到如今已無法逃避。

「他的人生大起大落——這麼說或許過於誇大，因爲他不曾風光地揚眉吐氣過，用動盪不安來形容應該比較恰當吧。」

聰美說著眨巴著眼睛。

「家父生於栃木縣的水津村。老家務農，家境還不錯，但家父和親兄弟合不來，中學一畢業就離家出走似地來到東京，從此和老家完全斷絕關係，我們姊妹也不認識祖父母和家父那邊的任何親戚。就算想聯絡，也毫無線索。」

我想起喪禮出席者的確不多。

「家母是東京人，家庭環境也很複雜。我外公生性風流，據說家中一直紛爭不斷，經濟也很拮据，家母高中沒念完就去找工作了。無一技之長也沒有學歷的她，找來找去還是進了所謂的特種行業，不過以前十幾歲女孩能工作的風化場所並不多，頂多是在咖啡廳或居酒屋端端盤子。她在這種情況下認識了家父。當時，家父在蒲田的社區小工廠當作業員。」

兩人同年。認識不久後，於二十歲結婚。

「雖說組了個小家庭，其實就像在辦家家酒一樣。加上家父不斷換工作……聽說他在一個地方連半年都待不住，卻想和別人一樣吃喝玩樂，所以總是缺錢。」

「這和我所認識的那個梶田先生，好像差太遠了。」

我的話，令聰美苦笑。

「我這個做女兒的這麼說或許很奇怪，但你說的的確沒錯。」

只是個好勝心比誰都強的小鬼，成天做著白日夢——梶田曾向聰美如此評論年輕時的自己。

「簡而言之，只有『遲早有一天我會闖出一番大事業，變成有錢人給你們瞧』的志氣特別強。渴望著出人頭地，衣錦還鄉，給合不來的親兄弟一些顏色瞧瞧。可是既不知道該怎麼達成夢想，也找不到具體的努力目標，只是隨波逐流不斷流浪，名副其實地走一步算一步。我父母二十幾歲的時候，大概就是這樣過日子吧。」

那已是四十多年前的遙遠往事。當時日本戰後蕭條期剛結束，開始出現高度經濟成長的曙光。就算是不上不下的工作，只要肯找，還是能找到一大堆，足夠小倆口過日子。但是，那樣沒有前途。全球罕見的光輝高度成長期，反過來說，也正是日本全國上下化爲一個企業的運作時期。如果沒有確實隸屬於那個企業，要活下去恐怕比現在更困難。

「家母也做過酒女，或在近郊旅館做那種包吃包住的女服務生。她和家父鬧過好幾次離婚，不過最後又言歸於好。」

聽美微瞇起眼，黑眼珠變得像針尖一樣小。

「家母雖然沒說明白，但好像就在那時懷了孩子。可是，在那種狀態下不能生……從她生了我之後懷孕又必須墮胎的沮喪程度看來，那應該不是第一次失去孩子，我猜她也許流產過。」

「妳是說早在妳出生之前？」

「對。因爲我父母三十三歲才生了我。」

不斷換工作的梶田，終於在這段時期穩定下來。

「總之，在那之前家父做過的各種職業簡直多到令人目瞪口呆，連家母都無法一一細數。他做過作業員，也當過店員、推銷員，據說還替可疑的金融業者（可能是地下錢莊）跑過腿。聽說其中一處專做賭馬的私吞了客人的賭金，家父前腳才剛踏出公司，就遭到警方臨檢，除了家父外，全體都被逮捕。」

聽美敘述時嘴角雖帶著微笑，眼色卻是黯淡的。

「就這樣荒唐度日之際，湊巧進入了一家玩具製造公司，社長是個大好人。他責備家父『你也不可能永遠年輕，給我振作一點！』徹底地磨練他。雖然雇用時是領時薪，就像目前的兼職身分，但社長承諾只要他肯好好努力就能升爲正式職員。不僅從最基本的工作開始教他，還讓一直居無定所——因爲他們總是積欠房租被房東趕出來——走投無路的他們搬進公司宿舍。」

那是位於八王子的「TOMONO玩具公司」。聽美就是在那裡的員工宿舍出生的。

「家母也在社長的勸說下辭去酒女的工作，在同一家公司當起事務員，我出生後，社長又安排她做家庭代工當副業。我記得很清楚，小時候家中總是堆滿了漂亮玩具的零件。」

「那，妳父母，在梶田先生進入計程車行之前，一直在那裡工作嗎？」

這個問題令聰美眼中的陰影變得深沉。

「不……不是這樣的。最後雖然辭職了，但那是另有複雜的苦衷。」

她似乎難以啓齒。我赫然醒悟，是剛才提到的墮胎。她說發生在她六歲那年。既然她父母一直在TOMONO玩具工作，又在員工宿舍過著安定的生活，照理說應該用不著勉強放棄孩子。

原來如此……我只是點點頭，噤口不語。

「總之，呃……事情就是這樣。」

聰美取出香菸。她的手指似乎有點顫抖，是我多心了嗎？

「我父親這一生沒什麼好褒獎的。不，我認爲他的晚年値得尊敬，但畢竟也有過不堪回首的時期。因此，我希望阻止妹妹挖掘家父過去的人生。那孩子現在什麼都不知情，可是，就算是個外行人，只要積極打聽，應該還是會發現一些什麼吧。」

她遲遲沒點火，一逕在指間轉動著香菸。菸幾乎快斷了。

「正如我剛才所說，家父和不正經的人來往過，雖然當時他只是個跑腿打雜的。我怕我妹妹發現什麼線索，像採訪記者一樣傻傻地跑去找那些人。家父好不容易才和那些人斷絕關係，萬一又被那孩子給扯進來……」

結果，聽美始終沒點燃香菸，就這麼放進了菸灰缸。這次我很確定，她的指尖在顫抖。

「妳既怕令妹受傷，也怕令妹挖掘的往事有損令尊名譽。這才是妳內心眞實的想法吧。」我問道。

聽美抬起臉點點頭，眼睛張得好大。

「對。家父的……可恥的過去，我不希望傳入會長老師耳中。在會長老師面前，家父深受信賴，他眞的很照顧家父。我希望替家父保持完美的形象。」

正因如此，當然不可能把這件事告訴今多嘉親。

我堆出自認最燦爛的笑容。是桃子發燒時，在她枕邊安慰時的那種笑容——沒事，只要睡一晚燒就會退了。爸爸會一直陪著妳，妳安心睡吧。

「事情原委和妳的心情，我都已明白了。但我倒覺得妳用不著這麼擔心。」

梨子應該不會如聽美所憂心的，那麼輕易地就能挖出父親的過去，所以她惹禍上身的可能性也不高。畢竟她手中的線索實在太少。如果想避開危險，做姊姊的只要不透露情報就行了。

對於我的樂觀意見，聽美似乎屏息傾聽。

「妳說的沒錯，關於令尊、令堂的往事，妳比令妹知道得更多，是最大的情報來源，所以妳應該也可以掌控令妹才對。」

「掌控？」

「對。如果對往事太刨根究柢，會脫離出書的宗旨。妳可以建議她，只要追述這十年來成爲今多嘉親私人司機後的人生就夠了，如果能具體描繪出令尊過著什麼樣的生活、抱著什麼樣的期待或許比較好。實際上，我也認爲這樣的內容會更有說服力。」

這也是身爲編輯的意見。不說別的，就算再怎麼有時間，單憑外行人的調查，光是要追溯某人人生的十年就已大費周章，還是鎖定目標、縮小範圍來得好。

「要說服令妹放棄出書恐怕很難。如果態度過於強硬，反而讓她起疑。這點對我們會長來說也一樣。況且，我認爲寫這本書還是有意義的。如果運氣好，媒體眞的報導出來了，說不定還能因此找出犯人。」

梶田聰美渾身凍結般動也不動，唯有手指在哆嗦。明明握緊了雙手，卻還是無法抑制地顫抖。

「這樣子……眞的沒問題嗎？」

那彷彿是從隱藏在衣服底下的身體某處，雖小卻深刻的傷口不經意洩露出來的聲音。

我抹消了樂觀的笑容。不，是自然消失的。不是因爲同情她的心情，而是我赫然察覺了。

這個心思細膩得甚至有點鑽牛角尖、想法縝密周到的女子，不可能沒想過我所說的替代方案。充分思考過後，她發現自己做不到，因此希望借助第三者的力量，讓她妹妹踩煞車。

因爲，她非常害怕。

爲什麼，她在害怕什麼呢？

「梶田小姐。」我喊她。雖然我自認語氣已經夠輕柔了，但她還是嚇了一跳。

「也許是我的誤解，但我總覺得妳似乎另有心事，而且是非常具體的煩惱。那應該是妳至今仍未提及的問題吧。」

我的眼神也向她探問。雖然她的視線從我身上躲開，但我還是拚命地投出詢問的視線：把那具體的煩惱告訴我好嗎？

她正獨自走向暗處。我大聲向她疾呼，也在懇求她告訴我爲何要往那兒走。我的懇求似乎勉強奏效了。她的眼睛再次眨動。

聰美一隻手按著臉，又拿起剛才放下的菸，緩慢且愼重地，像第一次拿打火機的小學生般小心翼翼地點火，深吸一口菸。

「要隱瞞果然很難。」她說。

「這證明妳是個好人。」我說。這不是安慰之詞，是我的信念。

「眞奇怪。會長老師之前只說杉村先生是個好編輯。他說：『我這個女婿，雖然完全不適合經營事業，卻懂得編書。』。」

實在難以想像被岳父誇獎的情景。

「我和妹妹一起去見會長老師時也是，話都已經衝到我的喉頭了。當時我眞的好想向會長老師全盤托出。可是，又覺得父親太可憐了，還是竭力按捺住那股衝動。我本來打算今後也繼續保持沉默。可是，爲何和你幾乎等於是初次見面，卻說出這麼多呢？」

那是因爲聰美知道，只要透過我這條迂迴路徑，阻力就會少上許多。我是岳父的附屬品——不，連附屬品都稱不上，只是懸在半空中的多餘包袱。

聰美本來就想說出來，不是因爲隱藏祕密太難，而是因爲太痛苦。

聰美弧度優美的嘴唇，源源不絕地溢出話語。

「我認爲，家父危險的過去說不定仍未完全結束。一想到他以前——就是不停換工作、替黑道跑腿的那段日子——所結的惡緣或許到現在還沒切斷，我就非常不安。」

小孩會把一切黑暗當成妖怪的化身。突然間，這句話浮現在我的腦海。這是在哪讀過的一段話？育兒指南嗎？所以小孩害怕什麼時，做父母的千萬不可不問究竟便一笑置之。

如果是這樣，面對這個眼神像獨自看家的小孩的女子，我千萬不能笑。懼水者連稻草都會抓。我就是那根救命的稻草。

「妳的憂心，有什麼根據嗎？」我不疾不徐地反問。

聰美一逕盯著光亮的桌面上的木紋，微微點頭回應。「有。家父的……態度很奇怪。」

她的婚事底定，忙於各種準備之際，梶田曾在某個偶然的機會下，不經意地低語。

「他說，在妳出嫁之前，我還有事情得好好做個了斷呢。我問他什麼事要做了斷，他卻慌慌張張地含糊帶過。」

——必須好好做個了斷的事情。

「他指的，會不會是張羅妳的結婚資金，或是等妳成家後，只剩令尊和令妹同住，得預作準備之類的呢？」

「不是。」聰美堅決地搖頭。

「那些事早就做好準備了，我也事先存了一筆錢當結婚資金……」

看來似乎有難言之隱。

「反正不是那種事。他的語氣和表情完全不對勁，我敢確定當時家父心裡想的絕對不是那種家務事。」

她傾身向前，看著我的臉。

「一定是更重大的事，而家父也確實準備把那件事做個了斷。說不定就是因爲這樣才會發生那種事……」

「那種事？」我以連自己都沒料到的大嗓門反問。

聰美愼重地停頓了一下，拿捏時機，彷彿不是以語言，而是要把一個更沉重、更難拿的東西交到我手中。

「那並非偶然發生的肇事逃逸，而是蓄意狙殺。我認爲家父也許是遭到謀殺。」

踩著逐漸加大間隔的踏腳石，成功地走了過來。可是卻又發覺下一塊踏腳石遠在十公尺之外——這就是我現在的心情。

「那還眞是……這個推論未免太跳躍了吧。」

「會嗎？」

「會。因爲那和他替地下錢莊跑腿的小事根本是兩碼子事。先不說別的，單是梶田先生說的話，就另有很多種穩當的解釋。」

聰美屏息。臉頰浮現強硬的線條。

「或許如此，但我根據的不只是那番話。實際上我們以前的確捲入過犯罪事件，我到現在還記得很清楚，我想連家父應該也不曾忘記。」

她說那是二十八年前的事。一九七五年，當時梶田聰美四歲。

「我遭到綁架，被人囚禁了兩晚，不讓我回家。綁架我的人說是家父害的。對方清楚表明，是因爲恨家父，所以要殺了我。幸好我沒有被殺掉，不過眞的差一點就死了，後來我爸媽帶著我逃出來。之所以得離開好不容易安頓下來的TOMONO玩具公司，重回不安定的生活，都是這件事造成的。」

4

看板的白色反光很刺眼。上面寫的內容我幾乎可以倒背如流。我以手帕擦汗，猛地轉身，再次仰望聳立的公寓大樓。這棟樓的外牆也是白色的，似乎才剛做過大規模整修粉刷，同樣反射著刺眼的白光。

葛蕾絲登石川公寓，這是此處的正式名稱。石川不是地主的姓，而是流經那座勾勒出魅惑拱形橋下的運河，也是此地的鎮名。

建築物面向馬路，形狀就像倒過來的凹形。中央空著的那塊地，是有著青翠草皮與花壇的美麗庭園，靠近馬路的地方是有屋頂的自行車停車場。社區內部的走道夾在建築物與庭園之間，鋪著漂亮的彩色磚。

社區有兩個出入口，分別位於凹字的左右兩端。雖在同一直線上，但建築太大，兩個出入口相距頗遠。到處都栽種著樹木，不但恰當地維持隱私，同時也製造出安詳的景觀。

我和看板佇立的位置，是位於凹字的左側邊上，就方位而言是西側出入口。西棟比東棟短了三分之一。剩下的部分形成兩段式的停車區。東邊出入口面向步道處設有阻擋車輛進入的護欄，西邊停車區前方的走道中段也有同樣的護欄。

管理室位於東棟一樓。剛才我去看那塊刻有公寓落成日期和正式名稱的御影石碑時，曾經伸長脖子往裡頭窺探。大廳的事務室深處，小小的櫃檯窗口後頭坐著一個身穿淺灰色制服的男人。「訪客請先登記」這行但書掛在醒目之處。

我感到襯衫內側的汗水滑落背上。我依然站在那裡，看著看板。接下來該怎麼辦？該正式拜訪管理室嗎？

八月十五日那天下午，不知梶田是否以訪客的身分去櫃檯登記過。但，顯然就算去拜訪也沒用，因爲管理公司也在休中元假期，窗口是關著的。

不意之間，一輛自行車緊貼著我的手肘從旁掠過。是個矮小的白頭老翁，叼著香菸悠哉地踩著踏板。

老人剛走，下一輛車已和他錯身而過駛來。是用娃娃座載著幼兒的女人，母子倆頻頻交談著。

我退後半步，背幾乎貼著看板讓出人行道。目送母子倆鬥嘴之際，背後響起叮鈴叮鈴的聲音，又是自行車在警告我注意。

「不好意思。」

繫著圍裙的年輕女子一邊閃過我身邊一邊說著。她越過杵在人行道上的擋路者後，就使勁踩著踏板加快速度，漸行漸遠。

這裡簡直是自行車的銀座。

以我的腳程來說，到最近的ＪＲ車站約需十五分鐘。站前有個熱鬧的購物中心，半路上也有大型超市。搭公車的話這個距離有點不遠不近，無論是上班、上學或買菜，自行車想必都是這附近居民的重要代步工具。

這點我可以充分理解。但，行人舉步維艱卻也是事實。

我沒來由地嘆了一口氣，緩緩邁出步伐。還是去拜訪本地的城東分局吧，比起漫無目標地在葛蕾絲登石川公寓附近打轉，這樣應該會比較有效率。

梶田被自行車撞倒時，爲何會站在葛蕾絲登石川公寓前呢？

「那棟公寓和石川町，都是和我們八竿子打不著的地方。」梶田聰美如是說。她說既沒住過該處，也沒有親友在那兒。「家父爲何在中元假期特地前往那裡，又做了什麼，我實在想不出合理的解釋。」

所以她才會推測，父親之所以站在葛蕾絲登石川公寓的西邊出入口，一定和她憂懼的父親過去——他所說「必須好好做個了斷的事」——背後隱藏的祕密有關。

昨天，我費了半個下午聽梶田姊妹敘述，剩下的那一半時間用來聽梶田家的姊姊傾訴。而晚餐後的休息時間，則用來記錄從兩人那裡聽來的事項。通常，家裡那台電腦我只用來寫集團宣傳雜誌《藍天》的報導，昨晚它一定很吃驚，被我百般折磨拿來重寫採訪稿或修改寫壞的稿子（當然是我自己的）的電腦君，看到我突然撰寫冒出殺人和綁架這些字眼的文章（雖然加上問號了），搞不好還以為我瘋了。

城東分局是棟四層樓的老建築，看不到半點現代化的時髦風格，整體皆以傳統的鋼筋水泥和玻璃窗構成。穿過同樣冰冷無趣的鐵門，我不停拭汗。朝著制服警員站崗的正門走去時，驀地，我感到似乎不慎墜入野村芳太郎導演改編松本清張小說的電影一幕。在還沒看到建築物右邊那片訪客專用停車場的最前排，傲然地停著閃爍晶光的藍色ＢＭＷ之前，這種錯覺一直存在。可惜，這要是一輛皇冠或青鳥，我應該可以繼續保持那種心情。

警局內多虧有遮陽篷，比外面涼快多了。裡頭人多得出乎意料。我走近櫃檯，向身穿襯衫制服、戴著警帽的警員表明，想請教一下半個月前轄區內發生的一起車禍。

「你是車禍相關人士？」

「是車禍死者的家屬委託我的。」就廣泛的意味而言不也算是相關人士嗎？

警員挑了一下眉毛，觀察我汗濕的襯衫。「你是律師？」

「不是。」

「這條走廊往裡走。」警員從櫃檯稍微探出身子，指著人來人往的大廳右手邊。「有一間防犯諮商室。你先去那裡試試看。」

「我不是要防犯諮商。」

「總之你先去看看。」

我後面忽然冒出一名中年男子，硬把我擠開，向櫃檯的值班警員問起什麼。聽起來好像是在問某某人在嗎。雖然不像警局訪客開口該問的第一句話，不過櫃檯警員好像還是應付得很俐落。

我踩著油氈地板，走向防犯諮商室。地上掃得很乾淨。

我立刻找到以哥德式字體標明「防犯諮商室」的白色牌子。牌子底下的門是彈簧式的——沒有轉動的握把或把手，往哪推它就往哪開。我一走近，門正好啪地彈開，走出一個頭髮染得火紅的中年女子。她又瘦又高，濃妝豔抹，就像準備外出，著裝到一半就不小心出了門。換句話說，在我看來，她的穿著還停留在內衣階段。

她差點撞上我，當下露骨地面露怒容，瞪了我一眼才匆匆離去。走過之處，留下濃郁的香水味，那股氣味形成散不開的帶狀，幾乎能夠依此當路標——不，是鼻標，一路跟蹤她到天涯海角。

我望著應著彈力晃動不停的門，咬牙後悔了三秒鐘，早知道應該先問梶田聰美負責本案的刑警叫什麼名字再來。

不過反正也別無他法，我還是推開門。彈簧吱地叫了一聲。

意外地，房間很寬敞。公家單位常見的長條櫃檯前排放著摺疊椅。櫃檯不是開放式的，以樹脂做的屏風形成簡便的小隔間。環顧四周，五個小隔間中有四個已坐了人。幸好空著的那個隔間就在我眼前，年輕的女警（剛才那個中年女子八成就是她招呼的）一邊用原子筆填寫著什麼文件，一邊抬頭看我。

我沒找到抽號碼牌的地方，況且一旁也沒人等候，於是我欠身開口。「我可以坐下嗎？」

「請等一下。」

女警振筆疾書後，起身離開櫃檯，把那份文件放進背後檔案櫃上排放的木盒裡。後方的辦公桌還坐著幾名制服警員，在我視野所及範圍內的兩人，都忙著講電話。

「請坐。」年輕女警回座後，請我坐下。「我是城東分局防犯諮商室的樋口巡查。」

她微微抓起淺藍色制服胸前別著的身分證件，朝我亮了一下。姓名、身分、大頭照。這女警顯然不太上相，我暗忖。

「在請教你的諮商內容前，請先在這裡寫下地址和姓名。」

櫃檯上放著一張表格。

上面的標題寫著「防治犯罪諮商表」。

樋口巡查看似聰穎的眼睛望著我，我老實地寫下姓名與住址。

去年接受公司的集體體檢時，包括我在內的幾個集團廣報室成員，差點因程序上的錯誤重複照兩次胸部X光。在大醫院裡按照順序轉來轉去的過程中，我和同事們最後已搞不清接下來該去哪裡、哪個檢查做過、哪個檢查還沒做。不過，至少還知道胸部X光已經照過了，雖然心裡懷疑接下來說要去照片子應該是搞錯了，但當著匆忙指揮看診者的醫護人員面前，這種話誰也開不了口。對方塞過來叫我們填寫的看診表，分明是不到一小時前才寫過的東西，可是我們還是默默地填寫。

現在，我又有相同的感受。

填完後，我放下原子筆，樋口巡查將表格拉過去瞄了一下，浮現微微的笑意。

「那麼，你想商量什麼問題呢？」

我差點脫口而出：胸部X光我照過了。

「老實說，我不是來諮商防治犯罪的事。」

我把梶田信夫的肇事逃逸車禍說明了一遍。

「我是死者梶田的朋友。他有兩個女兒，非常關心警方的搜查進展。她們打從一個星期前就沒有接獲任何通知，才委託我前來詢問。」

雖然來城東分局是我自己的意思，並非受梶田姊妹所託，但這也不算說謊。

樋口巡查不停眨巴著眼睛，那副表情使她看起來突然像個小丫頭。

「那應該是交通課負責的案子吧。」

「我也這麼想，可是櫃檯人員叫我來這裡。」

「你知道負責人叫什麼名字嗎？」

「這個嘛……」我突然冒汗。「我應該聽過，可是現在一時想不起來。」

這是謊言。我沒問梶田聰美負責本案的刑警姓什麼，當時也壓根沒這個念頭。畢竟，她突然扯出一堆又綁架又殺人的驚人話題，我根本無暇顧及這些——我在心中這麼替自己辯解。

桶口巡查又眨了眨眼，這次看起來已經不可愛了。顯然，她在懷疑我的說詞。

「關於案子的搜查狀況，我們不能隨便告訴外人。請你把這個情形告訴梶田先生的家屬，請他們和負責本案的刑警聯絡比較好。」

桶口巡查是個非常親切的公僕。在這種情況下，想必這是最妥當的處理方式。

「妳說的對。是我做事太沒效率了，眞不好意思。」

我雖然道了歉，卻沒有立刻離席。「還有件事想請教……」

拿著我塡的表格正準備起身的桶口巡查，不解地微偏著頭。

「這年頭自行車造成的死傷意外是不是已經不稀奇了？雖然我在電視上看過新聞節目的專題報導，卻作夢也沒想到熟識的人會被自行車撞死，至今依然非常震驚。」

桶口輕輕點個頭，直率地看著我。「自行車互撞，以及自行車擦撞路人或撞倒路人的意外確實層出不窮。不過，自行車引起的車禍多半沒有打一一〇報警，所以我們警方也無法掌握實際發生件數。」

如果只是稍微擦撞，雙方略受輕傷，自行車稍有磨損的程度，的確不會刻意報警。想必不是互相道歉匆匆說聲對不起，就是互罵兩句「渾蛋」、「你沒長眼睛啊」了事。

「如此說來，梶田的情形算是例外囉。造成死亡，又肇事逃逸。」

「是啊。」

「那防犯諮商室，是否曾接獲民眾報怨或陳情，表示住家附近有自行車高速狂飆，非常可怕？」

桶口巡查大概判斷這種問題回答一下也無妨，直視著我的眼睛點點頭。

「以前處理過這種案例。不過不是一般家庭，是在學生上下學的路口。」

「像這種情況，你們怎麼處理呢？」

「我們會用看板或海報呼籲大家注意。」

「這樣能改善問題嗎？」

桶口巡查露出「確認這點又不是我的職責」的表情，同時也誠實地表現出她從未考慮過這個問題。

「剛才，我去過梶田發生意外的公寓出入口。」我說。「那裡簡直就是自行車銀座。就算發生別起沒報警的擦撞意外也不足爲奇。」

「或許你可以試著問問管理員。」

這個建議很適切。我會的，謝謝妳。說完，我起身離席。

搞了半天，我到底是來幹嘛的——我自問自答著走出警局。

我很想知道梶田的意外是否有疑點，有什麼地方顯示出那並非意外，而是故意殺人。

這個疑問，我知道詢問櫃檯值班警員是不會有斬獲的。

電視推理劇中扮演偵探的男女演員，行動更有效率。他（她）們通常和某位員警交情不錯，而且那位員警往往湊巧是案件調查的核心份子。

如果另覓路徑恐怕會迷路，所以我決定循著原路回到車站。在那座深深吸引我的石川拱橋上，我又佇立了半晌，享受河風。

河水很淺。凝目一看，可見積著茸茸淤泥的河底埋著凹扁的燈油罐和空瓶之類的東西。走到橋的另一頭，還可以發現欄杆正下方沉著一輛自行車。第一次來時我只顧著眺望景色，沒注意腳底下。

就在我張望之際，又有好幾輛自行車在橋上來往穿梭。有年輕人也有家庭主婦，有老人也有孩童。每個人都毫不費力地爬上這座拱橋，又破風疾駛而去。

我以自行車代步四處跑的時代，只到大學爲止，找到工作便搬離宿舍。遷居的公寓雖然破舊，但離車站和商店街很近，不再需要自行車了。婚後更不用說，我們住在通勤極爲方便之處，也不需親自購物，和妻子外出時也是叫計程車。這種生活我早已習慣。

在我騎自行車到處跑的當年，最怕碰上陡坡和橋。騎上石川橋這種拱橋時，大家都得站在踏板上，從座墊上抬起腰氣喘吁吁地猛踩踏板。現在這麼一觀察，已無人這麼做了。只要切換變速，任何道路都能如履平地。這年頭連電動自行車都有了。

正因如此，一旦撞上，運氣不好就會害死人。

不過，想殺某人時，如果蓄意用自行車把人家撞飛，做法未免太過迂迴。如果是騎著自行車無聲無息地接近，以什麼東西打他或拿刀刺他，然後再無聲無息地逃走，這樣還比較可行。自行車不是凶器，純粹只是代步工具，這才是比較合情理的想法。

吸飽了河風，身心清爽後，我這才像要打道回府般走下橋。本來中途不打算駐足，只是想上橋再下橋試試。這時，我突然和從街角窗口探出臉的老婆婆四目相對。我慌忙欠身行禮，老婆婆也回以一禮。她的面容很慈祥。

「您好。」我打聲招呼。老婆婆聽了，又再一次回禮。

橋下兩側都有紅綠燈和斑馬線。因爲石川運河兩旁各有一條沿河單行道，和這條馬路交叉。兩岸的道路都是單線道的小路，交通流量也極少。無論剛才或現在，穿越這裡的汽車都寥寥可數。所以騎自行車過橋的人，完全不把橋下兩端的紅綠燈當一回事，毫不減速地疾駛而過。

老婆婆所在的那棟木造雙層樓房，位於橋這一頭的橋腳——距離葛蕾絲登石川公寓較遠的那頭——過了紅綠燈的轉角處。古老的瓦簷已見傾斜，單薄的木板也已鬆脫。不過倒也不是完全無人打理，窗框和老婆婆靠著的扶手，看起來頗新。

「天氣還是這麼熱耶。」

老婆婆主動發話了。不知她多大年紀。牙齒稀疏，額頭和眼尾的皺紋都很深，頭髮雪白，穿著圓領的棉質連身洋裝——或者可稱爲「布袋裝」，脖子上搭著手巾。

「就是啊。」

「會一直熱到彼岸節（註）喔。」老婆婆慢條斯理地說著。她拉起手巾一端，來回掀動著替臉

註：春分與秋分的前後七日。

上搧風。

「是啊，失陪了。」我右轉上橋。

或許她會覺得我是個怪人。但，老婆婆莞爾一笑。

「辛苦了。」話聲傳來，我沒有駐足，只是稍微傾身點頭。

剛才經過時，那扇窗應該是關著的。也許是看到陌生男子在橋的附近打轉，才開窗一窺究竟。不過這位老婆婆還眞友善，該不會是把我當成業績不佳的推銷員吧。

走下石川橋，搭在臂上的西裝外套內袋響起手機鈴聲。一看液晶螢幕，打來的是事先輸入的電話號碼。

螢幕顯示是「父」。

「喂？」

伴隨著雜音，傳來「三郎嗎」的招呼聲。

「是，我是杉村。」

「你現在在哪？」

岳父似乎正車上，收訊狀況不太好。

「我在梶田去世的現場旁邊。」

霎時，傳來一陣沉默，也許是不知如何回應我的回答。不過岳父向來是不浪費時間的人，他可不會用收訊不佳的手機囉唆太久。

「聽說你見過梶田的女兒了。晚上開會之前我還能抽出點時間，談一下好嗎？」

「是，我去見您。」反正，我正覺得必須向岳父報告。

「那就約在遊樂俱樂部。」

「我應該三十分鐘後就能到。」

「我這邊過去應該也差不多吧。」

電話就這麼掛斷了。我先穿上西裝外套，小心翼翼地收起手機。手錶是女兒的，手機是向妻子借的，同樣是臨出門借來的。

——你的手機，與其送修還不如換一支比較快。故障之後你就一直放著沒動吧？今天我出門時順便幫你跑一趟。

所以，等我今晚回家時，應該已經有新手機，到時也就可以把手錶還給桃子了。

明明是妻子的手機，岳父卻毫不遲疑地開口就問「三郎嗎」。連我和梶田姊妹見面的事也早已知道，肯定是菜穗子透露的情報。而且白天她出過門，一定又是父女倆共進午餐吧。

我好歹還是會推理的。

5

遊樂俱樂部是個創始於戰前，歷史悠久的會員制俱樂部。會員多半是財界人士，以製造業和運輸物流業者占壓倒性多數。只要能按時繳納會費和設施清潔費，無人過問會員經營的公司規模大小，倒是會在意是哪個行業。聽岳父說，終戰後不久，爲了要不要讓貿易公司的經營者和主管加入會員還起過一番爭論。

據說，是因爲那時靠著黑市買賣起家的可疑人物太多了。

就像一般頑固且自尊心特強的俱樂部，這裡的會員人數也不多。看來岳父就是中意這一點。

俱樂部位於有樂町交通會館旁邊的某座小型大樓最頂樓。一出電梯，就是一個小巧整潔的大廳。腳下的地毯很厚，左邊牆上掛著雷諾瓦的小品。右邊靠窗的空間向來裝飾得花團錦簇，但與其稱之爲普通插花，用立體雕塑來形容或許更貼切，有時甚至與我的肩頭一般高。今天該處怒放著漂亮的鐵砲百合，花粉已被仔細剔除。

「歡迎光臨。」

在櫃檯接待處，身穿粉鮭色套裝的女子面帶微笑地亭亭而立。就我所知，只要俱樂部營業，她就一定會在這兒。稱她爲領檯小姐或許太失禮，她是這裡的招牌西施，姓木內，無論何時見到她都是一身剪裁合宜的筆挺套裝。大廳窗邊那匠心獨具的插花是她的傑作，除此之外我對她毫無所悉。

「今多會長已經到了，他在老位子等你。」

「謝謝。」

第一次來這裡，是和菜穗子剛結婚時，當然是被岳父帶來的。無論是當時或現在，木內的微笑與行動舉止都毫無改變，倒是我有了一些變化。很長一段時間，每逢承蒙她帶位，或是透過她傳話、聽取傳話等麻煩到她時，我總是忍不住說「謝謝您」。那個「您」字，到了某個時期就自動摘除了。

當然，即便如此，木內的反應還是一樣。雖然不知道她心裡在想什麼，但我從不曾感到不安。就這點而言，她和岳父的首席秘書冰山女王大不相同。在冰山女王面前，不管我怎麼做她永遠令我不安。因爲她總是無言地傳達出「你和這裡格格不入」的訊息。

岳父坐在靠窗的沙發上，將身子深深埋進靠背，正透過降下一半窗簾的玻璃窗俯瞰有樂町街景。桌上的那杯咖啡似乎還沒有碰過。

「讓您久等了。」

我規矩地行個禮，在眼前的扶手椅坐下。不用特地吩咐，咖啡會自動送過來。

「我從赤坂過來，」岳父說。「沒想到路上很空。」

我看看桃子的手錶，現在是下午四點四十五分。

岳父似乎有點睏，也許是累了。待在遊樂俱樂部時，有時他看起來比在家裡還不設防。

「這裡也被包下來了。」

沙龍空蕩蕩的。泛著糖色光澤的曲木椅輪廓，在間接照明下突顯出女性氣質。

「您下一個約會是幾點？」

「六點出發就行了。」

我的咖啡送來了。這裡的服務生，制服褲上的折線永遠像剃刀一樣筆挺分明。

咖啡一放到桌上，我再次說聲「謝謝」。

岳父從皮沙發坐起身子，眨眨眼，看著我。「白天，菜穗子來過。」

我就知道。

「昨天，我在公司那兒見過梶田的兩位千金。沒早點向您報告很抱歉。」之所以沒說非常對不起，是因爲我已習慣岳父。

「見到面就好。」

岳父喝了一口黑咖啡，看似輕鬆地問道：「那麼，你看怎樣。有希望出書嗎？」

岳父是個……如果，僥倖眞有這種機會而我也膽敢這麼做的話……我用單手就能拽著他的前襟把他從地上拎起來的瘦小老人。

可是，我卻被他的氣勢壓倒。就算這個小老人不是我的岳父，只是個財界名人，湊巧我來到此人面前，還是會被他的氣勢所震懾。

那並不可恥之事。我猜。

「事情說來有點複雜，」我如此切入主題。「出書並非難事。只是，聰美與梨子似乎還沒有達成協議。」

岳父把咖啡杯放回托盤，兩隻手掌分別包放在兩膝上。打從兩、三年前，他就因膝關節痛看醫生，此後每當坐著，採取這種姿勢的機會就增多了。

「要不要讓人拿條毯子來？」

「不，不要緊。」岳父輕聲拒絕，露出有點目眩的表情。

「那是因爲那兩個女孩年紀相差甚遠，個性也截然不同。打從以前就是這樣。」

既然岳父和梶田認識了十一年，對姊妹倆這十一年來的成長過程想必也有所耳聞。

「聰美事事謹愼，梨子卻很活潑。爲了這件事來找我時也是，梨子意氣昂揚，聰美卻只是頻頻道歉。那兩個女孩意見不合已經不足爲奇了。」

「聰美和梨子不但非常尊敬您，似乎也把您當成親人。因爲您對梶田一家特別親切。」

「哪裡，其實也沒什麼。」岳父的眼神慈藹。

我心裡很難受。聰美說的話再次浮現腦海——好幾次話都已衝到喉頭，恨不得乾脆向會長老師坦白一切，可是家父太可憐，所以我還是拚命按捺住這個念頭。

既然她已經告訴了我，便應該預料到事情會透過我傳入岳父耳中吧，我僅能遵守「絕不告訴梨子」這個規則。畢竟無論是對梶田姊妹或對我而言，今多嘉親都是幕後總指揮，不可能有事瞞著他。

「老實說……」

我將昨晚在腦中整理、摘要過內容，簡明扼要地說明來龍去脈。

等我報告完畢後，岳父抬手喊服務生，又要了一杯咖啡。我正想端起自己的杯子之際，「也替他換一杯新的。」岳父對服務生說。

送來咖啡，服務生離去後，岳父有點痛苦地呻吟著換隻腿蹺腳，又將身子深深埋進沙發中。

「聽美是個一板一眼的女孩。」他仰望著天花板四周邊上的精細雕刻低語著。「或許是因爲這樣，該說她是萬事悲觀還是膽小呢，總之她似乎過度意識事物壞的那一面。」

「我對她的印象也是如此。當然，她是個極爲端莊規矩的好女孩。」

「嗯。之所以遲遲未婚，或許也是因爲這個因素。不過，那是題外話了。」

梶田人生中的黑暗面嗎——他唸台詞般地說完，看著我。

「關於聽美四歲那年被綁架的事，我還是一頭霧水。你沒有更詳細地詢問嗎？」

事實上，我也如墜五里霧中。因爲當我想詢問具體狀況時，梶田聽美堅決不提。

——對不起。總之你知道有過這麼一回事就好，請別再追問了。我不想再回憶細節。不過這絕非我捏造的，一切眞的都發生過。

岳父臉色一沉，鼻尖變得更尖。

「那麼犯人可有要求贖金，或是報警……」

「不，據說完全沒有。」

我也厚著臉皮追問聽美是否爲財綁架，但她斷然否認。

——不是爲了錢，是家父的仇家，爲了折磨家父才把我擄走。是我親耳聽到犯人這麼說的，絕不會錯。

岳父撫著尖削的下巴尖，沉思了半晌。

「這還眞不好說。」

「唯一能確定的就是的確發生過某些事吧。」

「嗯。對她來說想必是相當可怕的事。不過要斷言是綁架，總覺得太含糊籠統了。如果不能得知詳情，實在無從判斷。」

我很惶恐。岳父說的沒錯，但昨天實在無法繼續追問下去。如果逼得太緊，梶田聰美八成會哭出來。

「我從來沒聽梶田提過他女兒曾捲入那種事件。不過，就算眞有那麼一回事，他應該也不會告訴我吧。那本來就不是茶餘飯後的話題。」

岳父緩緩喝了一口咖啡。「她說是四歲時發生的事吧？」

「對。」

「那個年紀啊。在英國，正是所謂『連馬都還不成氣候的年紀』。」

岳父並非自以爲是英國通，不過長年替他縫製紳士服的裁縫店素來堅持正統的英國風。無論外布或內裡，連鈕扣、領襯都特地遠從英國訂購。這種警語或箴言，大概是相交三十年的那位裁縫店老闆常掛在嘴上的話。

「該不會是無法區別夢境與現實，把自己身上發生的事和在電影、電視裡看到的情節混爲一談吧。」

說那是推理劇中的一幕的確不誇張。

「姑且撇開那個不談，問題是，聰美把那件事和梶田之死聯想到一塊，再怎麼說都太牽強了。」

「會長也這麼認爲嗎？」

「任誰都會這麼認爲吧。假設眞如聰美所言，有個人對梶田懷恨在心，那他企圖殺害梶田時，會用自行車去撞嗎？」

這話說得極是。

「那不管怎麼看都是意外吧，聰美到底在犯什麼傻，想太多也該有個限度。」說著，岳父忽然扯開臉頰露出苦笑。

「不過，她的個性本喜歡瞎操心，負面想像力特別強。我曾聽梶田提過，他以前在當計程車司機時，都內只要一有計程車被搶，接下來好幾天聰美一定情緒很不穩定。」

「因爲她太擔心父親也被人搶劫。」

「對。她的心情我能理解，但是如果弄到毫無食慾、夜不安枕，那就過於神經質了。」

據說當時梶田曾因此考慮過轉行。

「不過最後他並未這麼做。聽說是他太太說，就算換工作還是一樣。即使梶田在工廠上班，聰美還是會操心別的，比方說擔心他被工廠機器弄傷。就算在辦公室上班，說不定也會擔心他通勤時被人擠下月台遭電車輾過。」

「那他幸好是當了會長的司機。」

「聰美好像還是一天到晚都擔心他發生車禍。」

「啊，說的也是，那是最基本的憂慮。」

眞的是做哪一行都一樣。我雖然同情梶田聰美，但還是忍不住笑了。岳父的笑意也擴大了。

我驀地想到，如果菜穗子看到她父親這種表情，不知會不會吃醋。毋庸贅言，菜穗子是岳父唯一的掌上明珠，岳父全心全意深愛著她。即便如此，如果得知自己的父親在自己看不到的地方爲了別人的女兒露出這麼溫柔的笑容，想必還是會心有不平吧。

說不定，那股醋勁會比我外遇還強烈。不，我當然不會搞什麼外遇。我對天發誓，絕對不會對別的女人移情別戀。

岳父扭動肩膀發出嘆息。

「不過，如果能逮到撞倒梶田的犯人，聰美也用不著胡思亂想了。」

「我也這麼想。」

「一直默默等待警方的調查進展也很痛苦，不如別交給梨子一個人寫書，姊妹倆一同爲出書而努力比較好。找點事情做比較能轉移注意力。」

「我倒覺得其實她只要想想自己即將結婚這樁喜事就行了。」

「說到這個，她有沒有提到什麼？」

「您說她的婚事嗎？」

我什麼也沒聽說。

「是嗎？她之前說家有喪事理應把婚禮延期。你說她是不是太一板一眼？如果延期了，梶田反而會失望，因爲他一直期待看到聰美穿上新娘禮服。」

岳父額頭的皺紋更深了。

「也許是男方的家人在意她正在服喪，或是有什麼這方面的顧慮吧。」

「嗯……」

「梨子怎麼說呢？」

「那丫頭也贊成延期。她激動地說，比起什麼婚禮，先抓到肇事逃逸的犯人比較重要。」

從這點就已清楚表現出姊妹倆的個性差異。聰美在乎社會眼光和是否合乎常理。梨子卻把自己的心情放在第一優先。

「我來這裡之前，去過梶田身亡的現場。」

岳父稍微傾身向前。「你的確這麼說過，你是專程去的嗎？」

「那裡的自行車眞的往來頻繁，走在路上如果不提高警覺很危險。」

我大致說明該處情況。

「這麼說來果眞還是車禍囉。」

「那棟葛蕾絲登石川公寓，雖然歷史悠久，不過住起來應該還蠻舒服的。」

說著，我腦海中突然閃過一個之前壓根沒想過的念頭。和岳父談話，即便是一點小事也往往能引起我這種反應。

「梶田該不會在考慮搬家吧。」

「喬遷嗎？」

岳父的用語很典雅。

「他沒提過這一類的事嗎？」

岳父沉思了一下。「這個嘛，我也不知道……」

然後又像想起什麼似地補上一句：因爲工作時，他向來不太說話。

「聽美說，梶田爲什麼會跑去石川町，這點本來就很可疑。如果他是在找搬家地點，去看中意的房子，這個謎就可以解開了。」

「就假說而言，這個論調合情合理多了。」

「那是個好社區，連我都想住住看。」

對於我的個人感想，岳父沒有任何評論。

「之後我去過轄區的城東分局。」

岳父的兩道眉微微一挑。他的眉毛花白，整體而言已變得稀疏。那是多年來，每當聽到部下的突發異想和意外的提案，以及就結果而言雖成功但當初聽來只有荒唐二字可以形容的點子時，就會頻頻在額頭上下起伏，以致快被消磨光的經營者之眉。

「怎麼，你去了警局？」

「是。仔細想想，其實沒那個必要，但當時我以爲這麼做是理所當然。」

連我自己都覺得是在強辯。

「你一個人去，負責人恐怕也不會見你吧。」

「我被踢到防犯諮商室。」

岳父的鷹勾鼻尖抬向天花板，樂呵呵地笑了。我只好羞愧地勉強陪著笑。

「當時我自以爲是偵探，大概是受了聰美的影響吧。」

「你還眞是天眞。」

「您說的是。不過，既然要出書，還是有必要了解警方的搜查進度，所以下次我打算請梨子陪我一起去，能打聽多少算多少。」

我把視線對著岳父的下巴一帶，問道：「會長可曾聽說，撞倒梶田的好像是個小孩……這類的目擊證詞？」

「你聽誰說的？」

「梨子。」

岳父頷首。「我也是。據說是個穿紅色T恤的少年。我想那應該是眞的吧。如果發生在半夜喝醉酒的話那還另當別論，盛夏日正當中之際騎著自行車狂飆而過，這不可能是大人會做的事吧。」

「是啊。正因如此，梨子要做的這本書效果頗値得期待。她說打算向會長請教梶田生前和您的交流等種種情形，想請您抽個空，不知可以嗎？」

「我無所謂。」

「要找哪家出版社，您已有腹案了嗎？」

出乎我的預料，岳父乾脆地回答：「這種書應該不適合由東晉社出版吧，也不能由我們公司出版。我打算拜託熟人。」
岳父舉出的出版社我也聽過，是一間低調但殷實穩健的出版社。
「您在那兒有熟人嗎？」
「我和社長有交情。雖然還沒向他提，不過，他應該會答應吧。」他接著說：「只是，這本來就不是賺錢的買賣，最好盡量別給對方添麻煩。」
「所以，我希望你幫她們整理原稿。既然聰美不願意，只剩梨子一個人做的話，就更需要你幫忙了。單憑意氣用事，外行人應該寫不出書的。況且那丫頭本來就不擅長緻密思考，過去也沒寫過什麼長篇大論。」
我知道了，我再次一口答應。
「如果會影響到集團廣報室的工作，那就在形式上當作是《藍天》的工作項目。」
「不，沒問題。」
我的工作本來就沒忙碌到會造成影響，只要先和園田總編打聲招呼應該就沒事了。
「唯有一點，或許是我多事，但我還是想請教會長的看法。」
我慎重地挑選遣詞用字，有點拐彎抹角到囉唆地提出以下意見：犯人既然極可能是個少年，會長還是不要公然出面支持梶田姊妹比較好。
岳父興味盎然地雙眼一亮。
「這是你的想法？」

「是。」

「遠山也說過同樣的話。」

遠山不是別人，正是那位首席祕書冰山女王。

「是嗎？會長不介意嗎？」

岳父沉入沙發。上好的皮革發出滑順的磨擦聲。

「我想都沒想過。」

繼出版社之後，我的推測再次揮棒落空。

「遠山說，這年頭社會上越來越寵小孩，還是當心一點比較好。她的說法或許有理，但我覺得太畏首畏尾也不是道理。」

「我知道了。」關於這點，推測落空令我有點高興。

「還有一件事想請教。」

岳父的眼中再次浮現逗趣的神色。

「會長，您一直坐梶田的車……」

「只有週末，而且是有事的時候才找他。」

「是。不過時間畢竟長達十一年，在這中間，聰美說的那種情形，也就是關於梶田的過去，您曾察覺到什麼蛛絲馬跡嗎？」

「你所謂的蛛絲馬跡，是指什麼。」他好像越來越感興趣。

我困擾著不知如何啓齒。「說虧心事或許太誇張，不過如果硬要形容，大概就那個意思吧。」岳父交抱著雙臂整個人埋進沙發裡。他在沉思。等待他回答的過程中，我忽然發現，他身上那套顏色低調的西裝，在極不醒目的細紋織線中，摻雜著深紅色。

「沒什麼值得一提的。」岳父回答，然後朝我投來一瞥。他眼中依然像在打趣什麼，又像有什麼小祕密。我暗自期待，接下來他該不會繼續說「不過，被你這麼一問還眞讓我想起了……」吧。今多嘉親不可能沒有識人之明。對於梶田，或許也察覺到什麼了。

但，岳父停頓了一下，接著說：「他連私事都沒向我提過。當然，他是提過死去的太太。說跟著他一直吃苦，那算是牢騷嗎？換個角度講也是在炫耀夫妻情深吧。總之他太太好像蠻賢慧的。另外，如果梶田曾說過私事，也全都是在談兩個女兒。」

「啊，難怪……」這次他正經地把眼睛對著我。「聰美和梨子之間還有一個拿掉的小孩，這個我聽說過。」

岳父倏然直起身子，一口喝光幾乎沒剩多少的第二杯咖啡。現在，只是有某種念頭閃過但還不能告訴你——我察覺著他的意念，並看看錶，差十分就六點了。

「暫時就先聊到這兒吧。」岳父離席站起。

我也連忙起身。

「雖然可能很麻煩，還是要拜託你多多指導梨子。還有，如果聰美看起來太鑽牛角尖，你就叫她來找我。包括婚禮延期的事，我會和她好好談談。」

「我知道了。如果會長出面開導，聰美一定會安下心來。」

岳父大步走出俱樂部。他說不用送他下樓，所以我只送到電梯門口。

和服務生一起走進電梯之前，岳父發了一點牢騷。

「也許菜穗子告訴過你吧，梶田一死，我的私人司機制度也宣告結束。事到如今再拜託別人介紹也很麻煩。今後只能靠車輛部的那些人了。不過，他們的技術實在太差，眞是傷腦筋。我還眞懷念梶田。」

這話對梶田來說應該是最佳弔唁之詞吧，我不禁微笑。猛然一瞥，站在旁邊一起目送的木內也在微笑。

「妳認識梶田嗎？」我問道。遊樂俱樂部星期六也營業，所以有這個可能。

「以前見過。」

岳父週末有事外出時，有時會臨時起意，順道過來喝杯咖啡。

「一天下雨，我撐傘送會長上車，曾和他打過招呼。」

岳父當時指著梶田介紹說：「這是我的車夫大哥喔。對吧，車夫大哥。」

「你知道會長很喜歡美空雲雀嗎？」這次輪到木內問我。

我很驚訝。雖然我也覺得美空雲雀是個偉大的國民歌手，今後想必再也不會有那樣的歌手了，但我還是無法把岳父和她聯想到一塊。當然，這事之前也從未聽聞。

「我完全不知道，是眞的嗎？」

木內像要說「糟糕，應該保密嗎」似的，露出調皮的神色。

「坐在梶田的車上時，據說他常聽『美空雲雀全曲集』，那時他也是在模仿〈喂，車夫大哥〉那首歌。」

木內敘述時，講到〈車夫大哥〉口白的部分，也打著拍子唱了起來。

梶田當時靦腆地笑了。

「眞是個好故事。」

如果告訴梨子，她八成會寫在書裡。

「梶田的千金正打算寫本書來紀念父親。如果妳不反對，我想把剛才這段回憶收錄進去。」

木內一聽驚訝得瞪大了眼。「原來是這樣啊。只要會長沒意見，我無所謂。他老人家一定也還記得。」

「聽說梶田被自行車撞倒過世了是吧。」內木問道。

「是的，可是還沒找到犯人。」

「我在報紙上看過。」

「報導出來了嗎？」

我都沒發現。

「是地方版的小方塊新聞。全國大報的都區內版隨著發送地區的不同，報導內容應該也多少有點差異。我的住處離梶田發生車禍的地點……我記得是石川町吧……」

「對，沒錯。」

「就在那隔壁鎮上。所以，雖然是小車禍也會刊登。」

原來如此，不過就住在隔壁鎮還眞巧。

「現場那座石川橋附近，妳會經過嗎？」

木內輕輕搖頭。我聞到若有似無的香水味。

「我搭車的車站在反方向，幾乎沒經過。不過整體來說，那一帶自行車的流量特別大，就連我買菜時也常騎車。」

我實在無法想像此人騎車去超市買菜的模樣。沒想到木內接著又說出更驚人的話。

「我的小孩上幼稚園時，我都是騎自行車接送。有一次，我讓小孩坐在娃娃座摔了下來，不但把我嚇得半死，還被我媽狠狠罵了一頓，後來我才去重考汽車駕照。因爲我年輕時考取駕照後一直不敢開上路，早就失效了。」

明知非常失禮——應該說在意識到這點之前，我就已經反射性地看向她的左手無名指了。她沒戴婚戒。木內應該察覺到我的視線，但她笑吟吟的表情絲毫未變，也不打算多做說明。

「妳的小孩……」

「是女兒，現在念小學三年級。」

「那她一定像媽媽，將來是個大美人。」

木內優雅地捂著嘴，笑著道謝。爲了掩飾羞澀，我也笑了。

回到公司，只剩園田總編還留在集團廣報室裡。這下子正好。我向她簡單說明了會長委託的任務。

「嗯……」

總編倚著旋轉椅，一邊晃動著二郎腿，「聽起來這個任務蠻有趣的嘛。」

「但願萬事順利，眞的能讓犯人出面自首就好了。」

「就算沒能促成這樣的結果，單是出書，對他留下的兩個女兒也相當有意義了。」

《藍天》編輯部內原則上是禁菸的，但總編照樣呑雲吐霧。她抽的是七星。

「做孩子的能夠追溯父母的人生，這可不是常有的機會。」

總編隨意撥弄著瀏海，遙想般地說：「像我爸去世的時候，我就沒想過這個主意。」

她的父親，聽說是她大學畢業進入今多財團那年去世的。

「聽到我進入一流企業，他高興得要命。那年他才五十歲，所以應該算是早逝吧，不過這樣也就用不著看到我嫁不出去，也不能讓他抱孫子的不孝行爲，或許也算是一種幸福。」

畢竟，我可是獨生女呢。她突然洩氣地笑了。

「如果要說不孝，那我也不會輸給妳。」我回著話，想到另一個問題。「已經決定結婚，連婚禮的日期都定好了，這時家長突然猝死……像這種情況，婚禮通常會延期嗎？」

「因爲在守喪？」

「對，就常識上來說。」

「很難說吧。又沒有明文規定非延期不可。這也是梶田家發生的事？」

「是的。他有兩個女兒，我剛才說的是長女。」

「她媽媽怎麼說？」

「梶田的妻子早就過世了。」

總編摁熄香菸，雙手交抱在腦後。「這樣的話，應該要看她是怎麼和男方家人商量的。本來預定什麼時候舉行婚禮？」

「好像是十月。」

「拜託，那不就是下個月了嗎。如果真要延期，就得趕緊決定了。」

「不過……」說著，她傾身向前，壓得椅子吱呀作響。「聽說婚禮盡量不要延期比較好喔。」

「爲什麼？」

「結婚當然是兩情相悅才會攜手走入禮堂，不過這畢竟還是需要一股作氣吧。我是沒經驗，所以這只是聽說的啦，理論上來說應該是這樣吧。」

我試著回想當年。「的確需要一股衝動。」

「所以囉，就算有不得已的苦衷，一旦延了期，好像還是會令那股衝動受挫喔。我就親眼看過跟我同梯進公司的人發生這樣的事。」

婚禮前兩星期，本該當新郎倌的人發生車禍，不幸住院，婚禮被迫延期，可是最後婚事卻這麼取消了。

「不是因爲新郎是那場車禍的肇事者，或是車禍留下了什麼後遺症？」

「是他自己撞上一旁的牆壁，而且傷勢休養半個月就好多了。」

「不過，也許那個例子比較特別吧……」總編對自己說的話不是很有把握。

「因爲那對情侶的關係本來就不太穩定，男方又一直緋聞不斷。啊，和我同梯進公司的是新娘子。」

「是辦公室戀情？」

「嗯，所以婚事取消後她也離職了。當女人眞吃虧。」

總編把男方的名字說了出來，但我並不認識。

「總之，既然是喜事，還是不要延期比較好，比方說只請幾個至親好友低調地擺桌酒席。女兒能夠如期出嫁，梶田一定比較開心吧。」

就這麼告訴聰美吧，我暗想。

一回到家，就有個隆重的贈機儀式。菜穗子替我準備了最新型的手機，使用說明書厚厚一大本，要完全學會使用，恐怕得花不少工夫。菜穗子說賣場的店員懇切詳盡地講解過，我便拜託她替我上課。之後，我也隆重地把手錶還給桃子。

一家三口共進晚餐後，那晚我和桃子一起唸完一則《胡椒罐婆婆》故事。

「眞想再聽一個故事……」年幼的女兒極爲遺憾地說。「可惜眼眼說它睏了。」

「眞的耶，睏得都快融化了。」

雖然她吃吃偷笑，還是立刻被我哄睡了。

回到客廳後，等不及談別的，我就先急著問菜穗子知不知道岳父喜歡美空雲雀。妻子大吃一驚。「完全不知道，父親從來不和我聊音樂。」

當初既然會和畫廊的女子走到一塊，可見他對繪畫有興趣也有素養。但，對音樂應該毫無涉獵才對，菜穗子說著興奮了起來。

「那個美空雲雀，都唱些什麼歌？我對她不太熟耶。」

原來如此，在妻的人生中，即便是百年罕見的大歌星唱的歌謠，還是無隙可入。

「妳想聽聽看嗎？」

「想！」

「那，我這就去店裡找找看有沒有ＣＤ。」

昨晚我忙著伺候電腦君，冷落了妻子，今天決定好好服侍嬌妻。

幸好這年頭的百貨公司和購物中心都開到很晚，我輕易買到「美空雲雀全曲集」，順便還跑了趟冰淇淋店，買了妻子和女兒最愛的冰棒，這才匆匆趕回來。

爲了大半時間都在家安靜度過的妻，我很講究音響設備。公寓的隔音效果很完美，桃子的房間也離客廳有段距離，只要關上門就不必擔心會吵醒她。妻吃著冰淇淋，我則以她準備的餅乾起司冷盤配著冰啤酒，一一播放美空雲雀的名曲。
菜穗子看了歌名目錄，首先選了〈車夫大哥〉。
「是這首吧。喂，車夫大哥。」
她高興得像個孩子般，跟著悅耳的歌聲打拍子。
「父親眞是的，說話還眞風趣。」
妻對〈柔〉和〈悲酒〉都毫無所悉，不過曾聽過〈似水人生〉。
「是喔……原來這是美空雲雀的歌啊。」
「妳聽誰唱過嗎？」
「住在蘆屋的姑母。」說著，她笑彎了腰。
那是岳父的妹妹，在今多家的親戚之中，她最疼愛菜穗子這個庶出侄女。
「阪神大地震後，她整修房子時順便加蓋。那時也蓋了一間K歌房。我去慶祝她新居落成時，聽她唱過好幾曲。」
不過，那時聽不出來是這麼棒的歌，她吐了一下舌頭。
「美空雲雀眞是個了不起的歌手，聲音簡直是天籟。」
我也有同感。
「即便是這麼有才華的人，壽命盡時還是非死不可。老天爺唯獨在這點一視同仁。這樣子，反而令人感覺有點殘酷。」

不只是〈車夫大哥〉，〈廟會曼波〉她也很喜歡。還說想學著唱。那我們下次就去KTV吧。

「你去過KTV吧？」

「沒什麼機會，最近一次還是和廣報室的同事吃完尾牙後一起去的。」

「像那種地方，有桃子可以唱的歌嗎？」

「歌本上，有『大家的歌』和『童謠』頁。」

「那，下次我們三個一起去吧。」

這是一個令人捨不得睡，連其他煩惱——假使眞有的話——也會變得毫不在意的愉快夜晚。

6

一早，開完下一期雜誌的企劃會議，一回到辦公桌前電話就響了。是梨子打來的。

「早。」聲音充滿活力。

「我整理了我爸的舊相簿，另外，也找到堆滿賀年片和信件的箱子，大致瀏覽後，我試著定出寫作大綱，可以聽聽你的意見嗎？」

樂意之至，我回答。反正我也有點事想避開聰美，私下問梨子。我們約好下午一點，還是在睡蓮碰面。

上午我排了一個採訪工作，是替連載單元「幕後鐵人」做採訪。目的是要聽聽財團旗下的各公司內，負責總務與庶務工作的員工心聲。無論一家公司營業內容有多特殊，即便是專業人員占了大半，還是得有總務和庶務負責內政、扮演家庭主婦的角色，而這部分是否稱職甚至會影響業績，因此總務與庶務算是幕後功臣。在園田總編的提議下，我們開始企劃、連載這個單元。標題用「功臣」未免太平凡，所以改稱「鐵人」。不過在我看來，兩個名稱都差不多。

採訪對象多半是總務課長，若總務與庶務獨立成兩個部門，則優先選擇庶務主管。

這個月輪到「今多綠園」園藝造景公司。該公司一手包辦集團企業內的公司大樓和辦公室造景與綠化工作，以及出租觀葉植物的管理等等，是今多財團嫡系的子公司。

該公司的庶務課長，是個和園田總編同年的女性，看似比她年輕兩、三歲的男職員也陪同在場。他說：「我不是庶務課的，不過難得有這個機會，想做個自我宣傳。」說著遞給我一張名片。

名片上印的頭銜是「屋頂綠化企劃『創世紀計畫』特別研究員」。

「今多綠園成立了一個企劃小組，目前正積極研究都市大樓的屋頂綠化工程，手上也有幾個正進行實驗的企劃案。這是針對大都市的溫室效應最根本的解決之道。我們熱切期盼，集團企業的各位都能加深認識深具潛能、足以大幅改善都市居住環境的屋頂綠化工程。」

在他暫停廣告、換氣的當口，我才得以委婉地打斷他：這聽起來非常有意思，也很符合當今商機，我想另找機會再做專題報導，你看怎麼樣？

他當下毫不客氣地反問：「什麼時候做專題報導？」

「我會立刻召開企劃會議，一決定馬上通知你。」

這個話題的確很有趣，不過不能讓這小子沒完沒了地猛打廣告。

「如果能有大篇幅的報導，那當然是歡迎之至……」

這下子總算得以採訪庶務課長。創世紀計畫的研究員還繼續賴在她旁邊的座位上不肯走。

無論在哪家公司，只要是打理內政的員工，他們的煩惱與苦水都有個共通點——日常雜務永遠做不完，往往都在重複同樣的工作；為了瑣事花費大量時間和精力，卻沒什麼成就感；難以得到公司其他部門員工的理解及協助、肯定。

「我記得是上上一期吧。負責管理今多大樓的總務次長好像也說過同樣的話，那位次長也是女性吧？」

那次也是我去採訪的。「對，沒錯。」

「如果是女職員，能夠當上什麼庶務課長或總務次長，大家就會覺得已經很有出息了。可是如果是男職員，這種職位往往被視為打入冷宮。換句話說，總務和庶務不是男人一輩子該做的工作，所以，交給女人去做就行了——我認為大家如果不改變這種心態，今後公司不會有前途。」

創世紀計畫先生一臉很想發言的神情，但我沒給他機會。女庶務課長也一樣，連瞧都不瞧他一眼。

「公司的內政很重要。如果是小型公司，光是著力在這方面做改善就能大幅節省經費，有時甚至比胡亂裁員更有效。」

我聽得很專心。這則報導一旦刊出，一定會獲得共鳴與回響。如果能藉此為龐大無比的今多集團跨越業種的各公司創造出橫向連結，那麼《藍天》存在的意義也會大爲提升。況且，她的敘述相當具體而有趣。

採訪最後，我問道：「能否談一下，現在有沒有你最期望之事，或最想解決的問題？」這位女庶務課長幾乎毫不遲疑地回答：「可是會牽扯到非常私人的問題……」

「沒關係。」

「說來說去還是小孩吧。我的老大上幼稚園大班，小的上托兒所。以我的情況，假日除了業務上的需求，也常爲了籌備公司活動跑來加班，所以星期六、日沒有地方能讓我安心託付小孩是最大的煩惱。也不能老是指望我娘家的父母……」

「請妳先生照顧小孩不就行了。」創世紀計畫先生插嘴。

「我先生也忙於工作，不能老是指望他。」

實在無計可施。有幾次，只好拜託住在同棟公寓的家庭主婦，此人個性隨和、喜歡小孩又很親切，幫了她不少忙。

不過，「去年冬天，我的老大手上帶著燙傷回來。傷勢倒也不嚴重，是不小心碰到暖爐。那位太太很內疚，再三向我道歉。我雖然很震驚，但也不好意思抱怨。畢竟人家也是好意幫我帶小孩。可是，一想到萬一受了更嚴重的傷怎麼辦？我就開始胃痛……」

從此，她就不太敢把小孩託給那個太太，而兩人之間也變得有點尷尬。她沉著臉說，眞的很遺憾。

「不過話說回來，」創世紀計畫先生再次插嘴。「小孩不可能永遠是小孩，等他們長大就不需要照顧了，也就是說育兒總有結束的一天。可是企業活動可沒有結束的時候，站在上頭的人，最好不要只看眼前的問題。」

場面頓時冷掉。恰好也已過了採訪時間，我向她鄭重道謝後按停錄音機。創世紀計畫先生再三強調「專題報導的事務必拜託喔」後終於離開會議室，女庶務課長這才苦笑著壓低嗓門發話。

「他啊，一心期盼創世紀計畫能夠傳入會長耳中。因爲不管怎麼說，《藍天》可是會長親自擔任發行人的特別社內報，所以他覺得這是大好機會。」

我也回以苦笑。「我知道。不過，各公司進行的企劃案，就算不透過《藍天》，會長也全都瞭如指掌。」

撇開這個不談，該主題應該倒挺有趣的，我還是答應他做個專題報導。

大概受了上午採訪的影響，在睡蓮等梨子時，我不斷思考如何兼顧工作與家庭、職業婦女的結婚與懷孕生子、怎樣兼顧工作與育兒等等問題。也許是因爲這樣，等她在我對面一落座，我首先開口問道：「在進入正題前，我想先問一下，聽說妳姊姊打算把婚禮延期是嗎？」

梨子名副其實地瞠目以對。今天她的眼影畫得比上次濃，不過衣服的色調也戲劇化地搶眼，所以整體頗爲協調。看起來艷光照人。

「是我姊這麼說的？」

「兩位去拜訪會長時，好像提過這件事。我是聽會長說的。」

「噢，我想起來了，」梨子說著點點頭。「其實也不算眞的去找他商量。應該說是聊著聊著就稍微提到了。」

「她是眞的打算這麼做嗎？」

「你不覺得這樣比較好？殺父仇人都還沒找到耶，現在根本不是沾沾自喜的時候。」她的話中帶刺。

姊妹倆的意見似乎還沒達成一致，仍處於小小的口角狀態。

「是聰美未婚夫的家人，不想在服喪期間舉行婚禮嗎？」

「誰知道，不過我想他們應該不介意吧，而且對方的父母好像也很喜歡我姊。」

「既然如此，不用延期也沒關係吧。能否逮到肇事逃逸的犯人和聰美的喜事是兩回事。妳姊姊也不可能是沾沾自喜地結婚。會長也說了，照原定計畫成婚的話，梶田先生應該會比較高興。」

梨子雖然沒回話，不過看她的表情就知道她並不認同。本來我打算委託她，把會長的意見轉告聰美，但現在我覺得還是自己和聰美聯絡比較好。

梨子除了肩背名牌皮包，還拎來一個足可供三天兩夜之旅用的大型波士頓包，此刻就大剌剌地放在她隔壁座位上。

「裡面是妳整理出來，關於令尊的資料嗎？」我催問她。

「對，我把可能有苗頭的東西不管三七二十一地全塞進去帶來了。」

她拉開拉鍊發出了刺耳的聲響，取出塞得鼓鼓的大信封，以及用橡皮筋綁著的舊紙盒，擺放在桌上。接著，又拿出一本筆記本。

「我擬了採訪項目，還把參考來源的照片與信件編了號，整理出來以便互相對照。你可以看一下嗎？」

只看一眼翻開的那頁，就知道她做得相當有板有眼。

「短短兩天就有這種成果，妳很拚喔。」

梨子開心地笑了，是那種能令周遭頓時一亮的笑容。

「我很拚命喔，我可是認真的。」

信封裡的照片和文件、紙盒裡的信件都貼著標籤，添上編號與標題。益發令人佩服了。我一說要看，梨子有點洩氣地垂下腦袋說：「我還沒吃午飯，肚子快餓扁了。我可以順便叫份午餐嗎？」

「好啊。對不起我沒注意。妳儘管吃。」

「有沒有什麼值得推薦的好菜？」

「這裡什麼都好吃。今日特餐，是義式煎土雞排。」

梨子喜孜孜地挑選菜色，叫來老闆。我則著手檢視她的筆記。

我建議她鎖定最近這十年的事進行調查的那番話，梨子似乎聽進去了。有兩個在計程車行時代和梶田走得較近的人，被放在「當面拜訪」的名單最前頭。他們好像也參加了梶田的喪禮。筆記記載的姓名底下還有住址及電話號碼。他們每年都會互寄賀年片，今年最新的那一張，貼著標籤。

還在計程車行時，梶田好像曾加入象棋愛好會。紙盒裡放著他參加一年一度的業餘大賽時的紀念照。梨子就是從那之中揀選出可以根據賀年片及喪禮簽到簿聯絡上的人物，寫下愛好會的幹事是當時在總公司當接線生的寺井。他還沒退休，至今仍在「東京共同無線計程車股份公司」這家計程車行上班，上面還以不同顏色的原子筆註明：蒲田營業所。

「令尊生前喜歡下象棋啊。」

我從筆記中抬眼發問。梨子正好塞了滿嘴的三明治。她倒也不尷尬，就這麼「嗯嗯嗯」地猛點頭。

「該說是棋藝不高卻熱情十足吧。」她邊咀嚼邊說，又喝起冰咖啡。

「聽說參加比賽一場也沒贏過。這件事，也是寺井告訴我的。」

「妳已經和他聯絡過了吧。」

「對，今天上午。他說完全不知道我爸過世，好像很驚訝。還說老同事都不告訴他，太見外了。」

可能是因爲中元節期間猝死，來不及通知吧。

「聽說我爸經常去愛好會。不過，他的棋藝這麼差勁，在家當然不好意思提。我姊和我都沒聽說過，他參加比賽的事也一點都沒察覺。他雖然常一個人玩報紙上的象棋棋局，卻總爲了解不開謎底而傷透腦筋。他果然棋藝很爛。」

這口口聲聲的「很差勁、很爛」中帶著親暱，但用詞還是很辛辣。

雖無惡意，但嘴巴有點毒——我媽總是用「嘴巴有毒」來形容這種人。說穿了很簡單，我媽只是原封不動地沿用周遭人對她的批評。梨子的毒相較之下還算是可愛的，我媽的嘴巴是毒蛇的那種毒，我也多次嘗過苦頭。

當面訪談的名單中，也有橋本夫人的名字。梶田的前輩橋本是岳父和梶田的介紹人，可惜早已辭世。

橋本夫人名叫敏子。現已八十高齡，資料上寫著她目前住在埼玉縣行田市內的老人安養院。

「橋本敏子的事，妳是從她小孩那裡問來的嗎？」

大概是餓壞了吧，抑或是當著我的面吃得比較急，梨子一吃完東西便點起一根纖細的Menthol涼菸。

「是的。她兒子來參加過喪禮，所以很快就取得聯絡。」

「這上面寫她住在安養院……那她的健康狀態不知怎樣？」

「好像不太理想。聽說老人痴呆的毛病越來越嚴重。」

「這樣的話，要問她往事說不定很困難。」

梨子姿態可愛地吐著煙，「應該說根本沒指望。我爸受雇當上會長老師私人司機的原委，以及之後的生活，只要問會長老師就行了，根本用不著特地去安養院，你說對吧？」

我同意，不過還是在記事本上抄下橋本敏子的資料。

梨子把書的架構——也就是梶田信夫的人生——大致分成三章。第一章是孩提時代。第二章是從成年後到開計程車之前的生活。第三章則是之後的人生，這一章又細分為兩個部分。包括他在東京共同無線計程車行任職的時期，以及他成為今多嘉親私人司機直到辭世為止的時期。

「不過……」梨子說著把菸摁熄。「他很晚才生我，那年我爸媽都已四十三歲了。」

梶田和妻子同齡。

「聽說我爸是在四十歲那年進入共同無線計程車行，所以我只認識當計程車司機的爸爸。因此再怎麼寫還是會把重心放到那部分，應該沒關係吧。反正取材內容本來就鎖定在最近十年。」

「我覺得這樣很好。之前發生過的事，只要在妳從父母生前聽說的回憶中添加一些採訪到的資料就足夠了。能讓讀者感受到令尊直到過世前還活得生猛有勁就行了。」

梨子把目光落在我從箱中取出排列的照片上，從中拾起一張最老舊的，莞爾一笑。

「這張，是我爸在嬰兒時期的照片。」

已褪成暗褐色的黑白照片中，臉頰胖嘟嘟的嬰兒正瞪大眼望著鏡頭。應該是一歲左右吧。不是被某個大人抱在懷裡，而是獨自坐在椅背很高的豪華座椅上。想必是在照相館拍的吧。

「這嬰兒的表情和妳剛才傻眼的表情一模一樣耶。」

「會嗎？很少聽到別人說我們父女相像。」

雖然聽美說妹妹對父親的過去毫不知情，可是梨子對於梶田年紀輕輕就離開老家，從此和老家的親兄弟斷絕來往的情況知之甚詳。她說是梶田自己告訴她的。

「我爸說他手邊就只有這麼一張小時候的照片。說到這個才好玩呢，他說當初要離家時，覺得帶一張舊照片比較好，就把掛在老家牆上相框裡的照片，偷偷拿出來帶走了。」
「這個舉動應該是爲了日後留念吧。」
「才不是。」梨子發笑地拚命揮手。「是爲了將來。等到有一天揚眉吐氣，該怎麼說？成爲勵志……哎呀，不是常聽人這麼說嗎？」
「勵志傳記中的人物？」
「對對對，就是那個！到那時報章雜誌不是都會來採訪？他說到那時候就會派上用場了。」
梨子笑了，我也跟著微笑。心中讚嘆著梶田年輕時的好勝心、凌雲壯志，以及他在壯志未遂的人生尾聲，能夠含笑向寶貝女兒說出這番話的幸福。
「我爸，原本一定很想像會長老師一樣吧。」
梨子瞇起眼，用她那精心保養還塗了指甲油的纖纖指尖寵溺地撫著舊照片中的嬰兒腦袋。
「他曾說：『我以前一直抱著僥倖投機的心理。可是人生的成功與幸福，都不是靠著投機就能抓住的。所以妳也一樣，在挑選結婚對象時，一定要仔細考慮這一點。』他說冒險與野心，就像蔥薑蒜，加了會讓人生更美味，但光靠它們終究做不出一道菜。」
「這句話說得很棒，妳不妨寫在書裡。」
梨子滿臉開心，直點頭。
聰美對父親往事的苦惱，想必大部分是瞎操心，是她內向自閉的心靈投射出的幻影烏雲。現在，面對著梨子坦然表現出深愛父親，無論今後都將永遠把這段回憶銘記在心的笑容，我似乎能理解聰美不願她的笑容染上絲毫瑕疵的想法了。

「我認爲大綱擬得很好。」我心中忽然溢滿溫情，如此說道。

「令尊的孩提時代，會根據妳採訪到的資訊重新整理吧？抑或妳打算實地探訪令尊的老家？」

梨子搖頭，染色的頭髮閃閃發亮。「不至於那麼大費周章。不過，我打算去水津，至少拍幾張照片回來。父親死後，做女兒的這才初次造訪他的故鄉，你不覺得有點浪漫？」

她說要把這一幕放在文章開頭，做爲序幕，的確很有想像畫面。

「共同無線計程車行時期，和擔任會長私人司機時期的事，採訪不成問題。如此說來，問題還是在那之前的第二章……」

梨子列的名單上，有TOMONO玩具股份公司，是聰美提過的公司。二十八年前，梶田夫妻在此工作時發生聰美的綁票事件。夫妻倆逃命似地離開那裡，不得不放棄好不容易才安定下來的生活，可說是關係匪淺之地。

梨子爲何會發現這家公司，答案很明顯。因爲留有照片，而且上面還貼著標籤。

那是一張彩色團體照。男女老少都有，乍看之下應有三十人熱鬧地齊聚一堂。背後一棟鐵皮覆頂的簡樸工廠建築，牆上用油漆寫著一行大字：TOMONO玩具股份公司。

雖然規模沒有宏偉到足以稱爲公司正門，不過這裡應該是正面出入口吧。聚集的人群兩側，豎著一對挺氣派的門松，是正月新年。照片上男人穿西裝，女人大半穿著和服。大概是員工和社長一起喝春酒，趁機拍照留念吧。

每張臉孔都笑逐顏開，也有人似乎喝了酒。坐在中央那對五十幾歲的夫妻，想必就是社長夫婦，兩人都穿和服，丈夫的膝上還坐著嬰兒。

「對對對，線索就是這張照片。」梨子的手指伸向照片。

「認得出來嗎？這就是我爸媽。」

梶田的臉，連我都認得出來。他身穿深灰色西裝，打暗色領帶，又黑又亮的頭髮全數往後梳攏。梨子指的女人站在他左側，穿著市松圖案的成套和服。頭髮很短，秀麗的額頭襯得眉毛格外分明，長得和聰美很像。

夫妻之間站著一個兩、三歲的女童，正對著鏡頭歪起腦袋，一臉陽光刺眼的表情。她留著妹妹頭，身穿和母親不同色的市松圖案和服，童裝和服的坎肩顯得很可愛。

「這是聰美吧。」

梨子點點頭，嘴角往下撇。「姊眞是的，居然不准我用這張照片。」

「這本來就貼在相簿裡吧？」

「對。可是她堅持說這是她小時候的照片，我無權擅自取走或刊登在書中。眞不懂她幹嘛要故意作對。」

因爲那既是喚起聰美可怕回憶的照片，也是和她現實中的憂慮直接相關的往事。想必就算強辭奪理硬找藉口，也要極力阻止妹妹接近。

「妳以前就聽說過TOMONO玩具公司嗎？」

「我曾聽爸媽提過。在開計程車之前，我爸好像換過很多工作。其中之一就是在玩具工廠，聽說我媽也一起在那裡上班。」

不只如此，據聰美所言，梶田一家還在員工宿舍住過。

「令尊令堂可曾談過當時的事？」

「幾乎沒有。」梨子搖頭，又抽出一根菸夾在指間。

「聽說這家公司倒閉了，害得我爸媽還得辛辛苦苦地另謀工作。不過，我爸好像說過工作又累薪水又少，反正就不是能長久待下去的公司。」

梶田似乎是這麼向梨子描述TOMONO玩具的。

「無論如何，那都是我出生前的事了。」

「相簿裡，還有沒有別張在這家公司拍的照片？」

「沒有。可能因爲是過年，我媽和我姊難得穿著和服，才特地保存這張照片。」

她之所以發現TOMONO玩具，是在母親過世時翻閱舊相簿發現這張照片，才去問梶田。當時梶田並未多談。

「令堂過世是……」

「五年前。是子宮癌，體檢發現時癌細胞已經擴散了。」

「另外，還有沒有什麼照片可以得知令尊進入計程車行之前任職的公司？」

「快照倒是有，不過大半是家庭照，沒找到可供參考的線索。我想這應該是唯一的線索。」

「本來，我爸媽就不喜歡拍照，」梨子說。「以前的照片，眞的沒幾張。」是因爲討厭拍照才不拍？抑或，是在某個時期都扔掉了？

是爲了和過去做個了斷。想到這裡，我急忙揮去這個念頭，千萬不能又自以爲是連續劇裡的神探。

「如此說來，這的確是寶貴的線索。不過，公司既然倒閉了……」姑且不問梶田這句話是眞是假，「要找當時任職該公司的人，可是一大難題喔。妳看這樣好不好，這部分的查訪就交給我吧。況且光是其他的採訪恐怕就夠妳忙的了。」

梨子的臉龐頓時一亮。「眞的可以嗎？」

「對，只要妳不反對。」

「太好了。老實說，我正覺得這部分有點棘手呢。那就拜託你了。」

我對她莞爾一笑。只要把TOMONO玩具排除在梨子的採訪範圍之外，起碼可以先穩住聰美的不安。

「妳姊姊還記得當時的事嗎？」

「她說沒印象了。拍這張照片，和新年穿和服的事，她統統說不記得了。」

梨子的臉上再次浮現怒色。

「我姊眞的一點也不配合。就拿前天晚上來說吧——就是跟你見面之後，我們又大吵一架。我姊囉哩囉唆地唸了我半天，說我太依賴會長老師和你的好意，自己做不到的事，妄想靠別人的力量來達成，根本是大錯特錯。我聽了眞的很不甘心。」

「妳姊姊自有她的想法。一方面當然是客氣，怕給我們會長添麻煩，另外，說不定也怕出了這本書，會得罪負責調查這起肇事逃逸事件的警察。」

「眞有可能嗎？」

「我認爲並非毫不可能。警察畢竟也是公家單位，是一群人的集合。」

「那太奇怪了吧？明明就是因爲警察徒勞無功，受害者家屬才會自力救濟的。」

「妳聽了或許會覺得我在說教……妳姊姊和妳差很多歲吧，彼此的社會經驗也差很多，所以痛心的方向自然有點不同。這點妳最好多體諒她。」

梨子把正在抽的菸摁熄，濾嘴上印著齒痕。

「好吧，反正我就照自己的辦法做，不再指望我姊幫忙了。」

「就現實面來說，這樣或許比較好。如果妳的採訪有進展，那本書又有希望如願出版，聰美或許就不再那麼擔心了。會長也說想勸勸她，叫她不用這麼客氣，怕麻煩我們。」

說完我對梨子一笑，又補上一句。「妳姊姊現在還是爲自己的幸福忙碌就好。」

梨子沒有回我一笑，而是以認眞的眼神，定定看著我。

我問道：「妳還是覺得婚禮延期比較好嗎？」

「因爲……」梨子噘起嘴正想說話，放在桌邊的手機響了。鈴聲像音樂盒般悅耳，曲調好像在哪聽過，是什麼曲子來著？

「抱歉失陪一下。」梨子急忙抓起手機附耳站起。當她匆匆步向睡蓮的門口時，只聽見她「喂」了一聲，不過接著她就走出店外，聽不見下文。

趁著梨子回座之前，我把要點整理出來抄在記事本上，思考自己該做的事情以及步驟。

五分鐘後，梨子回來了。剛才的不悅已煙消雲散，眼中又恢復了開朗。

「我想到一個問題，」等她一回座，我便開口說道。「妳知道令尊令堂的相識過程嗎？最好能在第二章放一些類似的插曲。」

「我爸媽的事？我想想喔……」

梨子的眼珠滴溜一轉，看著天花板。「他們的感情蠻好的。我聽過的往事也可以嗎？」

「當然可以。兩人年輕時的照片或……對了，沒有結婚照嗎？」

「我爸媽沒舉行婚禮。不過，我媽去世前不久，計程車行的後輩結婚時，他們是介紹人，所以拍了照。」

「那也行。妳何不去找那對新人訪問一下？」

「也好，就這麼辦。」梨子抄在記事本上。

我攤開記事本，假裝若無其事地問道：「令尊過世的地點，是在一棟大型公寓前吧？就是江東區的石川町。」

「對，沒錯。聽管理員說那條路平時就有很多自行車來來往往。」

「妳和他談過？」

「我姊說給人家造成麻煩，堅持喪禮結束後一定要去打招呼。順便也探聽一下當時好心替我爸叫救護車的人是誰。我們還帶著點心，對方都不好意思了。」

果然像聰美會有的貼心。

「妳認爲梶田先生爲什麼會去那裡？」

「誰知道……」梨子一邊撩起頭髮一邊搖頭。「不過我爸常做這種事。只要有時間，不管白天晚上說走就走。他本來就喜歡開車，就算沒有特別的目的地，也會到處閒逛兜風。」

「那，他過世那天也是開車外出的嗎？」

「對。他在計程車上掛上『私用』的牌子就開走了。車子停在距現場不遠的馬路旁。後來去領車時，辦手續還費了一番工夫。」

八月十五日，梶田在上午十一點左右出門。當時姊妹倆都在家，一起目送父親出門。

——我出去一下。不會太久，晚上會回來吃。

「妳和聰美都沒問他去哪或要去幹嘛？」

「因爲沒那個必要。碰上黃金週或中元節、新年這種連假，東京都內的道路都很空。他說這種時候開起車來特別順暢，還蠻常趁機出去兜風的。」

梨子前一天才剛和朋友從沖繩旅行回來，因爲玩得太累，整天都待在家裡。聰美則於下午出門。所以，最先接到城東分局打電話來通知梶田遭遇橫禍的人是梨子。

「警方也沒問過妳們，梶田先生到那裡做什麼嗎？」

「問過。我們回答說他應該是到那一帶兜風，警方好像也沒覺得有什麼不對勁。」

梨子偏著頭看著我。「有什麼問題嗎？」

「不，那倒不是。只是因爲我之前沒聽說。」

「是喔？可能是因爲對我們來說，並不是什麼値得特地去提的事吧。」

這裡的「我們」大概既指「我爸和我」，也指「我姊和我」吧。梨子極爲自然地認定「爸爸像平時一樣出去兜風」，甚至沒有就這件事和姊姊交換過意見。

如果她這麼做過，以她看起來頭腦絕不遲鈍的表現，應該會察覺姊姊有什麼事耿耿於懷才對。

「原來如此。不過就散步來說，這距離還眞遠，等於從東京都二十三區的西邊跑到東邊。」

「怎麼會遠呢？是開車耶。況且我爸又是職業駕駛，更遠的地方他也照樣當天來回。」

「杉村先生，你是不是覺得有什麼不對勁？」說著她像要挖出眞相般瞪大了眼。

「不，沒什麼大不了的。只是昨天我也去過現場。那棟公寓的環境相當不錯，我才會猜想，梶田先生該不會是打算搬家吧。」

「搬家？」

「對。妳姊出嫁後就只剩妳和他相依爲命了，對吧。房間一空不就顯得冷清嗎？也許他想換個小房子。」

梨子毫不客氣地聳聳肩。「他從來沒提過這回事。再說家裡本來還嫌小，我姊搬走了騰出空間只會覺得更方便。」

實際上，現在少了我爸就像開了一個大洞——她寂寞地補上這句。

「是嗎。唉，眞是不好意思，害妳又想起悲傷的回憶。」

道歉之餘，我順便把昨天赤手空拳就闖進城東分局的事向她坦白。梨子像聽到笑話一樣放聲大笑。

「警方那邊由我來聯絡。畢竟，由家屬出面質問到底查得如何好像比較好。」

「那就拜託妳了。另外，還有一件事。」

我從桌上挑出兩張照片。一張是TOMONO玩具的大合照，另一張是用來當作梶田遺照的照片。

「這兩張，可以借用一下嗎？」

「請便。我爸的那張大頭照還有底片喔。」

「我要翻拍成彩色的，不需要底片。我會小心保管的。」

她收拾文件和照片時，我也跟著幫忙。

「會長說，他隨時都能抽空接受採訪，要妳儘管和他聯絡。他好像把妳和聰美當成自己的女兒般疼愛。」

梨子笑了。「會長老師還到我們家玩過呢。」

我很驚訝。

「去你們家？」

「對。當然不是經常啦，大概兩、三次吧。第一次來的時候，我還在念國中。」

據說是週末找梶田開車，順便搭車路過。

「也可能是我爸邀他來的吧……」

當時他在梶田家待了快一個小時，喝了茶才走。

「第二次來時，他還在銀座的高級名店千疋屋買了一大堆水果帶來。」

私人司機樸素卻溫暖的住處，或許自有吸引岳父之處。

梨子毫不扭捏地拉起波士頓包的拉鍊，說道：「會長老師雖然有女兒，但你也知道，因爲另有隱情一直不能住在一起。因此也許對家中有女初長成的普通家庭感到好奇，覺得很有趣吧。」

她大剌剌地說完後，似乎才赫然想起眼前的我就是那個「另有隱情」的女兒的丈夫。

「啊，對不起。」她吐了吐舌頭。

「沒關係。會長這種心情我多少能體會。」

梨子露出有點獻媚的眼神咧開嘴角。「你們男人都是浪漫主義者耶。」

「會嗎？」

「到手的固然都是寶貝，可是無法到手的，會更加寶貝。」

我思索著我得到的寶貝。

好像沒有什麼無法到手的東西令我渴求了。

7

一回到辦公桌，我就撥電話到梶田家。聽美在家，她接起電話客氣地打招呼，爲前天的事致歉。聲音低沉。

我迅速交代重點：梨子的採訪方針已確定。如果根據目前所擬的大綱寫書，絕不至於演變成聽美憂慮的事態，至於TOMONO玩具將由我負責調查。

「就算查出什麼，也絕不會傳入梨子耳中，請妳放心。倒是妳……」

我告訴她：會長想跟她見面，而婚事最好盡量照原訂計畫進行。

「呃……」聽美欲言又止。

我搶先接話。「對不起。我衡量之後，把妳對令尊的心情和疑問全數告訴會長了。如果瞞著他事情會變得很複雜。」

「沒關係，只要梨子不知道就好，況且我告訴杉村先生時本就有意讓你代爲轉告。」

「聽妳這麼說我總算安心了。會長認爲妳想太多了，他還說，這的確像敏感、纖細又認真的妳會操的心。」

聽美笑了。

「詳情妳還是當面聽會長說比較好。以前發生的可怕事件不妨也全數告訴他，說不定會有另一番解讀。會長把妳們姊妹當成女兒看待，所以很擔心。」

「謝謝。」

雖然看不到聰美的臉，但可以想見她那緊繃的臉已稍微放鬆。掛上電話時，我也鬆了一口氣。

好了，接著是TOMONO玩具。

聰美說這家公司位於八王子，三十二年前她在員工宿舍出生。兩歲或三歲正月新年，她在公司門前穿著正式和服拍過照。這三十年來日本經濟劇烈起伏，TOMONO玩具至今是否仍在同樣地點呢？我拿起話筒撥通查號台。

「八王子市內的……TOMONO玩具股份公司是嗎？」查號台的小姐以清亮悅耳的聲音反問。

「對。是玩具製造公司。TOMONO是用假名拼音。」

傳來一陣喀達喀達的打字聲。

「找不到這家公司行號。不過有一家玩具零售店，登記的是TOMONO玩具的名字。」

零售店？

「是玩具店嗎？」

「對。不是製造商，不過是假名拼音的TOMONO玩具。」

「那也行，麻煩告訴我。」

語音答覆聲響起。我把那〇四二六開頭的號碼抄下。

就照片所見，TOMONO玩具公司雖然建築物本身像工寮一樣簡樸，但還是有一定的規模，佔地似乎也很廣。

創業者在某個時期退出製造業，關閉工廠賣掉土地。但是，又捨不得完全脫離玩具業界，於是在當地開了一家玩具店。這樣就說得通了——也許。

電話才響了一聲，立刻有人應答。

「您好，這是TOMONO玩具店。」傳來輕快的女聲。

「不好意思，請問你們那邊是玩具店嗎？」

「啊？對，沒錯呀。」

「突然打電話來不好意思。我正在找大約三十年前位於八王子市內的玩具製造商TOMONO玩具的相關人士。因爲貴店名稱相似，我猜或許和該公司有什麼關係，就冒昧打來了。」

「哎呀，」那活潑的女子發出響亮的驚呼。「你說的就是我爺爺的工廠。」賓果。

「那眞是太好了。是令祖父嗎？請問他還健在吧？」

「健在？噢，還活蹦亂跳好得很呢，就住在這裡。」

「詳情我想當面拜訪，正式打過招呼後再談。能不能把住址告訴我？啊，我還沒自我介紹，我是今多財團集團廣報室的杉村三郎。」

那活潑的女性一邊複誦我的名字，一邊抄寫。

「以前在那裡任職的人，後來湊巧在我們公司上班，不過前陣子過世了。」

「那眞不幸。」

「爲了寫一篇報導追悼他，我正四處打聽他的往事，他叫梶田信夫。」

我把他的名字是哪幾個漢字說明後，對方再次複誦並抄寫。

「據說梶田帶著妻子住過員工宿舍，如果令祖父還記得他那就太好了。」

「我幫你問問看。以前的事他好像還記得很清楚。請問，你要來我們這邊嗎？」

「我很希望能拜訪，不知令祖父是否方便？」

「我不知道耶。他現在正巧出去了，晚一點我再讓他和你聯絡好嗎？」

我客氣地道謝，把集團廣報室的電話號碼和我的手機號碼告訴她。「那就麻煩妳了。」

「好好好，拜拜。」

一掛上電話，我就和坐在斜對面的園田總編四目相對。

「幹偵探這一行，沒想到還挺容易的。」我說。

總編的老花眼鏡滑到鼻頭，朝我拋來懷疑的視線。

在這張將近三十年前的照片上，此人年紀已五十出頭了，可見現在應該已年過八十。健康長壽的老人，往往重聽，這是可以預期的。

TOMONO玩具的榮次郎老先生打我的手機找我時，已是那天晚上八點過後。當時我們正在吃飯，於是我離開餐廳接電話，等我講完回到餐桌，只見妻子和女兒都在笑。

「那個人嗓門好大喔。」我的耳朵震得嗡嗡響。「不過，託他的福，總算可以了卻一樁任務了。星期天我要去八王子一趟。」

健康長壽的老人，往往說話特別囉唆。榮次郎把到星期六爲止都得忙著社區自治會開會和活動，無法和我碰面的事反覆解釋了三遍後，約定星期日見面。

「說不定得耗上不少工夫。」

「你要開車去？」

「不，搭電車。」

「那，要回來時先打個電話。我們去新宿車站接你，到時順便兜個風，一起在外面吃點東西。如果不會耗到半夜，那我們晚點吃飯也沒關係，對吧？」

妻子與女兒相視一笑。我也贊成。

「該去哪裡好呢？岡崎餐廳怎麼樣？那裡有桃子愛吃的櫻桃塔。」

我的鼓膜還處於麻痺狀態，挑餐廳的事就交給她們母女倆，我繼續吃我的飯。看來星期日的採訪會是一場硬仗。

今晚我們說好還要盡情欣賞美空雲雀，所以我負責善後收拾，只是把碗盤放進洗碗機我也能勝任。妻子先去洗澡。桃子本來在看她喜歡的卡通，可是還沒播完她就已經呵欠連連。晚餐前，她把在幼稚園畫的圖拿給我看，以四歲小孩的標準來說，她用色驚人地豐富，構圖也很均衡，不過這也許是做老爸一廂情願的看法吧。也說不定遺傳自母親的繪畫天分，以更顯著的方式在桃子身上顯現——會這麼想也是老爸我的一廂情願嗎？

今晚，連胡椒罐婆婆的冒險奇談都不用翻開。「絕不讓小孩太晚睡」的教育方針在我們家可是牢不可破的鐵律。

家裡的電話響了。妻子還在洗澡，我拿起話筒。

「是杉村家嗎？」毫不客氣的問話，是我媽的聲音。

「媽，」我說。「今天我正好想起妳呢。」

「我就說嘛。難怪今天我好端端地犯頭疼。我還以爲是中風的前兆，原來是你害的。」

雖然她沒有惡意，但嘴巴有毒，毒如蝮蛇。

「我寄了梨子給你。我想應該先通知你一聲。雖然一男說你們那邊有什麼管理員又有傭人的，不愁沒人收包裹，隨時寄生鮮物品去也沒關係。不過我想還是說一聲比較好。」

一男是我哥。他在家鄉的鎮公所上班，公餘經營一座小果園。婚後育有二子，和我爸媽同住，是個成天勞心傷神、老實正經的典型日本男人。

「謝謝妳寄東西來。」

「你那裡比幾顆破梨子更好的東西雖然多得是，不過我們家也只有梨子可送。」

媽每年都說同樣的話。

「菜穗子和桃子都很喜歡……」

「用不著叫她們聽電話了。」媽以迅如箭矢的速度打斷我，繼續說道：「喜代子要我替她向你問好。」

喜代子是我姊。在當地的小學（那也是我們兄弟姊妹的母校）當老師。她丈夫在國中（同樣也是我們的母校）教書，去年剛升上教務主任。兩人沒有小孩。

「那就這樣。」

「大家都還是老樣子嗎？」

「不然還能怎麼變？你過得還好嗎？」

「我們這邊也都很好。」

我媽沉默了一下，說：「上次，他上電視了耶。」

她指的是我岳父。

「我沒注意。」

「是ＮＨＫ教育電視台。說了一堆讓人聽得一頭霧水的話。你也眞不容易啊。」

我含糊地嗯了一聲。媽再次尖酸地說了一聲「那就這樣」，就掛了電話，像在逃命似地。大概眞的在逃吧，逃離她必須和「菜穗子大小姐」說話的場面。

逃離她不得不面對的事實——第二個兒子硬是不顧雙親的強烈反對結了婚，僥倖獲得雙親聯想都無法想像的奢華生活，在那種環境中尷尬得要死。

結婚時，我媽對我說：「今後我就當你已經死了。」

所以我也無法告訴她，其實我的生活既不像她憂心的那麼奢華，也沒那麼尷尬，因爲我早已變成死者。我媽每年一到這個季節，就會寄梨子給死掉的兒子，然後像在生氣似地打電話來，說那是生鮮水果怕我沒及時收到會壞掉。

爸從不接電話，我已經好幾年沒和他說上話了。雖然我和兄姊之間的電話往來比較頻繁，但他們向來是打到公司，絕不會打來我家，再不然就是趁我在公司的時候打我的手機。

每當沮喪時，我總會想起某句格言。是誰說的呢？正是今多嘉親。

「再怎麼備受祝福的成功婚姻，也照樣帶有某種不孝的因素。」

玩味著其中的諷刺意味，再對照自己的現況，我便能稍微釋懷了。

岳父是否也向梶田說過這句格言呢？梶田是否曾向誰吐露他的婚姻生活，以及和妻子的相識過程？梨子也許能打聽出什麼。

8

八年前的初春，我和菜穗子在電影院相識。是銀座的馬路秀電影院，平日下午兩點過後的那一場。

早已成爲出版社編輯的我會在那個時間待在電影院，乃是名副其實地在殺時間。因爲要配合工作對象的時間，我突然多出一個小時的空檔。按照平日習慣，我會去書店晃一下，但那天我累得要命又很睏，便基於「打盹」這個不太正當的理由選擇電影院。

戲院裡坐滿了一半，放映的是當時的賣座片。我知道同一排靠中央的位子坐了一個單身女客。為了避免引起誤會，我小心翼翼地選了離她有段距離的位子坐下。

電影開始，我打了一陣瞌睡就醒了。剛才的女客正動來動去，小聲說著什麼。不知什麼時候她身邊坐了一個男人，原來是在對著男人發話。

搞了半天是情侶啊。我正想繼續夢周公時，她的隻字片語飄入耳中。

「……請你別這樣。」

這下子我醒了。這時她已弓起腰，準備逃向我坐的這頭。藉著銀幕的光線，我清楚看見她被鄰座的男人抓著手腕。她試圖甩脫，但力氣卻不敵對方。

我離開位子，走到她身旁，出聲詢問怎麼了。至今我仍慶幸事情發生在電影院，如果是在明亮的場所，對方一眼就能看出我不是英雄好漢。到時，那色狼的態度想必也會截然不同。幸虧黑暗幫了我一把。

「你對女孩子做什麼？住手！」

我扯高嗓門責問，四周的觀眾察覺異樣，紛紛把眼光轉向我們這邊。色狼憤然啐了一聲逃走了。我還記得那是個穿西裝的年輕男子。他粗魯地扯開門又關上，使得光線從大廳射入，我這才發現受到驚嚇的年輕女子正哆嗦著哭泣。

我帶她到大廳，在附近的椅子坐下，本想告訴服務員，但她不肯。她從小皮包掏出漂亮的手絹擦眼淚，臉色依舊慘白，客氣地向我道謝。

「我第一次碰上這種事，嚇慌了。謝謝你替我解圍。」

她穿著正式，身上穿戴的東西似乎也很昂貴，不像學生，可是看來又很年輕。

大概是覺得不說話會對我失禮，也或許是說說話比較能鎮定心神，她用有點拔尖的細小聲音，娓娓說起她經常一個人來看電影，在這銀座一流的電影院從沒遇上麻煩，所以有點掉以輕心云云。我一邊附和，一邊反覆安撫她：這件事她毫無過錯，很少見到色狼像剛才那樣明目張膽地胡來，她實在是太倒楣了。

她依然臉色蒼白，說她今天決定提早回家，於是我主動提議送她到外面。因爲一時之間，我擔心萬一那個色狼還在附近打轉，說不定會再糾纏她。當然最重要的是——容我老實招認——她太可愛、太有魅力了，不禁讓我看傻了眼。

見她有點畏縮，我連忙解釋，「萬一剛才那傢伙還在附近徘徊就糟了。」同時掏出名片證明我不是可疑人物。她接下名片，用那雙淚痕猶濕的明眸仔細打量。

「藍天書房？」

「對。」

「我現在在看『傑勒米與胡』系列。」

那是一套翻譯繪本。描述少年傑勒米，和每逢滿月之夜就會長出翅膀、翱翔天際的小象胡一起冒險的故事，算是藍天書房經手相當成功的出版品。

「因爲我在兒童圖書館的朗讀會當義工。」

她的職責就是把傑勒米與胡的大冒險，一字一句地大聲讀出來。

「這故事也很受小朋友歡迎，我們還把兩個主角的另一個冒險故事做成拉洋片呢。」

說完，她露出「那其實不可以吧」的困窘表情。

我笑了。「我想作者應該不會生氣。」

不管怎樣，總之她是我們出版社的忠實讀者，我很高興。

我陪她一起走出電影院，送她到最近的計程車候車站。她彬彬有禮地道謝，鑽進車裡絕塵而去。

在剛才的言談之間，我的反應有點遲鈍，我想那時我整個人彷彿輕飄飄地，連談話時也心不在焉吧。

她沒留下芳名，我並不覺得她失禮。只留下一種彷彿走在街頭，忽然發現絕美夢幻之物落在路邊，快要被粗線條的人給踩到，於是悄然拾起加以呵護的感覺。我只想暫時珍藏那份感覺。

幾天後，我收到一封寄至編輯部的信。信封背面寫著世田谷區松原的地址，以及「今多菜穗子」這個名字。

信上一絲不苟的秀雅筆跡寫著「前幾天謝謝你」，另外還寫了一些她對傑勒米與胡系列的感想。

我立即回了信。淡淡甜甜的心情得以延長保存期，令我喜不自勝。

過了幾天，她又寫信來了。

我再次回信。

然後她也回信。

就這樣，我們的交往，非常古典地，從魚雁往返開始。

換作現在，大概會當場交換電子郵件信箱，互傳簡訊——輕鬆愉快，在第一時間就能溝通，感覺格外親密。可是，我很慶幸能夠在寫信這種老式通訊方式尚存之際及時與菜穗子相識。

信中，我們談論的幾乎都是書和電影。她對我的編輯工作也很好奇。另一方面，她似乎眞的被電影院發生的事嚇到了，從此幾乎都待在家裡看錄影帶。可是這樣，就看不到最新上映的院線片了。

「下次，如果有今多小姐想在電影院欣賞的片子，不如讓我陪同、當保鑣吧。」

我大概費了整整四個月，才鼓起勇氣吐露這句話。當時雖然還不知她是今多財團會長的掌上明珠，但我已察覺她來自一個我高攀不起、家境相當優渥的家庭，而遲遲不敢開口。對，我就是個膽小鬼。

至今，菜穗子仍會不時露出微笑說：「說也奇怪，那個色狼等於是我們的愛神邱比特耶，對吧？」

看她能夠欣然提及那件事，我很高興。交往許久後，她才終於告訴我當時那個色狼對她做了什麼、想叫她做什麼、對她說了何等下流的字眼。對於菜穗子這種等於在無菌溫室中成長的女孩而言，那些內容就算在她心中烙下陰影也不足爲奇。

我衷心感謝，幸好當時我基於一時義憤，迅速採取了行動。不只是就結果而言促成了我們的姻緣，就算兩人後來沒有在一起，光是能趕走那個色狼就夠了。雖然那傢伙的棘刺的確刺傷了今多菜穗子的手指，但只要能搶在毒性擴散之前及時替她療傷包紮就夠了。

我之所以向梨子借來梶田充當遺照的那張照片，是因為靈機一動，打算在《藍天》寫篇報導。梶田不是正式職員，所以到目前為止並未在社內報刊登過。

遊樂俱樂部木內的一席話給了我靈感。今多集團全體員工總數難以計數。其中，或許也有像她一樣，住在石川町附近或熟悉當地的人。能利用《藍天》這個平面媒體或許可以搜集到情報。說不定眾裡尋他千百度，驀然回首，那人就在燈火闌珊處。

我把這件事向總編一提，工讀生椎名就插話進來了。她是個女大學生，從小學時代就是當地社團的排球選手，身高足足有一米七五。

「反正都是要寫成報導，不如順便利用那份文章印一點傳單去現場發放，你們看怎麼樣？」

「那個也要由我們負責嗎？」總編面露難色。

「我可以幫忙。」

「紙張和影印可不是免費的。而且說到費用，就連妳的時薪……」

「不行嗎？其實費不了什麼工夫的。」

椎名妹看著我。我仰視高頭大馬的她的那張小臉，直想這是個好主意。她真是一語驚醒夢中人。
「那種事還是交給警察吧。」總編不肯讓步。
「警察才不會好心地印什麼傳單咧。」
「對呀。看板倒是有。」我說。
「看吧，新聞不也都這麼報導的嗎？受害者家屬有時會在車站前面發傳單什麼的，那些都是自掏腰包吧。」
「費用由我來出。」我說。「傳單可以在便利商店影印。椎名妹，妳能利用下班時間幫忙嗎？我請妳吃飯。」
「好啊！就這麼說定了。」椎名妹啪地拍掌。「啊，我又想到一個主意，是我今天特別聰明嗎？杉村先生，把受害者的大頭照影印一份，貼在現場的看板上如何？」
「那有什麼意義？」總編倒退三尺。
「爲什麼？」我傾身向前。
「那種看板通常都不會提到死者的詳細資料。我家附近也發生過撞死幼兒後駕車逃逸的事件，當時也只用『幼稚園孩童』一筆帶過，沒有更多的詳情。」
「這是爲了保護受害者的隱私。」
「我想也是。但如此一來，看到看板的人多半會覺得欠缺眞實感吧。受害者是幼稚園小孩，大家起碼還會覺得『啊，這麼小的孩子好可憐』，可是梶田卻是一個歐吉桑。」

看板上的確只提到此地發生肇事逃逸的死亡車禍。

「如果能貼上照片，註明受害者是誰，不但馬上產生眞實感，也會讓人感到這並非事不關己，說不定比較容易回想起。杉村先生，你看到的看板只有一塊？」

「嗯，好像沒別的了。」

「那麼，只要去貼一下就行了。如果因而發揮效果，不是明智之舉嗎？」

「可是這關係到被害者的隱私耶。」總編還是堅持。「我啊，向來反對新聞媒體刊登案件受害者的姓名與照片。你們不覺得那樣不妥嗎？」

「是呀，不過還是得視時機與場合而定。而這次最需要的就是情報，把它當作公開搜查不就好了。」

話題越扯越遠了。話說到這裡我才想起，椎名妹大學念的就是新聞系。

儘管總編答應在《藍天》刊登梶田的報導，但還是很不高興。

「本來不是說好只是幫忙出書嗎？現在連找兇手都得插一腳？」

「只是順便嘛。這是情勢所逼，我保證只是去發傳單。」

整個下午，我就像躲在壕溝裡的士兵一樣縮頭縮腦，埋頭替報導打草稿。

身爲上班族，不得不看上司的臉色。那天直到傍晚我都無法離開桌前。雖然工作有點忙，但我之所以還是能安之若素，是因爲早已知道葛蕾絲登石川公寓的管理室一直開到晚間九點。管理室的牌子上是這麼寫的。

離開公司時，我先打電話給菜穗子告知今晚無法準時回家，叫她們先吃晚餐。妻子問我胡椒罐婆婆唸到第幾個故事了，她今晚要代我上場。

由於今天想起一些往事，於是我對妻說：「胡椒罐婆婆的故事如果做成拉洋片，說不定會很有意思。」

「叫我畫嗎？」

「那可是妳以前的強項。」

「嗯嗯嗯。」妻笑著掛上電話。

東忙西忙地費了不少工夫，等我抵達葛蕾絲登石川公寓時，已過了晚間七點半。管理室所在的門廳亮起明亮的日光燈，照亮成排的信箱。隔著小窗，可以看見裡面坐著身穿夏季短袖制服的管理員。一名拎著沉重公事包的上班族與我錯身而過，探頭看了一眼信箱，朝管理室寒暄一聲便走向電梯。管理員也對他說：「您回來了。」

一走進門廳，只見右手牆上，掛著模擬公寓外形的佈告欄，上頭整齊排列著寫有門牌號碼與住戶姓名的名牌。有些地方只有門牌號碼沒有住戶姓名，大概是空屋吧。抑或這也是爲了保護隱私？

「你好。抱歉打擾一下。」

坐在櫃檯般的小桌前填寫日誌的管理員抬起眼，向我點頭招呼。爲了避免被當成推銷員，我先掏出名片表明來意。

「爲了協助早日找到肇事者，本公司發行的社內報正在爲報導採訪相關資料。不知能否佔用你一點時間？」

我雙手奉上本月號《藍天》。年紀大約五十上下、略胖的圓臉管理員調整了一下和臉部輪廓很搭調的圓框眼鏡，拿起《藍天》大致瀏覽。

「既然如此，那你裡邊請。」

他替我打開通往管理室的門。室內有一半都被監視器和各種機器占據，也有公寓內部的廣播機器，只見麥克風昂然仰首。

雖然用了很久，但擦得很乾淨的作業桌邊，靠著好幾張旋轉椅。他請我在那兒坐下。

「呃，我是管理室室長，敝姓久保。」

他拍拍制服胸口，然後拉開背後的小抽屜，取出名片遞給我。

「讓你這麼客氣招呼眞不好意思。」

「關於那起車禍，我們眞的不清楚。因爲中元假期這裡沒開。」

「我知道。」

我想知道的是，車禍發生之前，梶田是否也來過這裡。

他來這裡做什麼？該不會是來見誰吧？我還是耿耿於懷。

也許如同梨子所說的，他只是心血來潮出門兜風，但我就是無法釋懷。況且，如果只是在看板上貼張照片就走人，未免像被大人派來跑腿的小鬼。既然都已經來了，和管理員談談也無妨。

「該怎麼說呢，我們不在的時候發生那種事，眞是教人良心不安啊。」

「這樣啊，可是這好像和大樓管理沒有關係吧。」

「怎麼會沒關係，之前就出過車禍了。」

「也是自行車和路人相撞？」

「不不不，是我們住戶的汽車，在那個出入口撞到騎自行車的小孩。雙方撞個正著。」

又是小孩騎自行車嗎？

「那大約是兩年前的事吧。後來就增設了一面鏡子。」

經他這麼一提，我才想起公寓出入口的確設有一對轉角鏡。

「至於輕微的擦撞事件就更多了。雖然每次我們都會挨家挨戶通知，請大家提高警覺，可是還是沒用。」

「那是因爲住戶太多，什麼樣的人都有嘛。」

「對對對。」久保管理室長似乎很高興有人能理解他，感慨萬千地點頭同意。「偷偷告訴你吧，有些人不管你怎麼說他就是不聽。」

我也不勝唏噓地點頭回應。

「前面這條馬路來往的自行車很多耶，嚇我一跳。」

「不是普通的多喔，而且大家都騎得很快。」

據說管理員清掃馬路時，也被自行車撞過。

「這次的肇事逃逸事件，雖然和這裡的住戶無關，不過我們還是製作了通知單，發給全體住戶。請大家出入時務必小心。警方也來指導過。」

我把梶田的照片影本放在作業桌上。「他就是受害者。」

久保管理室長拿起照片。

「噢，我聽說是個老人，沒想到這麼年輕。我還以爲年紀應該更大呢。」

「你沒看過他嗎？」

「連名字都沒聽過。原來他姓梶田啊。」

「警方也沒來打聽線索？」

「他又不是這裡的住戶，警方怎麼可能會來調查？撞倒這個人的自行車也只是經過前面的馬路，又不是從這裡騎出去的自行車。」

他看起來一副打從心底慶幸的模樣。

「如果是住戶的自行車，事情會變得很麻煩嗎？」

「那還用說，當然會囉，到時又不能搜查犯人。」他壓低嗓門說：「不是聽說犯人是個小孩嗎？」

「噢，這事你也知道啊。」

「我在社區自治會聽來的。這整棟公寓都加入了石川一丁目的自治會，因爲通常都是在討論收垃圾、輪值打掃啦，再不然就是廟會活動時要捐錢之類的事，所以開會泰半由我代表出席。不過，理事長有時也會自己去。」

所以我和自治會的幹部們都很熟——他特地強調。

「聽說有人看到撞人的自行車是個小孩騎的。本來自治會長拜託這一帶的中小學幫忙分發一份校內通知單，可惜行不通。」

「被學校拒絕了嗎？」

「聽說被家長會會長罵了一頓，說又不是罪證確鑿，怎麼可以在學校搜索犯人。」他露出苦笑。

「如果通知單只是提醒大家騎車時要小心，應該就沒問題了吧。」

「通知單就是這樣寫的呀。結果還是被打了回票。最後只好換個方式，請各校答應自行宣導騎車安全教育。警方也派了指導員到校。」

「噢，那倒是好方法。」

我看著占據管理室的器材。六台螢幕，都是黑白的，正映出靜止不動的畫面。好像是電梯附近的影像。

「出入口的地方沒有設監視器嗎？」

久保管理室長搖動他那胖嘟嘟的手。「沒有。幾年前，管理委員會的理事會上曾提議裝設，可是案子送到總會被駁回了。」

說這樣會侵犯隱私權——說到這兒，他語氣顯得份外有稜有角。

「這樣子誰幾點出門、幾點回來、和誰一起回來全都一目了然了，你說是吧，等於是在監視。」

「我懂了。」

如果有監視器，說不定能拍到梶田被自行車撞倒那一刻的影像——不過那時管理室休假，應該還是不可能吧。我本來多少還抱著希望，但事情果然沒這麼簡單，況且警方想必也早已確認過了。

「說到這梶田，不曉得他在車禍之前是否曾來過這裡。你有印象嗎？」

久保管理室長一邊推起眼鏡一邊拿起照片。

「我沒見過他耶。」

「請問這裡有幾位管理員？」

「正規輪値的，包括我在內共有五人。大家都是通勤上下班。」

「這張照片先放在你這邊，能否幫我也問問其他幾位。」

「可以呀。」

對方雖然爽快答應，卻一臉不可思議的表情。「可是，這和那起意外有什麼關聯嗎？」

打從剛才，我和久保管理室長的對話中就一直口口聲聲地說是意外、車禍、肇事逃逸案件，用了各種含糊說法。因爲不是故意撞人，所以是意外。可是死了一個人，撞人的人逃走了所以是案件。這種曖昧，似乎令我們只能用不上不下的說法來定義。

「大概無關吧，但是他究竟來這裡做什麼，有點曖昧不清。如果要寫報導，我們必須先對這種細節加以查證。」

「噢。公司規模大，連社內報都這麼專業啊。」

管理室長那渾圓的指尖抓搔著鼻粱。

「問他的家人不就知道了嗎？」

「她們也不清楚。聽說他生前喜歡開車兜風，家屬猜測也許只是開車經過。警方似乎也接受了這個說法。」

「可是，他在那個出入口下了車吧？」

「是啊，車子就停在那旁邊。」

「那他應該是來我們這裡有事吧。」

他隔著管理室窗戶，朝出入口眺望著。

「就算眞是這樣，我們也不會知道。雖然基本上訪客都得登記，不過那只是做做表面文章。實際上，對於來找住戶的訪客，我們也不可能動不動就找人家這種麻煩。」

「的確是。」

「就是啊，那才眞的會侵犯隱私權咧。頂多只有在對方使用訪客停車場時，才會向我們打聲招呼。而停車場也有限定車數，況且又採前一天預約制。如果只是臨時探訪，當天就走的人，多半停在前面這條馬路，或是再過去一點的投幣式停車場。」

我把這點抄在筆記本裡。

「不管怎樣，我還是會幫你問問管理室其他的人。不過我想恐怕幫不上什麼忙。」

「謝謝你。」

「差點忘了……」我慌忙表明想在看板上貼一張梶田的照片。久保管理室長眨了半天眼。

「應該可以吧。如果這樣能查出什麼線索那就太好了。」

「我也這麼期望。還有，近日之內，我們也打算在豎立看板的地方分發傳單……」

久保室長有點遲疑。「這我就不能作主了，也許先和警方打聲招呼比較好吧。」

「當然，我相信絕不會給你們添麻煩。」

「我們也沒這個權力阻止就是了。總之，我先向理事長報備一聲。如果眞的要發傳單，請務必事先通知我們喔。」

「是，我會的。」

我用事先準備好的雙面膠，小心翼翼地把梶田的照片影本貼上。留白的部分，寫著「梶田信夫　六十五歲　職業：司機」。

單是多了一張黑白照片，白底寫著黑字與紅字的看板上頓時顯得截然不同。椎名妹是對的。一個無臉無名的死者，彷彿在看板中忽然有了生命。

貼好之後，我站在原地合掌行禮。

但願——這個改良版看板，不僅能成爲搜集新情報的契機，也能對撞倒梶田的自行車騎士的心靈，產生一些新的影響。

不過，前提是此人在車禍發生後依然走這條路。

白天雖然還是很熱，但夜空已透著秋意。空氣清澄，星星一閃一閃地眨眼。我邊走邊仰望天空，一直走到石川橋上。

從橋上俯瞰夜晚街景，我又發現交叉口那棟房子的窗邊，坐著上次那個老婆婆。圖案鮮明的布袋裝很惹眼，看起來十分涼快。

像她那樣，從窗口茫然眺望街頭應該也很有意思吧。整天都有各種人來來往往，也可以和附近鄰居寒暄，甚至還能駐足閒聊兩句。

說不定，梶田事件發生時，老婆婆也坐在窗邊？

我下了橋，不管紅綠燈，逕自穿越短短的斑馬線。老婆婆正背對著我。我不想嚇到她，隔著一段距離出聲招呼。

「打擾了。您好。」

老婆婆轉過身，露出有點訝異的表情。時間已晚，我也不想再被誤認爲推銷員，於是連忙報上名號。她依舊一臉驚訝，默默望著我。

「大約三個星期前，在那棟公寓前發生了一起自行車撞倒人的死亡意外。」

「啊，對對對。」老婆婆大大點頭。

敞開的窗子深處亮著燈，傳來細微的電視聲。屋裡可能正在煮什麼吧，飄來一股香味。

「過世的是我的朋友。因爲還沒找到肇事者，我想尋找線索，才會頻頻造訪此地。」

我正想問她對事發當時的經過是否知情之際，窗內深處有人影晃動。

「奶奶，妳和誰說話？」女人的呼喚聲傳來。

緊接著，一個身穿圍裙、年約四十的女人走到窗邊。我欠身鞠躬，再次報上名號，解釋原委。

「哎呀，那眞是辛苦你了。」

穿圍裙的女人一手撫頰，一手搭在老婆婆肩上，迅速打量我。她投來的視線毫不做作，看來並沒有對我大起疑心，令我鬆了一口氣。

「不過我們家在橋的這頭……雖然知道那邊有人被自行車撞倒去世，更詳細的情形恐怕就……對吧？」圍裙太太徵求老婆婆同意。

老婆婆不停眨眼。「說的也是，對不起。」

「我們家奶奶雖然常坐在這裡，不過從這裡看不見公寓那頭。」

這時，我發覺坐在凸窗邊的老婆婆身後，緊靠著一輛輪椅。圍裙太太也發現我察覺了什麼。

「奶奶的腿不方便，從這兒向外望可以解解悶。」

「這裡的景色的確不錯，河風也很涼爽。」

「唯一的麻煩就是蚊子太多。」

圍裙太太笑了。我也笑了。就連老婆婆，也慢了一拍莞爾一笑。我向兩人行個禮，緩緩走回石川橋。

氣象預報中，穿著黃褐色長袖襯衫的預報員宣稱這個星期殘暑就會結束，還說秋天已步步接近。早晚的確吹起了涼風，蔚藍如洗的晴空飄過的卷積雲也確實是秋季景色。

但，今天從一早氣溫就開始攀升。在中央線八王子車站下車，一走到驕陽下的街頭，在電車上被冷氣冷透的背部頓時汗如泉湧、不斷淌落。

幸好我的方向感不差，八王子市街的道路分佈也很好找，TOMONO玩具店距離車站並不遠。只是當我抵達目的地時，還是不得不先拿手帕擦臉。

小巧玲瓏的玩具店，位於樓高九層的氣派公寓一樓。外牆是磚紅色的，樓頂不是平的，而是如聖誕蛋糕上放的巧克力小屋的三角屋頂。

寬約一間半（註）的店門口上方，搭著紅色塑膠布簾，上面寫著「TOMONO玩具店」。擠滿玩具商品的陳列架，甚至逼近單片開啓的自動門內側。

我鑽過自動門進入店內。雖然躲過了直射日光，但狹小的走道十分悶熱，瀰漫著乙烯樹脂和塑膠的獨特氣味。

右側後方放著一台電動遊戲試打台，沒有客人玩，畫面也是黑的。螢幕上方放著紙板做的告示牌，渾圓的字體寫著「一人試玩十分鐘。請按照先後順序，互相禮讓」。爲了讓年幼的小孩也看得懂，統統是用注音寫的。

我對TOMONO玩具店產生了好感。

走道有兩排。我站的是左邊那條。盡頭堆滿塑膠模型的盒子，直到天花板。走到右邊那條，只見老舊的辦公桌和坐鎮其上的收銀機。桌子後面露出椅子的椅背，迷你電扇在天花板一隅嗡嗡旋轉。

我繼續往前走，正想喊「有人在嗎」之際，辦公桌後面的簾子掀起。

「來了，來了來了。」說著走出一名年輕女子。

她怎麼知道我來了呢……？想到這裡，我立刻察覺右邊天花板和牆壁接合處突出一台監視器。陳列架的轉角也有一面直徑二十公分左右的轉角鏡。

「來了，歡迎光臨。」

這開朗的聲音，就是接我電話的女子。也就是即將碰面的榮次郎的孫女。

「我是之前打過電話來的今多財團職員杉村。」

年輕女子像要驚嘆般，略略歪起腦袋。「呃，就是說想見我爺爺的那位嗎？」

「對，我們約好兩點見面。」

註：一間為六尺，相當於一・八一八公尺。

「這樣的話，不好意思，麻煩你先出門繞過拐角，從後面的電梯上樓去頂樓我家。頂樓只有我們這一戶，你一看就知道。」

孫女大幅揮動手臂畫了一個半圓，指點我該怎麼走。公寓的玄關好像在大樓背後。

「這樣好嗎？劈頭就登堂入室好像太冒失了。」

「你不是來採訪的嗎？沒關係啦。」

她既不扭捏也無戒心，連我的來意好像都已忘了。但是，她說的採訪又是什麼意思呢？

「我會先用對講機通知爺爺的。」

我屈服於她開朗的聲音，乖乖繞到後巷。一走進公寓門廳，發現這兒雖然保養得很乾淨，但從磁磚縫隙的污垢和金屬部分生鏽的程度看來，這棟公寓顯然已經蓋了很久，應該超過二十年了吧。

如果眞是這樣……

梶田聰美所謂的綁架事件，梶田夫妻倉皇逃離TOMONO玩具，是二十八年前的事，這表示之後不到十年，TOMONO玩具就結束營業了。

對於接下來的會面成果，我開始有點悲觀了。因爲工廠的歷史越久遠，榮次郎對員工的記憶就越不可靠。

我來到最上層的九樓，電梯門一開，只見眼前站著一個老人。他身穿藍染無袖短褂，踩著橡膠拖鞋，手持團扇。

「你是今多財團的杉村先生？」老人搶在我之前開口，大聲問道。看來他正在等我。

「對，我就是。謝謝您不介意我冒昧來訪，還在百忙之中抽空……」老人對我的開場白充耳不聞，逕自邁開步伐，說著「這邊這邊」就走了。電梯門在我的鼻尖前關起。我連電梯門都還沒走出去呢。我慌忙隨後追上。

看到掛在玄關旁的門牌，我這才知道TOMONO是「友野」的拼音。門內，一名精心化妝、年約四十五歲、身穿短袖洋裝的女性出來迎接。

「今天還是很熱吧。辛苦你了。」

此人同樣毫無戒心地殷勤催我換上室內拖鞋。榮次郎也脫下拖鞋，大步朝走廊邁進。

「家裡很小，你裡邊請。就你一個人？攝影師隨後才會到嗎？」

「啊？」

我本來想反問她攝影師是怎麼回事，但女人笑咪咪地一邊行禮一邊回答：「啊，我是他兒媳婦友野文子。」

「本來我婆婆應該也在家，不巧她參加婦女會的旅行出門了。不過，我公公對往事記得很清楚，我想已經夠你採訪的了。」

又是採訪。看來這中間似乎有什麼愉快的誤會。

我被帶進面向窗子的寬敞客廳，在皮沙發上一落座，就掏出名片，正式打招呼並修正軌道。爲了解開友野家人的誤解（或許說是一廂情願的認定），大概就費了十分鐘。這期間，榮次郎頻頻調整他右耳的助聽器，文子性急地不斷以「哎呀」、「天哪」、「眞要命」、「原來是這樣啊」來附和。

「眞不好意思喔。我們還以爲又是電視台或雜誌社的人。」

「是雜誌沒錯呀。」榮次郎大聲說。不是生氣，是重聽的毛病眞的很嚴重。

「雖然名義上是雜誌，但人家是社內報啦，爸爸。不是來問我們以前製造的玩具。」

兒媳婦坐在榮次郎隔壁，一副司空見慣的模樣替他翻譯。她一字一句清楚發音，不時還像要加上抑揚頓挫似地輕拍公公手臂。

「是今多財團對吧，旗下應該也有玩具公司吧。」

集團企業之中並沒有玩具公司。至少目前還沒有。

但我並未因此感到不快，反而有點愉快起來。占據客廳整面牆的大型訂做收納櫃中「展示」的懷舊玩具，引人微笑。這些展示物品同時也回答了友野一家爲何對來訪者如此寬容，爽快答應接受「採訪」的謎團。

放在中間那層中央的，是木製的「喀搭喀搭」。它是一個外形像小型嬰兒車的學步車玩具，剛學會抓著東西走路的幼兒可以推著它步行。正如其名，它被推著走時會發出喀搭喀搭的聲音，上面附加的動物模型也會跟著動。

一旁，漆著可愛粉紅色和鮮黃色的「不倒翁」並排瞪著大眼。外形設計成身穿連帽斗篷的幼兒，覆蓋額頭的斗篷邊緣，露出一圈栗色鬈髮。

排在上層的是鐵皮機器人和郵筒型存錢筒，也有幾台喀搭喀搭學步車。每一個都是在大型超市和量販店的玩具賣場睽違已久的玩具。

皇太子殿下與雅子妃殿下所生的內親王愛子小公主，推著喀搭喀搭走路的可愛模樣，我也在新聞中看過多次。愛子小公主的玩具和穿的嬰兒服都備受矚目，全國的年輕父母巴不得自己的寶貝也能擁有同樣的東西，紛紛向店家洽詢搶購，因此蔚爲話題之事我也記憶猶新。

喀搭喀搭是友野玩具過去主要的生產項目。這種懷舊玩具作爲愛子小公主風潮的一環掀起小小的搶購熱潮，連帶使得各傳播媒體派記者來採訪榮次郎。這大概也顯示出，必須先從喀搭喀搭是什麼樣的玩具理解起的民眾已經越來越多了。

「打從三個月前起，這股熱潮就戛然而止了。因爲愛子小公主也大得不再需要學步車了。」文子如此解釋。

「不過我們一家已經習慣被問來問去了，我公公也很高興有這個機會聊起往事。一下子還眞覺得有點冷清，正想說怎麼沒人再來採訪的節骨眼上你就出現了，所以才產生誤會，眞是不好意思。」

她笑彎了腰，笑容和她女兒很像。

「眞令人懷念。我還以爲再也看不到了。」

客廳裡展示的喀搭喀搭不是新的，動物型木牌的塗料已斑駁模糊，車輪也有點髒。

「那台是我女兒小時候用的。公公關閉工廠，存貨也都賣給別家廠商後，特地爲孫女留下這台。」

「就是看店的那位小姐吧。」

「是的。歸根究柢都是那丫頭害的，是她說又有人來採訪，眞是急性子。」

我不是奉承，是眞的笑了。雖然她的確太性急，但我覺得那活潑開朗的聲音足以抵消過失。

「我也有一個女兒。」

「眞的，幾歲了？」

「四歲，是女孩。」

桃子學會扶著東西站立後，我就到處搜尋學步車。妻和我都認爲對學走路的幼兒來說，那種玩具是必須的，尤其我更是堅持。因爲自己就是這樣長大的，而我的侄兒與外甥也是。

但卻怎麼也找不到。我實在心有不甘，忍不住打電話問哥哥，哥哥告訴我，「我家小孩用的喀搭喀搭，還是從儲藏室裡找出來的呢。不是買新的，是我們兄弟以前用過的。那玩意現在大概沒地方賣了吧。」

文子聽了我的敘述，感慨萬千地點頭。「國內做這種玩具的廠商也不多了。不過好像也有工廠因爲這次的熱潮起死回生，可是愛子小公主用的聽說是進口貨。」

對於來客與兒媳婦的對話，微微撇著嘴，一直轉著眼珠旁觀的榮次郎突然發話，「不拍照嗎？」

文子再次笑著重新解釋了一次。

「搞了半天是這樣。」榮次郎聽懂後扯下助聽器，「沒意思。」

「你別這麼說嘛。這位先生是來打聽以前的工廠員工。爸爸，你應該還記得吧？」

然後，她嚷著：「哎呀，都忘了招呼你了，眞不好意思，我去拿點冷飲喔。」就離席而去。只剩下期待落空、失望不已的榮次郎和我四目相對。

算了，這樣正好。我取出向梶田梨子借的照片，拿給榮次郎看。

「啊，這又是怎麼著？」

榮次郎捏著照片一角，戴上掛在短褂領口的老花眼鏡，仔細打量。「這是老照片了。」

「您還記得嗎？」

「當然記得，我們家應該也有，因爲這種紀念照就只拍過那麼唯一一次。這個啊，是昭和四十九年，友野玩具創立滿二十週年拍的。正月初三，我把員工能來的全都找來團拜喝春酒，然後就在公司門前拍了紀念照。還特地請專業攝影師來拍呢。」

原來是專家拍的照片。

昭和四十九年──西元一九七四年。現年三十二歲的梶田聰美生於一九七一年，因此這時應該三歲。

是所謂綁票事件前一年。

「在這年創立滿二十年，如此說來友野玩具是您一手創立的公司嗎？」

我也效法文子，一字一句盡量慢慢發音。這招果然很有用，榮次郎大大點頭。

「本來是我老爸開的工廠，戰時專門製造飛機和戰車的零件──因爲八王子有個飛機場。戰後，我老爸腦筋動得很快，順利跟進駐軍搭上線，總之他的眼光很敏銳就對了。朝鮮特需（註）那陣子他簡直是賺翻了。可是傳到我手上時，我已經不想再做打仗用的工具了，於是改行經營玩具工廠。我老爸雖然很不滿意，但我一當上社長他就死了，也來不及抱怨了。」

接下來的高度經濟成長期，和昭和四十年代的嬰兒潮，使得他的改行大為成功——榮次郎娓娓道來。雖然重聽的人往往從頭到尾都扯著大嗓門，不過聽習慣後也就不覺得吃力了。

「您眞有慧眼。」

「啊？」

「我是說您有先見之明，工廠很大呢。」

「我又增購了土地，規模就越變越大了。」

「就像這個……」他高興地說著，邊把身體伸向展示架那頭，伸手取來的，是一個漆成桃紅色的不倒翁。

「這個啊，你這個年紀可能不知道吧，這叫不倒翁。」

不倒翁發出一陣響亮的叮叮咚咚聲。

「以前，家裡只要有嬰兒出生，一定會買這個，當時日本的小寶寶都是玩這個長大的。」

我的侄兒與外甥都沒有玩過這種不倒翁。但我嬰兒時期的照片中，的確有一個一模一樣的不倒翁。我說了這件事，但榮次郎也不知聽見了沒有，逕自拿著不倒翁撫摸了半晌，這才放回桌上。

「眞令人懷念。」榮次郎再次搖晃不倒翁。

「你摸摸看。這個是賽璐珞做的，顏色很鮮豔吧。到昭和三十年代中旬爲止，我們工廠是生產量最大的。」

「可是，賽璐珞很容易燃燒，」說著，榮次郎停止搖晃不倒翁。「所以只好改用塑膠。我很不願意這麼做，這種東西小孩子一定會摸來摸去，說不定還會舔。一想到塑膠可能有毒，我心裡就不舒服。」

喀搭喀搭也一樣，就算別家都已改用合成樹脂製造了，我們工廠還是堅持用木頭做。他挺起胸膛驕傲地說。

我不禁浮想著，雙眼炯炯有神的不倒翁，和剛剛做好還散發著木頭香氣的喀搭喀搭，整齊排列在工廠生產線上的情景。

那眞是個好時代啊，榮次郎低語。

「如此說來，是間相當大的公司，聽說還有員工宿舍。」

「有有有，就在附近。我買下舊公寓，重新整修過當成宿舍。現在還在喔。不過已經改建成公寓大樓了。」

友野家至今仍是資產家。

「既然事業做得那麼成功，爲什麼關閉工廠呢？」

註：指朝鮮戰爭（一九五〇～一九五三）時，在朝鮮與在日本的美軍所需的一些物資等。

這個問題令榮次郎縮了一下嘴，露出像吃到酸東西的表情。

「發生了火災。」

「那是什麼時候的事？」

「昭和五十一年十一月。」

他答得很快。那是一九七六年，所以距今二十七年了。我對這棟公寓的年齡估算得太保守，其實已經蓋了快三十年了。反過來說，也證明這棟建築物被管理得多麼完善。

榮次郎遺憾萬分地嘟囔，「其實我已經非常小心了。你也知道，工廠不斷在擴張對吧，設備也得不斷添補。壞就壞在這裡。」

失火原因是漏電。

「因為我們做玩具的材料幾乎都是易燃品，只見大火燒啊燒的，可嚴重了。不僅工廠差不多全燒光，連累到附近鄰居，員工也受了傷，這下子搞得我頓時洩了氣。我心想，這一定是菩薩叫我別再做這行了。那時，勞動安全基準法規之類的也變得越來越嚴格。我向來堅持用賽璐珞，本來就已經被盯上了，而重建工廠繼續做同樣的生意得花上不少錢，加上這一帶的住宅日漸增多，你想想看，鄰居當然也不會有好臉色。」

「啊，原來如此。」我附和道。

「如果只是用木頭做喀搭喀搭學步車那倒還不成問題，但那樣利潤太低。我乾脆心一橫關了廠。把土地賣掉一半還清貸款，員工們的退職金該給多少就給多少。然後，我用剩下的土地做抵押再貸款，蓋了這棟公寓大樓。」

這個決定顯然也極具慧眼。

「我兒子打從一開始就不想接棒，選擇去當上班族，但我一說要蓋公寓，他就乖乖回來了。還說什麼今後有不動產才是王道，還要我看看人家多摩新城。我兒子信心十足地說，東京的這一帶，今後一定會有越來越多人搬來定居，社區規模也會越來越大。」

看來時機也恰到好處。

「所以我也就豁出去了。可是我已經心灰意懶了，舉凡和銀行交涉、和房屋仲介商談，統統都讓他去負責。沒想到觀察一陣子後，我發現大樓這邊進展得很順利，公寓改建後也有一大堆年輕夫妻和學生搶著來租，也談妥了增購土地擴充出租物件。我兒子也成功了。」

他的低語說得咬牙切齒。

「然後，就這麼看著看著，我總算也恢復了一點幹勁。我說事到如今已不可能再開工廠，那就開個玩具店吧。我兒子大概也怕我無所事事會得老人痴呆吧，就替我開了店當作消遣。打從蓋大樓時，一樓就是出租店面，把那裡稍微改裝一下就可以了。」

他說直到前年他因腦中風入院爲止，店裡的生意一直是自己打理的。據說這間店因爲賣復古玩具，還被雜誌介紹過。

「現在已經不行了，全交給我孫女。像我這種糟老頭，已經成廢物了。」

他的頭髮的確非常稀薄，臉孔和露出短褂的手臂上浮現點點老人斑。但，舉止依然矍鑠硬朗，腦筋也轉得很快。我認爲他一點也不是老廢物。就像現在，社區自治會不是也很仰賴他嗎？

「您一定很喜歡玩具吧。」

「我？」榮次郎指著自己的鼻尖。「是啊。因爲戰時想做也不能做，想賣也沒得賣。」

他的眼神變得有點遙遠。

「我啊，在戰爭即將結束的時候才被徵召入伍。因爲我老爸的工廠被當成軍需工廠，我一直逃過徵召。被徵召是無所謂，可是昭和二十年的三月已經沒有兵裝，連運送士兵的運輸艦都沒了。我們哪裡也沒被派去，就在九十九里挖洞挖到戰爭結束爲止。那本來是爲了預防本土決戰所做的挖壕溝訓練。不過我們還是常遇上空襲。我那時越想越空虛，心裡就想，等仗打完了，一定要做和戰爭毫不相干的買賣。」

要是沒有其他目的，還眞想繼續聽他說下去。但，我的時間有限。

我終於提起梶田。

「關於這張照片上的人……」我指著榮次郎放在桌上的照片。

「梶田信夫這個員工您還記得嗎？」

「梶田？」榮次郎像鸚鵡學舌般複誦一遍，推推眼鏡彎腰細看照片。

「起先是領時薪的臨時工，後來在您的照顧下成爲正式職員，聽說您還安排他們夫妻住進員工宿舍。他的小孩也是在那裡出生的。您看，就是照片上的小女孩。」

榮次郎握拳抵著嘴巴，漫聲沉吟。

「拍完這張照片的翌年，也就是昭和五十年，他們突然辭職，也搬離員工宿舍。應該是就此失去聯絡，您對當時的事還有什麼印象嗎？」

榮次郎陷入沉思。這時文子捧著看似沉重的托盤回來了。難怪她一去就去了這麼久，托盤上除了冰咖啡的杯子，還有堆成小山的水果盤，以及裝有冰淇淋的碗。

「妳千萬別這麼客氣地招呼我。」雖然我這麼說，文子還是笑咪咪地放下托盤，一樣一樣地往桌上擺。

「喂，會弄濕啦。」榮次郎喝斥，又將照片捏在指間，湊到臉前細看。

「我啊，對於失火當時的員工，每一個都記得很清楚。」榮次郎抬起臉說。「因為讓他們平白無故受了罪。可是說到失火前的事……，這個人在我們工廠上班，是在失火前吧？」

「是的，直到失火前一年。」

「他在我們工廠待了幾年？」

「他本人已經去世了，我也不是很清楚，但我想應該有四、五年……也或許是五、六年。向我說起友野玩具的，是這張照片上的他女兒。」

「這孩子嗎。」榮次郎一臉驚訝，再次把眼睛貼近照片。「拍照時，她大概三歲左右吧。」

「是啊。」

「虧她還記得。」

「與其說是她本人的記憶，應該說是長大後從父母那裡聽來的。」

把托盤放在身旁，挨著榮次郎坐下的文子也湊近說「讓我看看」。榮次郎不悅地用手肘頂開她。

「妳不知道啦。妳是我們蓋大樓之後才嫁進來的吧。」

「對，是沒錯啦。」文子倒是一點也不生氣。「不過以前的照片我當然也想看看，人家又不了解工廠的事。」

以那個孫女的年齡推算，文子嫁進友野家頂多也是二十年前的事吧。

「我告訴你，這傢伙啊，」榮次郎瞪著眼一邊看我，一邊繼續用肘尖頂文子。「嫁來以後，我告訴她我們家以前開玩具工廠，你知道她怎麼說嗎？『啊好險，要是工廠還開著，那我不就得當免費女工了』，她居然這麼說耶。」

文子咯咯咯地笑得花枝亂顫，但還是語帶辯解地對我說：「我娘家就是在大森開小工廠。我從小唯一的念頭，就是趕快長大，脫離那種辛苦的環境。」

「噢。」我曖昧地回應。雖然兩邊都不能幫，但還挺有趣的。

「整天就只想著吃喝玩樂。」榮次郎還在找碴。

「對呀，爸爸，託您的福，讓我釣到金龜婿，可以嫁進這個家眞是太幸福了。」

聽起來像是輕鬆躲過攻勢。說不定他們總是這樣逗嘴。

「失火前，工廠的生意眞的很好。」

在顚峰期，據說事務所和工廠的員工加起來超過四十人。這樣還嫌人手不足，又找了家庭主婦做代工。

「梶田的妻子生了小孩後，也是替你們工廠做代工。他女兒還記得當時家中堆滿了漂亮的玩具零件。她說社長非常照顧她父母，是他們一家的恩人。」

工作雖然也有機械化的部分，但關鍵部分還是得靠手工，多少需要一點熟練度。因此，在公司看來，新來的菜鳥等於是付薪水教他工作，待遇自然不可能太高，也有很多人感到不滿，做不了幾天就辭職了。當時和現在不同，正值日本經濟成長期，是經濟的青春時代，工作隨便找都有一大堆。

因此員工流動也很頻繁，榮次郎說。

「梶田啊……我對這張臉好像有點印象。他女兒說他受過我的恩惠？」

「對。」

「眞是守禮重義。其實我只是雇用他、給他薪水而已。那對經營者來說本來就是該做的。如果叫人家工作還不給薪水，你想想看，那不成了詐欺嗎？」

榮次郎擠出滿嘴皺紋笑了。

收容居無定所的梶田，安排他們一家在員工宿舍安頓下來，在工廠教他工作。即便替梶田做了這麼多事，榮次郎依然對他記憶模糊。反過來說，這或許也可證明當年榮次郎經常做這種事，所以梶田在他心中並無特殊地位。

文子發話了。「我們家老爺以前就喜歡管閒事。」

我想也是，我微笑著點頭。

「梶田離職時的事您也不記得了嗎？比方說走得很突兀，或是令您感到很沒禮貌之類的。他女兒也很在意這一點。」

榮次郎交抱著枯瘦的雙臂。短褂的領口邋遢地鬆開。

「這可難說了。剛才我也說過了，員工來來去去並不稀奇，理由也形形色色。我想應該沒什麼啓人疑竇的怪事吧。」

「基本上，所謂的怪事究竟是什麼事呢？」榮次郎說著正經了起來。

被他開門見山地這麼一問，我也被問倒了。情急之下浮現腦海的，畢竟還是「這個嘛，比方說小孩的事……」

「這個小妹妹嗎。」榮次郎指著相片中，穿著新年外出服的梶田聰美。

「當時梶田夫婦有沒有爲小孩煩惱，或是類似那方面的……」

我吞吞吐吐地含糊其詞。在這種氣氛下，終究還是說不出小孩好像曾被綁架這種話。

「這我就不知道了。你是指小孩生病之類的嗎？」

「呃……」

榮次郎倚著椅子靠背，面露難色。我心裡不禁有點愧疚。

「聽起來簡直教人一頭霧水哪，老弟。」

「對不起。」

「那已經是三十年前的事了嘛。」文子女士拔刀相助。

「那時的帳簿和簽到簿，統統都沒了，就算要回憶也毫無線索。工廠關閉後，本來還保存了幾年，不過那樣顯得我好像還心有眷戀，所以過了十年就委託業者全部處理掉了。」

對不起喔，老人向我道歉。哪裡，本來就是我強人所難，我也低頭致歉。

「有時認眞的好員工，反而不太會令人留下印象，那位梶田一定也是個正經人吧。」

說著，榮次郎突然起身離席，好像是去上廁所。

等公公走出客廳，某個走廊深處的門傳來砰地開關聲，文子這才把頭轉向我。

「不好意思。別看他那樣，好像一切正常，其實我公公的記性畢竟還是有點不行了。」她小聲地匆匆囁語。

「噢，原來是這樣啊。」我也壓低嗓門。「剛才聽說，他前年發生過輕微的腦中風……」

「就是啊，剛出院時還得坐輪椅呢。他的脾氣很倔，拚命做復健，雖然現在身體幾近康復，可是腦袋就不行了。不，不是老人痴呆喔。那方面倒是毫無問題。」

「是啊，完全感受不到。」

「只是，也許該說是記憶變得七零八落吧。在他病倒之前，過去的事，就連雞毛蒜皮的小事他都記得一清二楚。記性好到把大家嚇一跳。凡是用過的人他全都記得，可是現在啊……」

她有點憂心地皺起眉頭。「記得是還記得啦，只是和住院前比起來差太多了。談起往事也漏洞百出。他自己應該也隱約察覺到了，只是絕對不會承認。」

記者爲了學步車來採訪時也常令人捏把冷汗。因爲榮次郎的記憶濃淡不均得相當嚴重，有時前言後語會對不上。

「不過，我們都覺得讓他這樣接受外來刺激是件好事，也都很樂於接受採訪。」

文子之所以頻頻表示「公公對往事記得很清楚」，看來也包含了鼓勵之意。

「原來如此。冒昧地東問西問，眞不好意思。」

「哪裡哪裡，眞的沒關係。」文子一邊吟吟笑著，一邊像要把我的道歉推回來似地猛搖手。

「我只是看他好像沒幫上你什麼忙，才稍微解釋一下。」

榮次郎用短褂前襟抹乾雙手，一邊走了回來。文子替我裝了一盤水果，殷勤招呼我快吃。

榮次郎發出「嘿咻」一聲，坐下來。

「梶田，梶田啊……」他正在努力回憶。

我暗忖，到頭來我究竟是來打聽什麼呢？梶田夫妻在友野玩具時代的回憶嗎？抑或是梶田聰美既不願想起也不願提起的綁架事件的暗影呢？

不管是哪個，顯然都毫無收穫。但我並不覺得白跑一趟，我已經喜歡上友野家的人了。

「梶田……他好像是當司機吧。」榮次郎拿著文子遞給他的水果盤嘀咕。「應該是開小貨車吧。他會開車嗎？」

「會，過世時仍是職業駕駛。」

「噢，那就對了。」榮次郎兩手一拍，傾身向前。「工廠有兩輛工作用的小貨車。我沒有特地雇用駕駛，每次都是讓有駕照的員工負責開車，替我運送材料什麼的。」

「對對對就是那個，」說著他兩眼一亮，「有一個小伙子，開車的技術很好。花季時，他喝醉酒，擅自把工廠的車開出去撞壞了。聽說他本來打算載朋友去千鳥淵賞花。那是失火前的幾年來著？那時他大約二十出頭，所以應該不是梶田。」

他說當時把小伙子臭罵了一頓，但並未開除。因爲那是年少輕狂。

「不過，他大概覺得很沒面子吧。過了半個月就自動辭職，回故鄉去了。他老家在青森，他們是種蘋果的果農，後來到了秋天他還寄蘋果來呢。那個小伙子，好像姓田中吧。」

想起往事令他不禁笑了。文子也朝我瞥來，露出微笑，我也回以一笑。

「那小子撞車時，我也被警察叫去罵了一頓，說我沒有好好管理公司的車，還叫我要嚴格整頓社內紀律。我當場氣得回罵說，這是我們工廠的事，用不著長官插嘴我自然會管理，不用長官雞婆。後來，工廠失火時我可尷尬了，都不敢經過派出所前面。」

文子一邊附和一邊吃水果。我也不客氣地大快朵頤。冰咖啡也濃醇美味。

原來如此，看來出糗的回憶比較容易留在腦海，另外他也提到一些愉快的回憶。例如把彩色的不倒翁整身漆成紅色，一看，怎麼變成達摩塑像了；也曾模仿當時流行的丘比娃娃製作天使娃娃，結果不知怎麼搞的，看起來像凶神惡煞，惹來許多惡評等等。榮次郎說得很起勁，我和文子也聽得很開心。

「做玩具其實也是辛苦行業。爸爸，以前的老員工，現在還有沒有和誰保持聯絡？」文子問道。大概是看話題越扯越遠，對我過意不去。

「沒有。大家各分東西，早就音信全無了。」

「可是，不是有個關口嗎？以前一直是你的得力助手。那個人呢？他不是都會寄賀年片來，偶爾也會打打電話。」

「妳說那傢伙？噢，他啊。他前陣子出院了。」

那傢伙肝不好，老人皺起臉向我解釋。「他年輕時是個酒罈子。嗯，找關口的話，員工的事他說不定比我記得更清楚。」

「還有媽媽。她明天就旅行回來了。公司的事務方面，媽媽不是也有幫忙？說不定知道什麼你不知道的事。要不要問問她？」

「也好。」

不過，這些妳怎麼都知道？榮次郎回看著兒媳婦。

「因爲媽媽也會和我說起往事嘛。」

「果然不能大意。妳們婆媳倆都說些什麼？」

「你不用緊張啦，我不會打聽對你不利的事情。」

聽著公媳輕快的逗嘴，我心裡忽然覺得既酸又甜，那大概就是所謂的羨慕吧。有一天，我也能成爲這樣的老人嗎？我也會有這樣的晚年嗎？爲了在人生的尾聲抓住這種幸福，我應該趁現在先做些什麼才好呢？

「聽你這麼說，根本沒有收穫嘛。」妻子握著方向盤說。

「是啊。不過，至少知道梨子寫書時可以省略友野玩具那一段了。」

都心區還是一樣陷入傍晚的塞車長龍。光要殺出新宿車站前的巴士站就費了一番工夫。

菜穗子開車的機會雖然不多，但她倒是很習慣在都內開車和遇上塞車。雖然因爲害怕而不敢開上首都高速公路（這樣我也比較安心），不過相對的，對一般道路倒是瞭如指掌。

後座上，桃子正在專心盯著剛買的繪本。打從藍天書房時代，我就很怕在電車之外的交通工具上閱讀文字，因爲一定會暈車。但桃子卻安之若素。遺傳基因的組合，創造出比父母更強的下一代。

「光是這點，已值得大老遠跑去八王子了。辛苦你了。」

「他們也帶我去看了以前曾是友野玩具員工宿舍的公寓，眞的就在附近。」

「可是，不是已經改建了嗎？」

「嗯，所以眞的只是去看看舊址。他媳婦說以前的建築物應該還留有照片，還替我找了半天，可惜沒找到。聽說是灰泥外牆，還蠻堅固的公寓。他媳婦嫁來時好像還保持原狀租給別人。」

一隻小手突然伸過來，把繪本杵到我的頭旁邊。「爸爸，這怎麼唸？」

桃子指的是「ㄗㄚ ㄇㄛˋ」。

翻開的那一頁上，畫著騎乘駱駝在月夜的沙漠中前進的商隊，遠處還可見到金字塔的頂端。

「這叫沙漠。」

照理說有注音她應該會唸，大概是不懂意思，所以抓不著頭緒吧。

「就是有很多沙子的地方。不會下雨，所以長不出草和樹。」

「為什麼不會下雨？」

「因為……那裡的氣候就是這樣。」

「什麼是氣候？」

「就是天氣。天空有時很藍，有時堆滿烏雲下起雨，這就叫天氣。」

「嗯……」年幼的女兒說。「那麼，如果沒下雨，桃桃也會變成沙漠嗎？」

「不會。」

「為什麼？」

「因為桃桃住的東京一定會下雨。」

「為什麼東京會下雨，沙漠不會下雨？」

菜穗子笑了出來。「你現在知道白天我有多累了吧。」

的確。「幼稚園老師眞偉大。」

「你以前不也做過給小朋友看的書。」

「寫書的人是作者。我只是把它整理成書而已。」

妻子從後照鏡對女兒投以一瞥，莞爾一笑。「桃桃，剩下的等回家再看。」

繪本收起來了。但，「駱駝是什麼？」桃子還是不放棄，看來她很中意那一頁。

「就是一種動物。住在沙漠。不過動物園也有，下次我們一起去看吧。」

「嗯！」

如果帶桃子去上野動物園，我可得告訴她，雖然在東京也能看到駱駝，但這裡的駱駝不能騎。

「今天下午，我和桃子一起去參觀才藝班。」菜穗子說。

「才藝班？這次又要學什麼？」

桃子三歲送進托兒所，四歲起進入現在的私立幼稚園。除此之外，還報名幼兒游泳訓練班，以及教讀寫的補習班。

「是韻律體操班。她同學的媽媽推薦的，說是能提升小孩的身體律動感。入學考試時，這方面好像也很受重視。」

桃子的第一志願——應該說妻子希望桃子入學的第一志願小學，是一所門檻相當高的私立學校。

桃子的「升學考試」問題，並非始自昨今。打從她一進幼稚園，這個問題便立刻滲入我們的生活。之前一直與世無爭的妻子，從她在幼稚園認識的那些媽媽那兒獲得豐富的情報，從此徹底覺醒。「那樣做比較好，這樣做比較對，這種準備是必要的」云云的「指南」，以遠超過我所預期的濃度與頻率朝我們展開攻勢。如果一切照單全收恐怕連身體都吃不消，我本來打算敷衍一下就算了，沒想到菜穗子卻很認眞。

妻子當然並非對桃子抱持過高期望，非要讓桃子受什麼英才教育不可。想必只是理所當然地覺得，自己從小學就一直念私立學校，桃子也應如此。但，根據各方流竄而來的小道消息推論，這年頭升學競爭之熾烈似乎已遠非自己念書那個時代可比，之前的悠哉似乎也相對地強化了她的不安。她可不能讓桃子因爲媽媽疏於該做的準備而進不了理想學校。

「桃子對那個課程有興趣嗎？」

我對後座投以一瞥。當事人仍沉迷在繪本中。

「她看起來很開心，也有好幾個幼稚園的小朋友在那裡上課。」

當初上幼兒游泳訓練班也是這個模式。和小朋友一起上課應該很開心。

「只要她不反對就好。地點在哪一帶？」

「比到目前爲止上過的還遠些，在青山一丁目。」

我們家在麻布。幼兒游泳訓練班和讀寫班都在走得到的距離內，上下課由妻子和我抽空接送，有時也會拜託鐘點女傭。幼稚園則是搭娃娃車上下學。

「這樣就得開車接送了。那當然是完全無所謂啦。可是你也知道，我是個靠不住的司機……」

不是技術的問題，是她的身體。

「我已經考慮過將來的事了。趁這機會，或許該正式找個人幫忙比較好。」

桃子如果考取了理想小學，就得每天往返護國寺。搭地下鐵的話要坐幾站呢？我正這麼思索之際，妻子又追問「你看怎麼樣」。

「妳的意思是要雇個司機嗎?」

「我想和孝之哥商量看看。啓子和小紀,都是從上小學時就一直用車子接送。嫂嫂也很忙,所以他們應該也請了司機。」

孝之是妻子的二哥。啓子和小紀(也就是紀夫)是他的長女和長子。

「可以呀,有人介紹總是比較安心。」

我雖然答得乾脆,但一股非現實感驟然襲來,令我陷入不安。撇開升學考試姑且不論,爲了小孩上下學特地雇用司機,這和我從小生長的生活水準以及成長環境簡直有天壤之別。

照理說,這時候我應該抵抗才對。妻子的確有財產,可以靠著她名下的股權以及在公司掛名當主管的報酬過著富裕的生活。

可是,那一切都出自她父親的安排。桃子是我與菜穗子的孩子。這孩子的教育問題,應該由我而非岳父來決定,應該用我的錢來撫養她。要念私立小學沒關係,如果只是這樣,靠我的薪水還負擔得起。可是,特地請個司機送她上下學未免太奢侈了。讓她搭電車吧,那樣也比較能培養社會性,我應該這樣主張才對吧。

但是,我只眨了兩、三次眼,那些主義、主張和信念就被吹得無影無蹤。取而代之的,是「那樣做萬一出了什麼事」這團烏雲密佈眼前。讓幼小的桃子一個人外出?開什麼玩笑!

我和菜穗子的婚姻,纏繞著幾個必須解決或和解調停的問題。不過在那之中,純粹得靠我們倆克服的問題只有一個,那就是孩子的事。

在這個問題還沒現實化之前的十幾歲青春期，菜穗子似乎認定以自己這麼虛弱的身體，不可能生小孩，甚至連結婚都不抱希望。

所以，當她決心和我結婚時，她終於必須正視這個問題。自己會有小孩嗎？可以期盼有小孩嗎？

幸好，經過愼重檢查與問診結果，菜穗子固定看診的醫師給了我們好的回音。沒事，可以生。不過只能生一個喔，最好不要再生第二、第三胎。即便如此，菜穗子已欣喜若狂了。後來她才老實告訴我，如果那時醫生說她果眞不能生育，她打算連婚事也就此取消。因爲她覺得，如果不能讓我有後代，實在太對不起我了。

雖然充滿諸多不安因素，菜穗子的懷孕過程大致還算穩定，害喜的症狀也很輕微。爲了預防萬一，她比預產期提早半個月住進設備完善的婦產科醫院，剖腹生下了桃子。

就各種意味而言，桃子都是我們夫妻的獨生女，唯一的後代。萬一她發生了什麼意外……到時菜穗子絕對活不下去。我也一樣。就算保住性命，餘生也只能像行屍走肉。只是，我個人的問題在這時一點也不重要，只要考慮菜穗子與桃子就夠了。

所以我沒有抗拒。「我的決定」或「我的能力所及」這種字眼和概念我一律沒提。就算非現實感來襲令我心裡不是滋味，那也只要當作我自己的問題來處理就行了。

「再不然，等學校確定了，乾脆搬到學校附近也是個辦法。」

妻子的話，令我的心情再次被非現實感動搖。孩子的專屬司機？配合孩子上學搬家？我不抵抗、不反對。既然我們……不，既然妻子有能力這麼做，那又有什麼不可以。

「搬家說不定會很好玩。」我說。一邊在心裡暗禱但願語氣不會顯得不自然。

「總之，妳不妨先跟二哥、二嫂商量看看。他們比較有經驗。」

「嗯，好吧。」

菜穗子一邊靈巧地鑽進塞車長龍的縫隙，一邊輕輕點頭。臉還是朝著前方。

「其實也不是因爲提到桃子通學的事我才這麼說，只是聰美的事讓我一直耿耿於懷。」

從談話內容的發展和妻子的表情，我已察覺她所想的，但我還是催問什麼事。

「打從第一次聽說時我心裡就有個疙瘩，她說的那個，呃……四歲時被某人綁架的經驗，」

「嗯。」

「不知是什麼狀況。是放學回家的路上被誰硬拉上車，還是被五花大綁關起來……」說到這裡，妻子爲了怕桃子聽見，倏然壓低嗓門。「搞得我滿腦子都是可怕的想像。可是，綁架本來就是這樣，對吧。」

「是啊。只不過對方好像沒有要求贖金喔。」

「你沒聽到更多的詳情吧？」

「因爲她自己不願意說。」

聰美只是再三強調眞的發生過這麼一回事，可是很抱歉她不想說。

「那你就這麼算了？什麼也不問？什麼也不碰？」

「不，我打算看情形再找機會問。我之所以會去友野玩具，也是爲了製造這個機會。況且，聽美那邊，我也勸過她不妨和會長談談。」

「是嗎……那就好。」妻子像小女孩一樣嘟起嘴。「不管實際上到底是怎麼一回事，對那個年紀的小孩來說，被人帶到陌生場所，想回家卻不能回家，光這樣恐怕就已經是非常可怕的經驗了，對不對？不信你把主角換成桃子想想看。」

我不由得瞥向後座。桃子正倚著靠背，興味盎然地望著窗外。

「妳別烏鴉嘴了。」

「這我知道，不過，用這樣比喻比較好理解嘛。這樣才能切身想像到底有多恐怖。可是，這麼嚴重的事，你和父親卻好像都不當一回事。」

我自認沒有輕忽這件事，但我的確沒有完全相信聽美的說詞。

「就連她自己，會提起這件事就表示她不是真的死也不想說，只是她可能心懷不安，覺得就算說出來也沒人會相信吧。況且那個案件——我認爲應該可以稱爲案件——其實蠻嚴重的。」

「妳是指那關係著梶田不爲人知的過去？」

「嗯。只要小心點，別讓梨子發現就行了吧？我希望你聽聽看她怎麼說。聽美那時一定經歷過很可怕的遭遇。那段記憶，或許令她父親的過去在她心中變得比實際上更晦暗。在年僅四歲的她面前，綁架聽美的人不是還說了什麼都是她父親的錯之類的話嗎？」

我回憶聽美的敘述，小聲複述一遍以免桃子聽見。

「太過分了。居然那樣威脅小孩，簡直不可原諒。」妻子生氣了。

「眞相是否如她所言還不確定呢。」那畢竟是四歲小孩的記憶，我再次提醒她。

「岳父也這麼說。況且，聰美好像本來就有點膽小。岳父說，她本來就有什麼事都小題大作的毛病，不過我們當然不會因爲這樣就冷淡地敷衍她。」

「這個我知道。父親和你都很體貼，很懂得人情世故。基本上，她自己不願說，本來就不可能勉強逼她說。」

妻子看看我，立刻把臉轉回前方。「你是不是也心懷顧忌？比方說有點害怕……」

「妳說我？對聰美？」

「對。我懷疑你是不是不便啓齒。說不定你怕會問出非常痛苦的眞相。」

「痛苦的眞相？」

妻子用側臉示意，暗示她眞的不想當著桃子的面說更多。我這才恍然大悟，菜穗子想說的是，聰美該不會是遇上那種性侵小女童的壞蛋，才不願提起那件事。

我有點吃驚。

「這就難講了。我根本沒想那麼多。岳父應該也壓根沒想到那回事吧。」

「噢？那，是我想太多了嗎。可是，我第一個念頭就想到那個。這大概就是男人與女人的不同吧。」

我針對那個可能性試想了一下。就在我輾轉於各種假想之際，車子已抵達岡崎餐廳。

晚餐吃得既豪華又開心。在間隔寬敞的餐桌上，我不用在意周遭的目光，悠然享受著一家三口的溫馨時光。

像這種高級餐廳，有些店會婉拒客人帶小孩。岡崎餐廳也是，如果不是看在我們和貴客今多家族有關，想必應對的態度也會截然不同。

不過，唯有一點我敢滿懷自信地斷言。撇開讓幼童上餐廳花大錢的對錯姑且不論，菜穗子對於小孩外出時的言行舉止可是管教得非常嚴格。桃子如果不聽話或是使性子吵鬧，就算當著店員的面她也會嚴厲斥責。如果用講的沒用，甚至還會動手教訓。就拿最近的例子來說，那天我們上館子，桃子一直鬧個不停，菜穗子索性取消點餐當場走人。

所以，不管在什麼店，就算沒有打著我們是貴客是今多家族的招牌，我認爲桃子應該也會被公認是非常守規矩的小客人。這都是妻子的功勞。至今在這種場合往往還會忍不住倉皇失措的我，絕對不可能如此管教女兒，示範正確禮儀。與其這麼做，我寧願去速食店。

而妻子示範的，想必不是她自己的孩提時代，而是兩個哥哥的小孩受到的教育方式吧。那是基於從小就在富裕環境長大的人，有義務正確、得體地學習消費時的禮儀這個信念之下。

不過話說回來，我想妻子並沒有對桃子抱持身爲今多家族繼承人之一，必須與堂兄弟姊妹一同風光亮相的期待。只是不管桃子將會步上何種人生，就算像她一樣成爲上班族的妻子，再怎麼樣今多家族的財富與名字終究會一輩子跟著桃子，因而才決定把桃子教育成一個配得上這一切的人。

等到這頓飯以桃子愛吃的櫻桃塔畫下句點時，我已經吃得很撐，甚至有點睏了。相較之下，照理說平時這時早該上床的桃子仍雙眼發亮，也許是外出太興奮了吧。

臨走時，桃子說想上廁所，由我帶她去。我看著桃子穿著外出用的鞋子，用那種在我眼中仍接近蹣跚學步的步伐消失在化妝室的門後，直到她出來我才放下心。

「看我的手手，洗得乾不乾淨？」一走到走道，桃子就舉起小手問我。

雖然指間還殘留水氣，但肥皂倒是沖得很乾淨。我大大誇獎之後，取出手帕替她擦手。

「我搆不到紙巾。」桃子像要抗議似地解釋道。

「欸，爸爸。」

我正想邁步走出，卻被她扯住袖子。

「這個是什麼？」

桃子指的是一座青銅人像。化妝室前，放了椅子和小桌，當作一隅小小的休息室。人像，就放在那裡的角落。

沉重的台座上，坐鎮著一個看似「弓腰的人」的東西。有手也有腳，但是歪七扭八。脖子很長。腦袋不像人，倒像蛇一樣前端尖細，臉孔扁平毫無五官。

台座上貼著一塊牌子，記載了雕塑品的作者姓名與製作年度，以及作品名稱「地的恩寵」。

地的恩寵。也許象徵著人類源自大地，才會看起來好像剛從地面破土而生吧。也許並非弓腰前傾，而是正要直立而起。

「這個很可怕對吧？」桃子問，眼神執意要徵求我的贊同。

「桃桃，妳怕這個？」

「嗯。」她貼近我的長褲。

這家餐廳不是第一次來，化妝室也去過很多次。桃子每次看到它都會心生恐懼嗎？

「是啊，形狀的確怪怪的，不過這一點也不可怕。妳放心。」

「眞的？」

「爸爸看得出來。桃子，等妳再長大一點也會看得出來。」

「爲什麼它沒有臉？」

桃子像在擔心被雕像聽見似地小聲問道。臉上沒有五官，似乎是令她害怕的原因。

「做這個的人，覺得沒有臉比較好。」

「可是，這樣很怪吧？沒有臉耶。」

「是啊。所謂的藝術品啊，桃子，有時就算看起來奇怪，還是可以很精采喔，這等妳再長大一點就會明白了。現在妳只要記住，它雖然看起來可怕，其實一點也不可怕。以後來這間餐廳時，只要桃子想上廁所，爸爸都會陪妳一起去。」

好，我的寶貝勇敢地點頭首肯。當我牽著她的小手邁步跨出時，在我內心深處，一個耳熟能詳的小小警語亮起紅燈。

小孩會在一切黑暗中看到鬼怪的形體。

我轉身看著雕像。赫然回神，才發現桃子也正這麼做。我報以微笑，桃子也慢了一拍莞爾一笑。雕像一臉漠然。

10

星期一，我一到辦公室便致電梶田家，是梨子接的。我交代了造訪友野玩具的事，但並未提及詳情，只說相關者的記憶沒有可供參考之處，看來應該沒什麼好寫的。

「你還專程替我們跑這一趟嗎？不好意思。看來事情畢竟太久遠了。」

「是啊。」

「算了。既然沒打聽到什麼特別有趣的軼事，那就表示我的……我們的編輯方針不用改變囉。」

她說正以梶田參加象棋社的照片爲主軸，會見當時的車行同事或寄信徵詢。

「對了，妳姊姊在家嗎？」

「在啊，找我姊幹嘛？」

這句如同迅速回擊的反問，顯現出她「書是我在寫，你只要協助我就行了，沒必要找我姊吧」的好強心態。說老實還眞老實，說她孩子氣也的確很孩子氣。

「也不是什麼大事啦。」

「那，我幫你轉告她。什麼事？」

她的態度強硬得古怪。

「那麼，請妳轉告杉村會再和她聯絡。」

「啊……到底是什麼事？」

我笑了。「是會長在擔心她會不會眞的把婚禮延期，就這件事。」

梨子沉默了一下，然後說：「那，我叫她來聽電話。」

姊，妳的電話——我聽到她這麼大喊。

「不好意思，讓你久等了。」

聰美十分惶恐，我把友野玩具之行告訴她。

「梨子好像還在戰鬥狀態呢。」

「對不起。那孩子好像在賭氣。」

「我這樣說或許太多管閒事，但妳感到不安的事，眞的不能告訴梨子嗎？」

「那個……」

「不行是吧。」

「給你添麻煩眞的很抱歉。」

「一點也不麻煩。只是，爲了替令尊寫書的事，如果一直和令妹處於爭執狀態，妳也很不好受吧。」

聰美默然。過了一會兒，她才小聲說：「昨天，會長老師打過電話來。」

據說是下午兩點過後。當時我正在友野玩具。

「讓他老人家百般操心。他說很想和我見面，可是一直抽不出空。我眞的感到很抱歉。」

「妳用不著這麼歉疚。那，他說了什麼？」

「談婚禮的事。會長老師說他覺得延期的做法有待商榷，不過這種事最重要的還是當事人的想法，所以他叫我和對方好好商量之後再決定。他也責備我說不管什麼事，一個人悶在心裡煩惱都是不對的。還說這是我的壞毛病。不，我反倒認爲他是在安慰我，因爲他的聲音很慈祥。」

「我也這麼覺得。」

在電話中的短暫交談，想必來不及提到綁架云云。

「我想和妳見個面，方便嗎？」

「我待會會去買東西。」聰美壓低嗓門說。「我再打電話給你。」

我說聲知道了就掛斷電話。我在腦中想像聰美和我說話時，梨子隔著一段距離（臉色猙獰地）豎起耳朵聆聽的模樣。姊，妳既然反對我做的事，那妳和我的責任編輯有什麼好聊的？

「早安……」椎名妹像唱歌似地打著招呼進來。

「姊妹吵架，一旦鬧僵了就很難收拾嗎？」我問道。

「我只有弟弟，所以不清楚。」

「椎名妹，妳和弟弟吵架時都是怎麼解決的？」

她握緊拳頭，秀出打排球練出的上臂肌肉。

「那是小時候才用武力吧。」

「現在也是。我老弟啊，遜得很。」

眞是失敬失敬。

午餐前和聽美聯絡上了，但我們直到傍晚才見面。因爲她的未婚夫說想和我當面打個招呼。他叫濱田利和，和聽美同年，任職於都內某電腦軟體公司。

「他知道妳憂心的事嗎？」

「我全都告訴他了。」

「我們第一次見面時妳說的……呃，該怎麼說，就是妳四歲時，被綁架的可怕遭遇也告訴他了嗎？」

聽美遲疑了一下，做出肯定的答覆。

「這樣嗎？」我思索該如何開口。

「昨天，去過友野玩具之後讓我再次感到……，不，妳不想談的事我不會勉強追問。可是，根據友野玩具社長的敘述，令尊令堂都是認眞的員工，對於他們離職時的原委，好像也沒留下什麼特殊印象。因此，妳所經歷的可怕遭遇……，嚴重到令尊令堂因此不得不倉皇辭職逃離友野玩具，至少不是外人能夠察覺的事態。我無意藉此斷定這全是妳想太多或其中有什麼誤解。只是，我還是覺得必須再問得詳細一點……。只是，歸根究柢我連這是不是我該問的事都不確定。」

我越說越吞吞吐吐，到頭來還是受到菜穗子的影響。對一個小女孩來說，那也許是連回想都害怕的驚恐遭遇。

「對不起，你說的沒錯。」聰美沉聲說。「待會兒我再告訴你。上次見面後，我也深自反省，那樣不上不下地把話講到一半，就算本來清楚的事也會變得模糊不清。如果眞想隱瞞到底，就該永遠埋藏在心底，既然要說就該完整交代才合乎道理。」

這位小姐連反省的方式都非常中規中矩。

「只是，那時才算眞正的初次見面，我實在鼓不起那麼大的勇氣。」

這次碰面的地點還是在睡蓮。我比約定的五點半提早十五分鐘抵達，一看，聰美已在那兒等著了。

「濱田說他六點才能來。有點遲到，還請見諒。」

聽起來已經是以濱田之妻的身分代爲致歉了。

我把造訪友野玩具的經過詳細告訴她。包括榮次郎說的話、他的記憶狀態，乃至他說的「既然沒什麼印象，那表示梶田應該是個規矩的員工」也原封不動地轉告。

「這樣嗎……」聰美有點寂寥地低語。「我爸媽明明說友野玩具的社長非常照顧他們。像這種事，大概就是會錯意吧。」

「令尊令堂談論友野玩具時代的事情，是在妳幾歲的時候？詳情梨子好像不大清楚吧。」

「她應該不知道。會聊起當年的往事，頂多只到我國中爲止。我和梨子差了十歲，所以那時的梨子什麼都不懂。」

「從那之後，包括友野玩具的事情在內的往事，妳父母就再也沒提過？」

「是的。計程車開得很順手，他們的談話重心也從過去轉爲今後的事。」

因此，姊妹倆的記憶才會出現這麼大的落差。

「我一直在想，」聰美垂下眼說。「對我爸媽來說，梨子是個象徵著人生重新來過的孩子。梨子出生，衣食不缺地幸福長大，大概就等於是我爸媽的人生重獲新生的證明。你能夠理解嗎？」

我看著她點點頭。她的言外之意我很清楚，撇開對錯與否姑且不論。

「可我不同。對我爸媽來說，我是知道晦暗過去的孩子，是和他們共度人生低潮的孩子，所以我爸媽或許都覺得很對不起我吧。他們甚至這麼說過。」

「令尊嗎？」

「都有，兩人都說過。」

「什麼時候說的？」

「什麼時候啊……」聰美看似不安地窺探我的眼睛。「三不五時就會說。比方說他們買給梨子以前我都沒有的玩具……類似情形。不過，梨子懂事後他們就再也不說了。」

我鼓起勇氣進一步追問。

「妳四歲時，遭遇過被綁架的可怕經歷。把妳擄走關起來的人說都是妳父親的錯。這個妳和父母談過嗎？」

聰美閉上眼，露出強忍情緒的表情，然後搖搖頭。

「妳沒向父母確認過？」

「沒有。」

「完全沒有？連一次也沒有嗎？」

對我來說，那似乎太不自然。四、五歲時當然不可能，但照理說成長到一個階段後，如果那段可怕的回憶依然鮮明地留在腦海，應該會想問問看、探究一下才是正常反應吧。

雖然我沒那個意思，但大概追問得太煩人吧。我的疑問或許刺到她的痛處。

「你說，那種事我怎麼可能做得到？」聰美突然拔尖嗓門反問。「小時候無法以言語描述發生在自己身上的事，根本無從說起。」

「是啊，但是懂事之後……」

「反而更不敢說，越來越說不出口。因爲我知道，我記得的可怕遭遇，屬於我爸媽討厭、刻意迴避的那段過去，況且我爸媽好像也以爲我不可能還記得。」

「妳試著確認過嗎？」

「我沒有直接問過，要是做得到就好了……」她露出非常氣惱的眼神。

「在同一個屋簷下，有個開朗長大的妹妹。我爸媽毫不保留地疼愛梨子。爲什麼會那麼疼愛梨子呢？因爲那孩子什麼也不知道。所以，我也只能假裝毫不知情、什麼都忘了。我假裝已把所見所聞都忘了，把從我爸媽那裡聽來的也忘了。我假裝自己和梨子一樣，可是我終究不可能像她一樣。」

說到最後，她浮現自嘲的笑容。那是很不像聰美的笑法。

——我果然不行，不可能得到像梨子一樣的待遇。

「當時到底發生了什麼事？」我盡量沉穩地問道。

聰美深深吸氣再吐出，一次、兩次，然後才抬起臉。

「我被帶去……某個陌生的房子。我爸媽不在，只有一個不認識的女人。她告訴我，我不能出去。我哭著說我想回家。但她不讓我走，也不開窗子。我哭鬧著堅持要回家，她就把我關進廁所。在昏暗骯髒的房子裡，廁所臭得幾乎讓我嘔吐。

我嚇得直哭，哭累了就睡著了，可是醒來一看還是被關在同樣的地方。也沒東西吃，連水都不給。」

她痙攣般眼珠一動，嘴唇毫無血色。她的手握得死緊，手指關節幾乎像要破皮而出。「那個女人好像一直在屋裡打轉。她坐立不安，總之就是不停地動來動去。我一叫她放我回家，她就隔著廁所門大叫：『妳給我安分一點、都是妳爸的錯，如果不聽話我就殺了妳』等等。再不然就是像野獸一樣低聲咆哮。有時，好像會和誰講電話，但我聽不清楚內容。」

說到這裡，她顫抖的手拿起杯子，喝了一口開水。溢出的水沿著下巴滑落。她的雙眼深處閃著暗光。那是恐懼，想必還有憤怒。

我像要悄然撫慰她般開口發問。因爲不習慣把那種字眼說出口，所以我有點難以啓齒。

「那個女人對妳動粗了嗎？」
「沒有。」
「妳有沒有被毆打，或是遭到綑綁？」
「沒有。可是……」聰美呢喃著「我好怕」。那是當然的，我說。
「就這樣過了兩晚，我媽來接我了。那個女人雖然又哭又叫拚命抗拒，可是我媽還是把我帶走了。就這樣總算回到家。」
某種東西在喀喀作響。是聰美左手戴的手鍊型腕錶，撞擊著桌子。
那就是綁架的經過嗎。
「梶田不……令尊不在嗎？」
「我回家之前一直沒看到我爸，我媽和我先到家。他好像是過了很久之後才回來的。」
「妳不要緊吧。」
聰美的手指按著太陽穴，臉色蒼白。
「對不起。」她用手蒙著眼睛動也不動。我倒向椅背，喝著杯中的冰水，大概一口氣喝掉了一半。
「那必定是可怕的經歷吧。」
聰美沒反應。
「這種時候還要追問實在很抱歉，但我想再請教一下。發生這件事時，是在哪個季節？」

「季節……我不記得了。」

「當時，妳已經念幼稚園了嗎？」

「念了。」

「那麼，如果被關了兩晚，就得向園方請假囉？」

聰美抬起眼，眨了半天。眼底的暗光雖已消失，但焦點仍晃動不定。

「是啊……當時是怎樣呢？也許，是幼稚園放假的時期吧。不知道。不過我想應該不是夏天。不……也許是夏天吧，總之屋裡臭得不得了。我到現在還記得臭哄哄的，好像堆滿垃圾。那可能是暑假期間吧。」

說到這裡我才想起，印象中好像也滿身大汗——她不確定地呢喃著。

「妳離開時，是令堂來接妳的。」

「對。」

「那麼，把妳帶去那間房子的又是誰？妳還記得嗎？」

聰美再次用手蒙著眼思考，連等在一旁的我都不禁身體緊繃。

「不知道，我不記得了。」

「那，妳並不是被誰推上車，或是被拽著手帶走囉？」

「對。可是我不可能自己跑去那種地方吧？也不可能是我爸媽帶去的。所以……應該是對方以什麼說詞把我騙走的，除此之外別無可能。」

「是啊，的確。」

在這種狀況下這麼說雖嫌不謹慎，但我還是察覺一件「好玩」的事。噘起嘴亢聲爭辯時的聰美，和梨子非常相像。

聰美從皮包裡取出香菸點燃。我攤開記事本，把剛才聽到的記下來。聰美噴著煙，一直定睛凝視我的手。彷彿在監視我記錄得是否正確。

「把妳擄走囚禁的，是個女人沒錯吧。」

那是最大的意外，所以我再次確認。

「對，是個女人。」

「大約多大年紀？」

「不知道。對四歲的小孩來說，只能區別老人和小孩。剩下的人想必統統都歸類為『大人』吧。」

「妳還記得她的長相嗎？」

沒聽到回答，我抬臉一看，只見聰美搖頭。

「不記得了。」

「毫無印象嗎？」

「不是的。只是，我形容不出是什麼樣的長相。」

「剛才妳說是個不認識的女人，在那之前，妳真的一次也沒見過她嗎？」

聰美緊咬著唇，定定陷入沉思。夾在指間的菸冒出裊裊青煙。她用力把菸在菸灰缸中摁熄，彷彿就連這樣都會令她分心似的。

「不知道。」她發出嘆息般的聲音，煩躁地將手指忽開忽握。

「仔細想想又好像不是全然陌生，臉型也隱約浮現眼前。可是，我就是無法具體說明，就好像對不準焦距。」

說不定，是害怕具體地回想起來吧，她僵著臉囈語。「所以才把記憶完全封印……。像這種事，常聽說吧？」

的確，不過前提是在小說情節中。

「如此說來，那個女人和令尊令堂認識的可能性也不是完全沒有囉。」

「可以……這樣說……吧。」聰美似乎不太情願同意。

我試著運用想像力，把四歲的梶田聰美換成現在的桃子。對於我和妻子的友人——雖然人數不多——桃子有什麼樣的認識呢？二十八年後，桃子還會記得他們嗎？

除非是關係特別親密、互動頻繁，交情就像家人一樣，並且交往時間長達一定的程度，否則四歲小孩應該不會記得吧。我漸漸覺得，如果對方僅是梶田夫妻的同事或附近鄰居，聰美的記憶欠缺具體性也是理所當然。

正因爲有這種想法，我冷不防脫口而出：「這樣相當困難。」

聰美一聽立刻反應。

「你的意思是說難以相信？」她的聲音再次尖銳起來。「你不相信是吧，因爲太無跡可尋？」

我不發一語，只是凝視著梶田聰美。我的臉上想必反映出她的表情，我想讓她察覺到這點。

聰美察覺到了，她突然不好意思起來。她本來就是個聰明人。

「對不起，一時亂了方寸。」

「沒關係。」我微笑以對。

聰美沒有微笑，卻拿起手帕擦拭眼角。她的睫毛膏暈開了。

「妳回家後，父母對這件事說過什麼嗎？」

「我媽對我說，留下妳一個人眞對不起。我爸倒是什麼也沒說，不過兩個人都變得好憔悴。」

「那麼，妳父母並未向妳說明究竟發生了什麼事。」

「對。」

「如此說來，當時沒有付錢——也就是交付贖金給綁匪的說法，純屬妳自己的想像？」

「對。因爲我家沒有那筆錢，況且在我被囚禁的過程中，那個女人也沒提過錢。她只是不斷強調是我爸害的、都是我爸的錯。」

我邊做筆記邊思考。對於好不容易才帶回家的稚齡女兒，梶田太太說的是：「留下妳一個人眞對不起。」

對於遭到綁架，好不容易才救出來的女兒這麼說？不是說幸好妳平安無事，或詢問沒有受傷？

這樣豈不是牛頭不對馬嘴？

我沒把這個想法說出來。我希望聰美先恢復鎮定。

「妳父母離開友野玩具，是在那件事發生後，大約過了多久的事？」

「這個嘛……過了多久啊……」

聰美再次閉眼，一邊用手指搓揉太陽穴，一邊陷入沉思。

「半個月……或者一個月左右吧。不，也許更早。」

「搬離員工宿舍時，妳父母有沒有說什麼？」

「沒有，什麼也沒說。只說我們要去別的地方。」

從八王子搬到哪裡，聰美已不記得了。不過，她說當時曾暫時和梶田分開，母女倆相依為命。

「幼稚園也臨時換了一間吧？」

「我是滿五歲之後才重新上幼稚園，那時在千葉，市原附近。我還留著當時在公寓前拍的照片。」

在他們終於回到東京，進入東京共同無線計程車行任職之前，梶田做過各種臨時工，手頭上似乎相當拮据。聰美在這裡上了小學後，「曾經交不出營養午餐費，害我覺得非常丟臉。」

在這個時期，梶田太太好不容易懷了第二個孩子，卻不得不拿掉。這時聰美六歲。他們又退回顛沛流離的不穩定狀態，沒有多餘的心力養育第二個孩子。

「結果，我爸媽大概也覺得這樣下去不是辦法，終於決定回東京找工作。在市原只住了兩年左右，我又得再次換小學。」

不過，她說那個決定是對的。她早就嫌市原的公寓太小，能搬家她很高興。提到這個，她的眼中總算重燃光芒。

梶田逐漸習慣計程車司機的工作，生活安定下來。梶田太太懷孕了，那就是梨子。這次不用再忍痛犧牲小孩，嬰兒得以安然出生。

梶田家的晦暗時代就這麼結束了。

「令尊在東京共同無線計程車行時，你們住在哪裡？」

「足立區。一個叫做梅田的地方，就在計程車行營業所旁邊。」

起先住公寓，等到梨子上小學那年，他們終於搬進獨門獨院的房子（雖然還是租的）。同樣位於足立區內。

「如此說來，你們搬到現在高圓寺南的公寓是在……」

「在我媽過世之後。」

住公寓是梨子的要求，高圓寺南那間公寓據說也是她選的。

「她說想住在時髦的街區，起先還說要住自由之丘或代官山呢。」

聰美第一次流露出既像在批判、又像在揶揄妹妹的語氣。

「雖說是租的，但那棟房子畢竟留有我媽的回憶，起先我爸一點也不想搬家。我在猜想，說不定是因爲高圓寺離八王子很近，所以才不願意——雖然他沒這麼說過。不過最後，我爸還是屈服在梨子的撒嬌下。」

儘管雖然不情願，迴避的念頭卻也沒強烈到必須駁回寶貝梨子的心願，於是他們遷居到東京西邊的社區。誠如聰美所言，搬到高圓寺的確比起住在足立區離八王子近多了。

歷經歲月更迭，過去逃離的地區已在記憶中逐漸淡薄，沒什麼好緊張的了——我試著這麼想，把自己假想成梶田。

該畏懼的過去怎麼也看不分明，所以連想像都無法聚焦。

遭到囚禁、責罵、連吃的也不給，被陌生女人歇斯底里的言行舉止給嚇壞。對四歲小孩來說想必是可怕的經歷。不過，我雖然對聰美的敘述深感同情，依然無法把這件事放置在梶田夫妻的人生中。這起奇妙的綁架事件，到底是該嵌進哪裡的斷片？

「對不起。」

某人的招呼聲令我和聰美同時仰臉。一名腮幫子留有青色鬍碴的寬肩男子，緊貼我們的桌旁而立。

「抱歉遲到了。」他向聰美道歉。短短一句話，便讓失去生氣的聰美雙頰恢復血色。

他是個健康的男人。這句話道盡我對濱田利和的印象，見過他的人想必十人之中有十人都會這麼想吧。

不僅是因為曬得黝黑、看起來很強壯、眼睛明亮有神、體格魁梧這些外表上的因素。聲音和說話方式，視線的落點，點頭時的小動作，一切都很正派，給人一種很舒服的感覺。

我們就像一般上班族，先交換名片。他的頭銜印的是「顧客服務第二部門主任」。

「貴社今多財團沒有使用我們的系統吧，眞是遺憾。」

他的語氣雖然萬分遺憾，表情卻笑得很開朗。寒暄完畢，他就說聲「不好意思，今天好熱」，把西裝外套脫下搭在椅背上。淺藍色條紋襯衫看起來充滿年輕朝氣。他和聰美同年，所以只比我小三歲。可是，看到他的裝扮，我忽然覺得自己好老。

「總公司大樓的嗎？」

「是的。貴社的LAN（區域網路）系統，在落成公開招標時，敝社是第二順位，以些微之差落敗。」

「不好意思。」禮貌上我還是道了歉。聰美笑了。手似乎也不抖了。

「要是早點認識聰美小姐，應該可以拉個關係。」

「那怎麼可能，我爸只是個司機。」

「開玩笑的啦，開玩笑。」

客服第一部門負責新機裝設計畫，第二部門的工作則是後續的維修管理與處理客訴。

「簡而言之就是替第一部門擦屁股，很倒楣。」他豁達地說。這種圓滑客氣的語調和幹練俐落的態度，似乎是天生個性加上職場訓練累積出來的成果。

兩人這麼並肩一坐，看起來就是天造地設的一對。兩年前，他們是在友人的婚宴上認識的。

「說來真好笑，我是新娘的朋友，她是新郎的朋友，通常應該是反過來才對吧。所以，起先我們彼此都在試探對方，懷疑對方是不是被新郎新娘給甩了。」

才沒那回事呢——聰美臉上帶笑卻認真反駁。

「完全不是那樣。討厭，一天到晚開玩笑。」

你們感情真好，我說。除此之外還能說什麼。和濱田嬉鬧的聰美就像換了一個人似地活潑開朗。要是她能一直保持這樣就好了。

這時，我察覺一件事。我沒看過聰美戴戒指。就連現在，她白皙修長的手指也毫無裝飾品。照理說她應該早已收下婚戒了。

雖然我並不想拿自己當衡量標準，但我訂婚時可是按照常規花了三個月薪水買鑽戒送給菜穗子。她也一直把戒指戴在左手無名指上，至少和我見面時一定會戴。

應該沒什麼特殊含意吧。兩人如膠似漆，以聰美正經的個性，也許是覺得平時戴著昂貴的婚戒到處跑太招搖吧。

「人家特地抽空和我們見面，你就別再說廢話了。」聰美看似幸福地展顏，訓斥著未婚夫。

「沒關係。你們這麼恩愛真令人嫉妒。」

「對不起。」濱田乖乖低頭致歉，變得有點正經。

「剛才我到的時候，看到你非常嚴肅地在和聰美交談，所以我不太敢出聲，不小心聽到你們的對話。」

他看著聰美，「妳終於說出來了嗎？」他問。聰美點點頭。

「怎麼樣？聽起來很奇怪吧。」說著，濱田朝我靈活地挑起一邊眉毛。

「你早就知道了嗎？」

「我聽過。早在很久之前，應該是一年前了吧？」

被他這麼一問，聰美似乎很羞怯。

「那麼，梶田先生過世前你就知道了。」

「對。我們本來正在聊小時候的事，結果她就主動提起，說她有過可怕的回憶。」

想必是因爲那時兩人已縮短距離，認眞地交往，所以聰美才會把自己心中的傷痕坦誠相告。我決定謹守禮儀，不去深入想像那個場面。頭一次看到聰美害羞，還挺惹人憐愛的。

「從那時起，我就說她想太多了。」

什麼綁架嘛，他說。「太誇張了。」

「可是，那件事的確不尋常。」

「是沒錯啦，但是，」襯衫包裹的雙臂在胸前交抱。這也是客服人員的品味教養嗎？即便在這傍晚時分他的襯衫領子依然硬挺。「更扯的是她，梶田伯父一死，她居然說那不是意外，也許是計畫殺人。我眞的差點跌倒。沒想到她那麼鑽牛角尖，嚇了我一跳。」

「可是……」

聰美縮起身子。不只是因爲這個姿勢，有濱田坐在旁邊，她看起來好像整個人小了一圈。

「杉村先生覺得呢？」

我愼重思考。從濱田輕快的語氣，可以感受到他就是在腦袋如此認定後，才刻意這麼表現的意圖。看來他也在用他的方式擔心聰美。

「至少，梶田先生過世的意外和聰美以前經歷的可怕事件，似乎該分開思考比較妥當。因爲要殺人時，用自行車去撞，並不是什麼精確的做法。」

「妳看吧，我就說吧？」濱田氣勢大振。「更何況，假設……，我是說假設喔，妳四歲那年發生的事件，眞的是因爲妳爸和誰結怨而引起的，但妳爸過世是在那件事發生後的三十年。都三十年了……，就算是殺人命案也已過了整整兩次追訴時效。天底下哪有人恨意這麼執著的。」

「正確說來並不是三十年，是二十八年。」聰美小聲反駁。當然，她既未生氣也沒有敵意。

「妳就是這麼一板一眼。」濱田忍俊不禁。「那我訂正一下。天底下哪有人會爲了一件事恨上二十八年。要是眞有那麼強的恨意，早就已經動手了。」

濱田說完之後，大概自己也覺得這樣太輕浮吧，他慌張地猛眨眼，「抱歉，我說話太不知輕重了。」他補上一句。

「沒關係。」

我在考慮是否該再說一聲「你們眞恩愛」。

「我認爲這時最好的辦法，就是把二十八年前聰美經歷的事件弄個水落石出。只要能查明那究竟是怎麼一回事，聰美的不安應該也會略微消解吧。」

這對金童玉女，不約而同地瞪眼看著我。

「這種事眞的做得到嗎？」濱田問。「這種事」這幾個字，和聰美的聲音形成合唱。

「做不做得到我不知道。不過可以調查看看，就像現在正在做的這樣。」

「可是，友野玩具的社長，根本不記得我爸媽。」

「社長還有太太，也可以請教當時協助社長的一位關口。事情還沒到完全絕望的地步。說不定能查出什麼。」

我打開夾在腋下帶來的檔案夾。取出那張正月紀念合照，放在桌上。

「這是我向梨子借來的。我拿給社長看，他還記得很清楚，說是昭和四十九年拍的。那時聰美小姐三歲吧。」

濱田興味盎然地把照片拉近面前，找到精心裝扮的幼女後，就指著問「這是妳吧」。

「妳一點也沒變，長相和現在一樣。妳爸媽也一起拍了照耶。」

至於聰美，表情就像人家把屍體照片推到眼前一般，說什麼也不肯正眼瞧一下。

「這個，是怎麼回事？」她問我。

我就知道。

聰美似乎警告過梨子不准把這張照片拿出去，不准用，妳沒那個權利——即便我也覺得這麼說有點惡意。

她應該預期得到妹妹會翻出父親的相簿尋找線索，所以與其強辭奪理地找藉口阻攔，還不如先把相簿藏起來，或是把這張照片直接抽掉更省事，結果她卻沒這麼做。那大概是因爲在梨子拿給她看之前，她根本沒看過、也不知道有這張照片吧。爲了躲避可怕的記憶，這些年來她一直不敢正視父母的過去。那麼，想必也不可能翻開相簿看過。

「這是當時友野玩具的員工齊聚一堂拍攝的紀念照。據社長表示，當天爲了慶祝創業二十週年，特地請大家喝春酒，所以能出席的員工全都來了。如此說來，在這些人當中，說不定也有那個囚禁妳的女人。」

聰美頑固地將目光離得遠遠的，拚命搖頭。「我不記得那個女人的長相了。」

「就算無法說明長什麼樣子，至少還有印象吧？說不定看到了會想起來。」

「嗯，就是啊。」濱田也同意。

「那個女人不見得是友野玩具的員工，說不定只是附近鄰居吧？」

「即便如此，還是無法排除可能性吧。」

「妳就看一下嘛，沒事的。」濱田輕摟她的肩膀催促。「如果能查明是誰，就有辦法解決了。」

聰美彷彿擔心如果不提高警覺也許會被照片中伸出的手掐住喉嚨般，戰戰兢兢地伸長脖子，湊近窺視。一旁，濱田也擺出同樣的姿勢。

數秒之間，我就這麼等著。

最後聰美一臉如釋重負地，再次搖頭。「認不出來，這上面的女人我都沒見過。」

濱田彷彿要打圓場般，來回審視著我們倆的臉，一邊說：「因爲所有的女人都盛裝打扮嘛。還有歐巴桑特地梳了日本髮髻，這樣看起來也許會判若兩人吧。」

這點他倒是說的沒錯。我數了一下，紀念照中共有十二名女性，其中穿和服的多達十人。雖然只有一個人梳日本髮髻，但在當時，正月盛裝穿和服時，女性通常會配合服裝做頭髮，所以另外九人的髮型想必也和平時不同。

「是啊，也許是因爲這樣才認不出來吧。」

未婚夫的拔刀相助令聰美彷彿獲得救贖般。

「那麼，撇開那個令妳害怕的女人不論，照片上還有沒有誰是妳有印象的？當時你們住在員工宿舍，令尊令堂的同事，對妳來說等於是鄰居的叔叔阿姨。妳還記得看過哪張臉嗎？」

聰美考慮了一下。只聽見呼吸聲。

「這個阿姨……」說著，她指出前排第二個中年女人。「這個人好像就住在隔壁。不過我也不是很確定。」

濱田彷彿又要打圓場，對我說：「仔細想想，我對四歲時附近的鄰居也毫無印象了。」

其實我也一樣。本來只是想試試能不能找到線索，但是看到對方滿臉困惑，反倒像是我在欺負兩個年輕人了。

「照片上除了妳就沒別的小孩。就這些人的年齡來說，應該有更多小孩才對。」

濱田果然體貼周到，立刻轉換話題。

「是啊，就只有我。」

「妳還記得在員工宿舍和誰一起玩過嗎？」

「那時的確有比較要好的朋友，在幼稚園，不是宿舍的小孩。」

我以前沒什麼朋友，因爲我很內向，聰美說。

「宿舍雖然也有小孩，可是他們不讓我加入。」她說得感慨萬千。

「拍這張照片時的事妳還記得嗎？」濱田問。

「多多少少吧。」

我暗自想像。雖說是邀請眷屬一同參加的新春酒會，但大人的聚會對小孩來說當然很無趣。酒席進行到一半，小孩就已紛紛跑出去玩了。正値新年，想做的事有一大堆。即便大人說要拍紀念照，大家還是玩瘋了，也不知道正在哪裡玩，怎麼喊也喊不回來。無奈之下，也不能讓攝影師一直枯候，只好就這麼拍了。

於是這張合照上，只有無法加入那群小孩、默默留在父母身邊的梶田聰美，在大人的環繞下一臉寂寞地入鏡。

「我知道了，妳不用在意。」說完我就把照片收起來。聰美向我道歉，這讓我更加覺得自己像個壞心眼的上司。

「葛蕾絲登石川公寓那邊，我也打算認眞調查一下。」爲了趕緊轉變氣氛，我努力用開朗、可靠的語氣說。

「噢，事故現場的……？」濱田當下反應。

「是的。梶田先生是爲了什麼事去那棟公寓也是個謎。如果能查明他去做什麼，從那方面或許也可減低聰美的不安。」

據說梶田曾對聰美說，在她結婚之前，有件事非得先好好解決不可。

聰美把那句話，和父親造訪葛蕾絲登石川公寓之行聯想到一塊。

「小梨不是說只是出去兜風嗎？看起來不像有什麼疑問的樣子吧。」濱田向聰美問道。他直呼未婚妻的妹妹「小梨」。

「關於這點，我現在也越想越迷糊了。」聰美說得很含糊。

我對她一笑。「總之，我先盡量調查看看再說。」

如果問我具體要怎麼調查，我還眞無從答起。難道要把將近四百戶的門一一敲開，打聽有沒有名爲梶田信夫的人來府上拜訪過？這樣才算是認眞調查嗎？

我好像也有點迷糊了。總之現在什麼也別問我。我一邊收拾檔案夾，再次轉移話題。

「對了，婚禮和新生活的籌備進展如何？」

濱田和聰美面面相覷。濱田露出靦腆的笑容，聰美有點消沉。

「她說，想把婚禮延期。」

「是，我聽說了。梨子也激動地表示，應該先抓到撞死父親的兇手再說。」

「她居然這麼說嗎？抓兇手應該是警察的工作吧，眞拿那丫頭沒輒，簡直像小孩一樣。」他喜孜孜地擺出兄長的姿態。

「服喪的心情我能理解。」

「才不是那樣。聰美她呀……，哎，這種常識性的因素固然也有，但其實另有眞正的主因。」

我看著聰美的臉。她縮起身子。

「婚禮會場那邊的人也說了，服喪期間還是可以配合服喪調整喜宴的安排，總之對應的方法多得是，比方說取消華麗的點蠟燭儀式之類的。至於取消婚禮，因爲不太吉利，我爸媽也說事到如今應該用不著延期。最重要的是，他們很希望她趕快嫁進門。因爲我家沒女孩，我爸媽都把她當成親生女兒看待。」

我想起梨子說過，姊姊很討未來公婆的歡心。

「可是她呀，老是擔心如果沒搞清楚梶田伯父的過去就這麼結了婚，說不定會給我和濱田家帶來麻煩。眞是的，瞎操心也該有個限度，你說是吧？」

我有點不明其意。

「你的意思是說，對梶田先生懷恨在心的人，或許也會破壞你們建立的新家庭？」

「是的，很像電視上推理單元劇的情節吧？」

我深有同感。連究竟有沒有這號人物都還不確定，她也未免太會瞎操心了。岳父說「聰美膽小」的確是一針見血，「所以，一點小事也能鬧得雞飛狗跳。」

但在同時，我也覺得這膽怯的美女惹人憐愛。如果放任不管，她大概會鑽起牛角尖，越來越鑽進死胡同，一個人抱膝坐在那裡面吧。她實在令人忍不住想招呼過來一起玩，想伸手拉她出來，好好照顧她。

難怪岳父雖然取笑聰美瞎操心，卻還是流露出慈愛的眼神。濱田想必也深受聰美這種與外表不符，宛如易碎玻璃的纖細強烈吸引吧。像這種開朗豁達的男人往往如此。

如果結了婚，有濱田這個強悍的划槳手，聰美的人生必定豁然開朗，可以橫越過去她不敢揚帆出航的七海三洋，可以在任何港灣下錨停泊，也可以見識到前所未見的新景色。等到生活這麼一改變，對於父親過去的陰影，或許也會隨之不再介懷。

「那麼，婚事還是會照預定計畫進行囉。」

「對。昨晚也在我家好好討論過了，對吧？」

被濱田這麼徵求同意，聰美終於恢復笑容，我也鬆了一口氣。很少看到像她這麼適合笑容，笑容卻又如此稀少的人。我指的不是基於禮貌或隱藏悲傷的社交性笑容，而是發自內心的眞正笑容。

後來我又和濱田閒聊了一陣子上班族的話題，而聰美也不時頑皮地打斷濱田的話攪局。濱田相當用功也很有企圖心，他告訴我將來打算自立門戶。

「不過這個愛操心的傢伙，說我好不容易才進入理想公司，辭職太可惜，現在就已經強烈反對了。」他戳著聰美笑道。我想起友野榮次郎也曾同樣用肘尖戳著兒媳文子。

有一天，我也能夠當著即將組成家庭的小情侶面前，一邊用手肘捅著菜穗子，一邊說什麼「我家這口子年輕的時候」云云嗎？我也會一邊與桃子及她的未婚夫共進晚餐，一邊談論起「想當年我們談戀愛……」嗎？

我們明明應該算是恩愛夫妻，爲何每次一有點什麼事，我就會開始思考自己將來是否也能這樣呢？究竟是我們之間有哪一點令我產生這種疑問？

因爲我和聰美一樣膽怯。我們總是不斷回頭，憂懼著是否有什麼東西緊追不捨。

那是爲什麼呢？

聰美，是因爲害怕過去。

而我，是因爲害怕現在的幸福。

正當我一邊看著恩愛的濱田與聰美，一邊如此茫然浮想之際，濱田放在桌角的手機響了。流洩出悅耳的和絃鈴聲。

我心頭暗奇，這個旋律好像在哪裡聽過，並對於自己的念頭感到雙重驚奇。就在最近，似乎才剛發生過很類似的情況。

某人也使用同樣的來電鈴聲……

濱田慌忙地抓起手機，匆匆起身離席。由於動作太急，不愼撞到桌子，杯子隨之晃動。

「啊，對不起。」

濱田一邊道歉，一邊跑出店外。隔著入口的玻璃門，可以看見他把手機貼在耳上，背對我們這邊的身影。

我轉過頭，朝聰美一笑。「他好像很忙。」

聰美沒看我，甚至沒察覺我在對她說話。她正凝視著濱田，彷彿靜止畫面。愉快對話的餘韻雖然令她的嘴角上揚，但除此之外全都停擺了。就像電腦當機，就像某種東西、某個人，對她做出了錯誤的操作指令。

11

星期三，我一去上班，椎名妹已經到了。她正坐在電腦螢幕前，一看到我就開心地對我招手。

「你看你看你看。」

是梶田的傳單。椎名妹是個比我厲害太多的電腦高手。

版面設計得清爽易讀。內容包括事件的來龍去脈、徵求情報的懇切呼籲，以及梶田的大頭照。聯絡電話除了看板上城東分局的號碼，連我的手機號碼也寫上了。

見我看得入神，她大概有點擔心，「你眞的眞的在看嗎？」她問。

「我眞的眞的在看，設計得很棒。」我誠心誠意地說。「謝了。」

「我今早六點跑來完工的。」

這樣就來得及在本星期六發傳單了。

我還得打電話去葛蕾絲登石川公寓的管理室，徵求他們的同意。

一提到這件事，椎名妹就說要幫忙。

「讓妳幫這麼多忙，太麻煩妳了。」

我本來打算找梶田姊妹，就我們三人一起發傳單。如果她們沒空，我一個人也行。畢竟這是我提議的，而且只是發發傳單也費不了什麼工夫。

「沒關係。反正我閒著也是閒著。我很會發傳單喔，因爲我以前打過工。那個啊，其實是有訣竅的。我可以指導你喔。」

「那我就厚著臉皮接受妳的好意，拜妳爲師囉。」

「報酬方面，只要再多請我吃一次午餐就好。那，傳單的內容，這樣沒錯吧？我已經列印出一張，準備用來影印。」

上午我忙著和人見面採訪，連辦公椅都來不及坐熱。快一點時回到編輯部一看，椎名妹正把傳單拿給其他同事看。他們在討論照片的位置是否該靠中央一點比較醒目。

「喂，吵死了。」

沙啞的聲音響起，是園田總編。只聞聲音卻不見人影，八成在堆積如山的書籍稿件後面的某處。我猜，如果把我們這個編輯部所有紙類物品的重量合計起來，大概比編輯部全體成員的體重加總還要重。

「對不起。」

「你們在討論什麼？」

「傳單。就是杉村先生委託的那件事，之前不是和總編說過了嗎？」

我試做了一份，不是在上班時間做的喔——椎名妹精明地先聲奪人。

園田總編的耳上掛著小型錄音機的耳機，不悅地探出頭。她看起來很憔悴。

「妳說什麼？搞什麼鬼？」

「總編沒聽見嗎？」

「妳是在問我爲什麼總編還得親自聽帶子做摘錄嗎？」

「那都是因爲我們人手不夠。要不要聘我當正式職員？」

「妳求我可是找錯對象了，應該求這個人才對。」總編手裡的鉛筆朝我一指。「他可是直屬於會長的乘龍快婿。」

椎名妹脖子一縮，朝我囁語：「杉村先生，你是直屬？」

「過去曾經是，只有一瞬間。」

「現在不是？」

「因爲冰山女王拿著剪刀衝上來。」

「遠山小姐！我知道，她超恐怖的。聽說她還問穿著高跟拖鞋來上班的秘書室小姐是不是打算在公司拉客耶。她說那種東西在紐約只有妓女才會穿。」

以遠山娘娘的作風來說，這的確不足爲奇。

「被唸的小姐有什麼反應？」

該不會當場哭出來，衝進茶水間或洗手間去吧。

「她馬上嗆回去說：『哎喲，遠山小姐，妳的情報太落伍了。自從九一一恐怖攻擊行動以來，紐約的女人全都改穿安全鞋了。」

「像這種軼聞才該刊登在我們《藍天》上。」

「我還想當正式職員，所以敬謝不敏，而且我也怕剪刀。」

「你們到底在說什麼？」總編心情非常差。我說明了椎名妹替梶田做傳單的事。

「椎名妹說，她是利用下班時間做的，影印也是去便利商店。」

「可是還是有花到我們的電費，辦公用品也有耗損。」

「妳幹嘛這麼渾身帶刺？」

「那你能不能先告訴我？茨城腔幹嘛這麼讓人鴨子聽雷？」

「妳在摘錄誰的帶子？」

「佐藤專務上次在商工會議所紀念典禮上的演講。是公關部主動要求的，說是發人深省的教誨，叫我們摘錄刊登出來。整整講了兩個小時耶，開什麼玩笑。」

她啐了一聲，拔下耳機按停帶子，點燃香菸。

「佐藤專務興致一來就會冒出故鄉的方言。在演講時這套還蠻受歡迎的。而且那不是茨城腔，是水戶腔。」

「你知道？」

「之前我採訪過他。」

總編奸詐地笑了。「那好，我們做個交易吧。只要你肯幫我摘錄這卷帶子，我就讓你們在這裡影印那份傳單。紙張的費用也由我出。」

「公關部那邊，不是請總編親自處理嗎？」

「當作是我做的不就行了？你不說沒人知道。」

這是愉快熬過公司生活……不，熬過人生的金玉良言。我眞想獻給梶田聰美。

我答應了這筆交易，但聽到截稿日期卻當下臉色發青。星期五傍晚下班前，必須把根據帶子抄寫的原稿，連同整理摘錄後的稿子，一起送去給佐藤專務。

「專務說要利用週末審稿。他說只有那時抽得出空。」

如此十萬火急的任務，難怪總編會犧牲午餐賣力抄寫。

椎名妹差點從椅子上跌下來。「今天都已經星期三了。只有三天時間，怎麼來得及？」

「一定要來得及。」

沒辦法。我只好埋頭苦幹。

「啊，太好了。那我去吃午餐了，拜託你囉……」

園田總編印度棉連身洋裝的裙襬飄飛著，就這麼哼著歌揚長而去。

那天我一直加班到將近十二點。收好東西走下一樓，正好和打烊之後準備離去的睡蓮老闆碰個正著。

「咦，這是怎麼回事？」他大吃一驚。「眞難得。」

「是很難得。」

「平常我甚至都是配合你上下班來調整我的時鐘呢。」

我笑了。「這年頭的鐘，應該沒那麼不準吧。」

「只是打個比方嘛。以前像你這種人，我們還戲稱爲『傳信鴿』呢，因爲會筆直地飛回家。不過這話現在的年輕人已經聽不懂了，眞是傷腦筋。」

老闆的外表就像飯店從業人員一樣端正，可是一開口馬上變成居酒屋的饒舌老爹。

「如果用這年頭的說法，應該是電子鐘吧。永遠準確。」

「噢，這個好耶。永不遲到也不會繞道它處，太貼切了。」

我們一起走到車站，在那裡分手。老闆好像打算順路去哪裡坐坐。如果我不是傳信鴿男，說不定他會開口邀我一起喝一杯。

自從來到今多財團，除了尾牙和歡送會、迎新之類的例行活動，再也沒有人邀過我。

我和包括集團廣報室在內的公司同事之間，關係絕不疏遠。有時雖會爲了工作而爭論，但平時我自認人際關係也還算圓滑。

可是，一旦下了班，從來沒人邀我去喝一杯。因爲在我面前，誰也不敢發公司的牢騷。不然，上班族聚在一起喝酒豈不是毫無意義了。

集團廣報室不是蓋世太保，但杉村三郎是蓋世太保。那雖是誤解，卻非不當的誤解。

有時我也會覺得寂寞。或許我遠比自己意識到的更孤獨。我和學生時代及藍天書房時代的友人之間，距離也越來越遠。

然而，今晚我很慶幸是這樣。我累了。

一回到家，菜穗子準備了宵夜在等我。我已在員工餐廳吃過晚餐，其實不餓，不過妻子親手做的菜還是令人喜悅，就算當傳信鴿或電子鐘也值得了。

我一邊用餐，一邊把我和聰美的交談內容向妻子報告。

「綁架聰美的是個女人啊。」妻子和我一樣，也吃了一驚。

「那我白操心一場了。」

「有點鬆了一口氣嗎？」

「嗯。不過對聰美來說畢竟還是可怕的經歷吧，被那種女人囚禁威脅。」

「事情至今依然沒弄清楚。就我的想法，如果說那並非實際發生，而是孩提時的聰美做的噩夢，還比較可以接受。」

「你是說她的記憶將夢境和現實混淆了？有可能嗎？」

妻子起身去廚房拿了葡萄酒回來。趁她拿杯子的時候，我打開瓶塞。

「那個女人和梶田到底有什麼仇呢？」

與其說是問我，妻子更像是在自問自答。

「我倒是看過這樣的小說。」

「是推理小說嗎？」

「對。講一對外遇關係的男女。男方告訴情婦，一定會和妻子離婚然後娶她回家。可是他一直下不了決心。情婦焦急了，他就找藉口說因爲有小孩。」

「這是常有的情形。」

「好像是吧，幸好我還沒這種經驗。」

她在笑。這挺恐怖的。

「我是電子鐘，妳放心。」

「你在說什麼。」

「沒什麼。那，後來怎樣了？」

「結果，經過種種波折後，情婦被拋棄了。這下子她火大了，就綁架了男人的小孩。不過不是她一個人幹的，還有另一個因爲別件事對男人懷恨在心的共犯幫忙。」

在那篇小說中，小孩平安獲救，情婦與共犯遭到逮捕。小孩的父母再次體認到夫妻之情。

「是個圓滿結局耶。」

「對於因爲父親荒唐之舉而遭殃的小孩來說的確是。可是，我不太喜歡那篇小說。無辜受累的小孩固然不用說，就連情婦也很可憐。因爲，她一直被男人的花言巧語哄騙、任他擺佈、被他拋棄，最後還淪爲罪犯。」

我暗忖。友野玩具也有女職員，可不可能是其中某個人和梶田逐漸熟識，兩人背著梶田太太發展出不可告人的關係呢？就像妻子描述的那篇小說，兩人感情破裂，女子氣憤之餘，遂擄走聰美囚禁作爲報復……

眼看女兒面臨生命危機，梶田只好向妻子招認一切。於是梶田太太鼓起勇氣隻身去找女人談判，把被囚的聰美要回來。

聰美說擄走並囚禁她的女人，在歇斯底里的狀態下不時和某人講電話。她還對著聰美大吼，說那都是聰美父親的錯。

而聰美回家後，好不容易和父親重逢卻發現父親很憔悴。

梶田夫妻事後便倉皇離開了友野玩具。

單就情節來說好像還挺合理的。

「有人在嗎？」妻子倚桌托腮看著我，臉上是調侃的神色。

「你不用想得這麼嚴重。我剛才說的是小說裡的情節。」

「嗯，但我覺得也有可能。雖說這樣擅自想像有點對不起梶田。」

「是啊，不過我想梶田年輕的時候應該很有女人緣，他長得很英俊。」

我倒是沒意識過這一點，這大概也是男女之間的差別吧。

「在年輕女性看來，那種看似滄桑的人特別有魅力。呃，我只是似懂非懂地隨便說說。其實我完全不了解喔，那都是道聽塗說的。」

最好只是道聽塗說。

後來我們又聊了一陣子，話題轉移到桃子的「爲什麼」攻勢，今晚終於波及胡椒罐婆婆。今晚唸的是「胡椒罐婆婆受託帶小孩，沒想到才剛答應自己就變小了，這下糟糕了！」的故事。

「她問我，媽媽，胡椒罐婆婆爲什麼會突然變小？爲什麼又可以恢復成原來的大小？」

「這一開始我就被問過。」

「那你是怎麼回答的？」

「不爲什麼，就是會變成這樣。」

「這樣就說服桃子了？」

「對呀。」

「那就怪了。她今天一直抓著我窮追猛問。還說什麼這樣太卑鄙，桃桃也要變小。」

「那大概是說話技巧有差吧。」

被我這麼一示威，妻子眞格不甘心了。有意思。

「像這種情況只能硬拗到底。我唸《小紅帽》給她聽的時候就經歷過了。她問我，爸爸，小紅帽爲什麼要一個人去森林？爲什麼不和爸爸媽媽一起去？桃桃都不能一個人出門，爲什麼小紅帽一個人出門不會挨罵？」

那時我也是堅持用「不爲什麼，反正她就是要一個人出門」來混過去。

「那樣眞的行嗎？」

「沒事的，因爲世上根本沒有正確解答。再不然妳就反問她爲什麼，這也是個好方法。」

「因爲這樣可以啓發她思考？你這個想法倒挺像教育家。」

「妳自己看書的時候，如果作者的情節設定令妳難以接受，妳不是也會懷疑爲什麼嗎？像這種時候妳怎麼辦？」

妻子沉默了一下，然後笑了。「我會覺得這個作者亂寫，然後就此不看。」

眞是嚴格的讀者。

吃完飯後，葡萄酒的酒精還沒退，我泡了個溫水澡。昏昏欲睡之際，我想像著如果《胡椒罐婆婆》的作者艾福・波森（註）被小讀者問到「爲什麼胡椒罐婆婆會忽大忽小」時，他會怎麼回答。

漸漸地，這個問題變成梶田聰美的聲音。爲什麼我比妹妹大了十歲之多？爲什麼我是姊姊，梨子是妹妹？爲什麼我不能像梨子一樣備受寵愛？爲什麼梨子是爸爸媽媽的「第一顆星」，我卻只是普通小孩？

一不小心鼻尖浸到水，慌忙中，我驚醒了。水已經涼了，好冷。

翌日我也整天窩在桌前，但我沒忘記打電話給葛蕾絲登石川公寓的管理室長。

我把這個星期六想去發傳單的事告訴他，久保室長用鼻音悶聲回應。

「我已經和管理委員會的理事長說過了。他說我們當然沒理由反對，這樣好歹也算是協助警方辦案。」

註：Alf Prosen（一九〇四～一九七〇），爲挪威知名音樂家及童書作家。

「謝謝，我一定會小心，避免妨礙到居民進出。」

接著我問起管理員之中有沒有人對梶田的長相有印象。

「啊……那個啊。不好意思喔。我問過了，可惜毫無收穫。你也知道我們這裡戶數很多。就連住戶的長相我們都無法完全認識了，更何況是外來的訪客，除非眞的令人印象深刻。」

「這樣啊……」

「有些人連這位先生就是在我們公寓前被自行車撞死的人都不知道呢。對不起喔。照片該還給你嗎？」

「不，還是留在你那邊好嗎？因爲說不定有什麼意外的機會，比方說進出公寓的業者，如果有機會給他們看一下照片，我會感激不盡。」

對方回答「啊……這樣呀」的聲音露骨地嫌麻煩。

椎名妹幫我影印的兩百張傳單已草草綑好放在我桌子底下。我決定當天再開車來搬走。

我和椎名妹說好在當地集合。一大早就行動可能會吵到鄰居，我們決定下午一點再開始。

「正好碰上敬老節，從星期六開始連放三天假。杉村先生，這樣你第一天的假期就泡湯了，沒關係嗎？」

「我家太座很溫柔，不會生氣的。」

不僅不生氣，菜穗子聽說要發傳單，還主動請纓幫忙，被我連忙阻止。

「哇，會長的千金眞是個溫柔的人耶。杉村先生，你可得好好珍惜。」

「有啦有啦。星期日和星期一，已經安排了箱根兩天一夜之旅。」

「噢……是是是。你們可眞恩愛。眞好，箱根溫泉啊。有錢人眞好命。哪像我這種窮學生，只能在東京與殘暑爲伍。」

「椎名妹妳也努力找個金龜婿吧。」我笑著說。雖然被她直接說成「有錢人」，但她的語氣中感覺不到棘刺或刻薄之意。

「很難，因爲我是反三高。」

「那是什麼玩意？」

「身材高、學歷高，兩樣都令男人倒退三步。尤其是白馬王子絕對不會靠近，肯定還會說：『像妳這種人靠自己就能混得很好了，加油喔。』。」

「我倒覺得這年頭已經不至於這樣了。」

「錯！日本男人還是保守得很。所以我呀，想成爲眞正的反三高。我現在的目標是收入高。升正式職員的事，還請多多幫忙。」

正想著也通知梶田姊妹一聲，梨子就剛好打電話來了。她說總算和負責此案的警方人員聯絡上了。

「我告訴他，因爲一直找不到他，我還以爲他落跑了呢。」

人家又不是犯人，是辦案刑警。

「他支支吾吾地解釋了半天，總之就是沒什麼進展。他說像這種事一定要保持謹愼，眞搞不懂他在謹愼什麼，明明應該是要抓殺人兇手。」

我把星期六的計畫告訴她，她馬上蓄勢待發地說當然要幫忙。

「傳單啊。我滿腦子只想著寫書，想都沒想過這個。原來還有這一招，謝啦！」

我提議把梨子發傳單的那一幕拍成照片，將來刊登在書上。她也欣然同意。

「那我帶相機去。」

「妳姊姊也要來嗎？能否替我也問問她。」

梨子不等我說完，就忙不迭地以一連串「不行不行」打斷。

「這個星期六，她說要和婚禮會場的承辦人討論。她正在著急，說會來不及。」

「噢，婚禮還是要照原定計畫進行啊。」

我和聰美、濱田見面的事沒告訴梨子，所以得裝作初次聽說。

「好像是這樣。我也不清楚。好像正在和男方的父母商量。」

我本來想和她說，這是妳姊姊的喜事，請妳不要太生她的氣，但想想還是作罷。如果不體諒一下梨子現在一心只想爲父親拚命努力的心情恐怕也不公平吧。

「想去準備就去呀，反正後果如何都不關我的事。」她說話非常尖銳。

我安撫她：「好了好了，至少得把我們要發傳單的事告訴她吧。」

「我會轉告她。不過，我會告訴她不用勉強抽空來。聽說和婚禮會場的人碰面時，男方的媽媽也會一起去。況且禮服也還沒挑好，她還說什麼要順便探勘一下續攤用的餐廳。他們很早就預定好了，我看她好像很期待。」

「那就麻煩妳了。」

濱田親密地直呼她「小梨」，梨子卻對於姊姊的未婚夫頻頻用「男方」稱呼。就算現在喊「姊夫」還太早，未免還是有點冷淡。難道是因爲濱田現在就擺出兄長的架勢，令梨子有點退避三舍？

「對了，妳的稿子寫得怎麼樣了？」

梨子的聲音放緩。「寫文章眞的很有趣耶。」

「越寫越有趣了嗎？那是好事。」

「我一邊寫，一邊想起很多關於我爸媽的事。一想到那時好快樂，就忍不住掉眼淚。所以，一次沒辦法寫太多。」

這不是表面上的客套話。梨子失去母親，又失去父親，眞的很寂寞。她還想繼續當爸爸媽媽的女兒。

「你們一家以前和樂融融吧，我聽會長提過一點。」

「說出來怪不好意思的。我朋友也常說我被寵壞了，還說我這麼喜歡黏著父母好奇怪。」

「妳姊姊說過，妳是令尊令堂的第一顆星。」

「第一顆星？我姊眞的這麼說？」

這是我和聰美單獨見面時聽到的。我說溜嘴了，但梨子完全沒發覺。

「我姊嗎？可是我每次還爲了爸媽只依賴姊姊而鬧彆扭呢。只有我老是被當成小孩看待。」

「那是因爲彼此都覺得對方的待遇比較好。」

「是這樣嗎？」她的語氣倒是相當認眞地帶著懷疑。

梨子調查了梶田出生的故鄉水津村，說她發現了有趣的事。

「現在已經變成水津鎮了。那裡的鎮公所——也就是以前的村公所辦公室，據說是用現在難得一見的施工方式建造的。沒有用金屬喔。全靠木材搭建，用木榫和木釘嵌合。」

那裡早已不再當作鎮公所使用，但被縣政府指定爲保護文物，建築物得以保存下來，現在開放供一般大眾參觀。

「既然有這機會，我想去那裡拍點照片，那是我爸報出生戶口的公所。」連公所的網頁都有喔，梨子說著把網址告訴我。

掛斷電話後上網一查，果然有。上面刊載了建築物的全景照片，還附上文章詳細介紹由來與建築方法。據說內部已成爲水津鎮紀念館。

等梶田的書出版了，帶菜穗子與桃子一起去兜風，順便參觀一下也不錯。我查閱著號稱水津名產的織品及草木染、點心，偷閒神遊了片刻，才重新打起精神埋頭工作。

12

星期六是個好天氣。晴空蔚藍無垠。雖殘存著盛夏的酷暑，但吹來的風乾爽舒適。椎名妹頻頻拭汗，仰頭看著太陽瞇起眼睛。

「這簡直就像是老天爺爲了認眞發傳單的人特地準備的天氣嘛！」

可能是年紀相近，椎名妹和梨子馬上就混熟了。起先我介紹椎名妹給梨子認識時，她還立正站好故作成熟地請梨子節哀。由於她的態度實在太規矩了，反倒令梨子有點不知所措。

後來，梨子趁椎名妹轉身之際，倏然湊到我身旁。

「她是你的女朋友嗎？」她鬼祟地笑問道。

「怎麼可能?!是辦公室同事，應該說是下屬吧。」

「嗯……這樣啊。」

在椎名妹的指導下，我們雖是新手，動作卻非常俐落，成功地把傳單發給許多人。不僅葛蕾絲登石川公寓的居民，連經過公寓前面的路人也駐足接下傳單。還有人重新去檢視看板。

另一方面，雖只有極爲少數，但還是有些人把我們遞上傳單的手撥開揚長而去，也有人連看都懶得看我們一眼。

梨子還被一個惡形惡狀的中年男人故意推開，當下氣得變臉。

「千萬不能動不動就被激怒。」椎名妹連忙安撫她。「天底下什麼人都有。」

承蒙管理委員會的好意，准許我們在玄關門廳和電梯間也貼上傳單，所以就算無法親手將傳單一一送到住戶手上，他們應該也看得到。

聰美終究還是不能來。因爲單是梶田的猝死本就耽誤了婚禮的籌備工作——據說如此，濱田的母親如果知道原委應該會叫她先處理發傳單的事，但果眞如此聰美八成又會於心不安。

「我看她眞的很在意，就跟她說這是她的壞毛病。這件事就請你裝作不知情吧，不過以我姊的個性，說不定還是會拚命向你道歉。」

這是我片面擬定的行動，所以她不來其實完全沒關係，但連一通電話也沒打來就太不像聰美的作風了。

或者，梨子根本沒把今天的事告訴姊姊。她對聰美似乎越來越賭氣，這點極有可能。我當下有點後悔，不該因爲太忙而沒有直接打電話給聰美。

傳單以超乎預期的速度分發。我們頻頻拜託大家幫忙，不斷地哈腰鞠躬，到後來已是嗓子嘶啞、渾身大汗。

過了快一個小時，久保管理室長出聲喊我，同行的還有一個穿著類似高球裝的Polo衫與便褲的矮小中年男子。

「這是管理委員會的理事長工藤先生。」

他是特地來視察情況的。我暫且把發傳單的工作交給椎名妹，和梨子一起向理事長致意，移到人行道邊上說話。

「但願這樣能有效果。畢竟警察也很忙……哎，那樣雖然傷腦筋，但他們大概也很難只專心辦一個案子。」

才一會兒工夫，工藤理事長的額上已冒出汗珠。理得短短的頭髮夾雜白髮，在陽光下閃閃發亮。

「我聽久保先生說，這裡好像也發生過自行車與路人的擦撞意外。」

「對，那次也很鬧得很大。就算我們再怎麼呼籲大家小心，這畢竟不止是住戶的問題。」據說自行車失竊的案例也越來越多，令他們大傷腦筋，好像還要在下一次的理事會上，再次提議在出入口和停車場裝設監視器。

「大家的意見很難達成一致……小心！」

工藤理事長大叫一聲，從旁撲了過來。我霎時轉向他。下一瞬間，只覺右下腹一陣衝擊。我以扭曲的姿勢朝前方跌倒，從人行道飛向車道。

「杉村先生！」梨子發出尖叫。

我反射性地雙手撐地，並沒有直接倒臥在路面上。但還是撞到膝蓋、肩膀，下巴和左頰也狠狠地擦向柏油路面。

我不知道發生了什麼事。正想掙扎著起身，側腹到背部一帶卻閃過一陣劇痛。我頓時手腳無力，既開不了口也無法呼吸。

工藤理事長和久保管理室長跑過來，把我從車道拉回人行道。汽車保險桿就貼著我眼睛和鼻子前掠過。輪胎的氣味與夾帶汽油味的風撫過臉頰。

某人在大叫。我發覺全身好像從體內嗡嗡作響，聽不清那聲音在叫什麼。我還無法呼吸，一想要深呼吸就覺得背部僵硬。

「對不起，對不起！你沒事吧？」

我癱坐在人行道上，伸長雙腿，視野一隅看到自行車的車輪。大叫聲也是從那邊傳來的。

「我以爲能閃得開。」是個年輕男人的聲音。慌張之下，他的聲音都變調了。

「你怎麼可以對著別人站的地方撞！」怒吼聲音來自久保。

「就跟你說我以爲閃得開。」

看來好像是自行車從我後面撞了上來。當時站在我斜前方的工藤理事長發現衝過來的自行車，連忙出聲叫我小心。

「杉村先生，你不能亂動。你還好吧，你看得見我嗎？」

椎名妹蹲在我身邊，梨子也在。我瞪大的雙眼只看到黑眼珠。

「得趕緊叫救護車！」

我沒事，我沒事，沒那麼嚴重，我說。我以爲我這麼說了，不過好像沒發出聲音。椎名妹從腰包掏出手機撥號。我挪動手，想揮手示意不必那樣做，但是手臂抬不起來。頭好痛，明明沒有撞到頭。

「萬一剛才就這麼被汽車撞上就糟了。」

「眞的很抱歉。」

騎自行車的年輕男子九十度地鞠躬道歉。雖然就在我身旁，但臉孔模糊看不清表情，只覺得就像個雪白的細長氣球。

撞到我的自行車橫躺在地，後面的座位上綁著一個紙箱。我的眼睛逐漸聚焦，辨認出箱子旁邊印的文字。天然水，是一整箱寶特瓶裝的礦泉水。自行車的重量、騎車者的體重，再加上這箱東西，等於是三者合計起來的重量加速撞上我。

眼冒金星。

不過我沒事，眞的不需要救護車——我還在蠕動嘴巴想發話之際，救護車的警笛聲已嗚嗚地接近了。

幸好，沒什麼大礙。

沒有骨折，只有瘀傷，沒撞到頭所以意識也很正常。額頭與臉頰、下顎的擦傷，塗點黃色消毒藥水就沒事了。

從葛蕾絲登石川公寓坐上救護車，我猜還沒五分鐘就到了。是間大型綜合醫院，設備也很完善。

「眞的不用住院也沒關係？」

在急診室一角，我被安置在推床上躺著。一旁排放著的迴旋椅，坐著椎名妹和梨子。椎名妹倒是面色如常，但梨子的臉色還是灰的。

「沒事啦，醫生也說可以回去了。」

正確說法是院內沒有空床，如果要住院必須照會其他醫院，醫生問我怎麼決定，我反問回家休養會不會比較好，醫師回答「幾乎完全不用擔心」。雖然不知道那個「幾乎」占了多少百分比，但我決定就這麼算了。我討厭醫院。

「妳還沒通知我家裡吧？」我問椎名妹。

「沒有，其實應該要通知的。」

「我家例外。」

「杉村先生，你從被送上救護車時就一直重複這句話。你說如果被這種事嚇到，暈倒的會是你太太。」

然後還向梨子補充說明：杉村先生的妻子心臟不好。

「嗯，我知道。」

梨子依然僵著臉，隨意朝她點點頭。態度就像對待十年交情的老友。說到這裡我才想起，當我急救完畢她們來看我時，梨子一直緊抓著椎名妹的手臂。

「讓妳虛驚一場，眞不好意思。」我向梨子致歉。「妳一定嚇了一跳吧。」

「那個不重要，該道歉的是我，對不起。」

「不是的，不是那樣。」

雖然不是我的錯，但也不是梨子的錯。「那個騎自行車的人呢？」

「現在在候診室，派出所警員正在做筆錄。他被罵慘了。」

據說工藤理事長也陪同在場。「警察先生待會兒好像也會找你問話。」

「我想也是。」

「這算是構成過失傷害罪了吧？和我爸那時一樣。」梨子的低語，夾雜著憤怒與不安。

「那個騎自行車的人會被逮捕吧。」

「不知道，我想應該要看杉村先生吧。」

我並不打算把事情鬧大。幸好沒有生命危險，傷勢也很輕微。

重點是，當著梨子的眼前，發生這種令她想起梶田之死的意外讓我很內疚。如果再把事情鬧大了，梨子未免太可憐。

「傳單怎樣了？」

「暫時放在管理室。已經發得差不多了，剩下的，久保室長說他會發。」

從頭到尾一直麻煩理事長和久保管理室室長，這也令我很羞愧。

可能是止痛藥的關係吧，我昏沉沉地接受派出所警員做筆錄。自行車不是直接撞上我的背部，由於對方也拚命想閃開，所以好像是從我的右側擦過去。雖然因此造成我的瘀傷，所幸脊椎和肋骨都沒斷。我會撲上車道，好像也不是被撞飛的，而是一時之間想躲卻躲不掉，導致身體失去重心。

騎自行車的男人都快哭了。我聽到有生以來比聽過的加起來還要多的「對不起」與「不好意思」。受撞部位的確很痛，不過幸好只是輕傷，一聽到我說不打算麻煩警方，他本來只有一半的哭意頓時升到八成。在今後另找時間商談和解的前提下先放他回家後，我也鬆了一口氣。

「杉村先生，你眞是濫好人。」椎名妹好像有點不服氣。

「我聊得太起勁，一時大意也有錯。」

「才沒那回事，你是站在人行道上耶。」

「自行車也可以騎在人行道上呀。」

「剛才弄得不好，你說不定已經被汽車撞到了。」

「反正我又沒被汽車撞到，這不就好了。」

「那是多虧有久保和工藤在。你跌倒的時候我明明看到汽車開了過來，卻雙腳僵硬動彈不得。」

椎名妹靠排球鍛練出來的肌肉原來也會僵硬啊。

梨子垂頭喪氣，甚至說那個地點說不定遭到詛咒。我拜託椎名妹替我送她回家。

「那你呢？」

「我搭計程車回去，我一個人不要緊。」

「你的車呢？」

差點忘了。我還停在葛蕾絲登石川公寓附近的投幣式停車場。

「我明天再來開，不是路邊停車所以沒關係。」

總算說服了不甘願的兩人，把她們趕出急診室。她們前腳剛走，工藤理事長後腳就進來了，看來他一直留在這裡。那顯然表示——雖然是情勢所逼，不過我也很會照顧人的。他的表情僵硬，但不愧薑是老的辣，遠比椎名妹和梨子鎮定多了。

「你可眞倒楣。」

「爲了這種荒唐事麻煩你眞不好意思。」

「幸好應該可以大事化小。」

工藤理事長好像也問過醫師了。他用老師教訓學生的口吻說，在疼痛消除之前最好安靜休養，就算覺得只有一點點不對勁也要立刻回來檢查。

「雖說只是瘀傷，說不定會有後遺症，所以千萬不能大意。聽說你們要和解，不過這方面你最好還是加上但書和他先講清楚。」

可能是這場意外的關係吧，我們之間似乎也急速縮短了距離。工藤理事長協助我換衣服。

「那是梶田的女兒吧，她不要緊嗎？剛才在走廊遇到時，我看她雙眼通紅。」

大概是在我面前強忍著吧。

「我害她又想起她父親的死。」

「那不是你的錯。沒辦法。況且眼看著別人受傷，光是這樣就夠可怕了。」

「說到這裡……」說著，理事長的眼睛突然鎖定焦點。「梶田去世時，我們那棟公寓聽到救護車的聲音聚集而來的住戶之中，也有人感到不適而當場暈倒。我還以爲得多叫一輛救護車呢。」

「那人也送去醫院了嗎？」

「不，後來總算自己起來回家了。不是年輕人，她的臉就像被抽光了血似地蒼白如紙。」

這件事有點詭異，說不定是梶田的友人。

「那人看起來像認識梶田嗎？」

「不，只是看熱鬧的。不過那時梶田已經像壞掉的娃娃一樣手腳癱軟、倒地不起，人行道上也有血，大概是被嚇到了吧。」

只是因爲這樣嗎？我試著更加集中心神思考，但果眞還是不行，腦袋無法運轉。我掙扎著勉強問道：「你認識那名女性嗎？」

理事長搖頭。「不不不。就算擔任管理委員會理事，也不可能記住全體住戶的長相，連名字都不知道的人占了大多數。對了，你的鞋子在哪裡？」

坐著讓別人替我穿鞋，這還是幼稚園以來的頭一遭。

我露出笑容，也展現出自己可以靠雙腳好好站著。就連計程車錢也一毛不差地給了。即便如此，在我還來不及說明發生了什麼事之前，我那副無從隱瞞的傷患模樣，已令菜穗子方寸大亂地哭了出來。由於她邊哭邊試圖照顧我，害我也差點跟著哭出來。看到爸媽抱在一起，一個猛哭另一個也泫然欲泣，桃子雖不明所以，卻也哇哇大哭。

看到桃子抽泣，菜穗子總算振作起來。她手腳俐落地讓我躺下，檢查醫院開的藥，替我更換藥用貼布。

「桃桃，爸爸沒事，妳不要再哭了。」

等我傷好之後，別說是兩天一夜了，全家去旅行個一週、十天都行，我在心中暗自決定。

那晚，桃子也鑽進菜穗子的被窩，一家三口排排睡。我在被子底下和桃子手牽手。託她的福讓我連夢也沒做，也沒被傷口痛醒，就這麼安然沉睡。

13

連假結束恢復上班，園田總編看到我的臉劈頭第一句就是：「你遇上專找歐吉桑麻煩的小混混了？」

傷已經不怎麼疼，腫也消了。可是，擦傷和瘀青，快好的時候反而變得更醒目，尤其是在臉上。

我說明原委。總編並沒放聲大笑，卻是一副忍俊不禁的表情。

「那地方真的被詛咒了。」

「梶田的女兒也這麼說。」

「就建築工學而言，說不定是那棟公寓的出入口在設計上有什麼問題。」

「也許吧。」

「但願你得到的收穫足以抵消皮肉之痛。梶田的女兒應該也很內疚吧？」

正如總編所料，昨天放假，梶田姊妹還專程結伴來到我家探望。聰美以她慣有的細心事先打了電話來，雖然我說已經沒事了用不著特地跑來，但她竟然是在我家門前打的電話。

姊妹倆連袂出現，這還是打從在睡蓮初次會面後的第一次。她們這麼並肩一站，實在看不出兩人感情不好。實際上，梨子對姊姊的尖銳態度好像緩和多了，精神似乎也已振作起來。

相較之下，上次見面時聰美本來好像振作起來了，現在卻又再度萎靡不振。對於我受傷的事，她就像是自己的錯似地拚命道歉。

「你不但替我和梨子做了我們本來就該做的事，還發生這種意外……對夫人眞的很不好意思。」

這不是妳的錯──我只能把在醫院急診室對梨子說過的話，又搬出來再三重複。

菜穗子很機伶，當下把桃子帶到客廳。「來，桃桃，妳會不會跟客人打招呼？」

「阿姨好。」

「哇，好可愛，妳幾歲了……」就在這樣的對話中，總算岔開了話題。

「妳眞會抓時機。」我在廚房偷偷誇獎妻子。

「小孩子很管用吧。尤其我們家寶貝的演技可是實力派喔。為了獎勵她，可以請她吃冰淇淋嗎？」

氣氛放鬆之後，這次輪到梨子一枝獨秀。不僅頻頻讚美我家的家具與裝潢，還雙眼發亮地說這房子好棒。菜穗子不管聽到多麼誇張的說詞，仍舊笑得溫婉。聽到梨子問起那是什麼、這是哪裡的，就耐心仔細地答覆。

「對了，妳們怎麼會找到這裡？」我問，因為我不記得告訴過她們住址。

「是聽我爸說的。他好像載過會長老師來這裡吧？」

岳父很少來我家，但的確來過幾次。

「只要知道名稱，這麼有名的公寓連找都不用找。眞好，眞的好令人羨慕喔。像我們這種小老百姓一輩子都望塵莫及，所以就算只是進來一下我也很滿足了。」

梨子頻頻嘆氣又感嘆，而聰美也沒有對妹妹的表現嘮叨兩句。不過，當梨子看到菜穗子將兩人帶來的花束插進水晶花瓶，卻也脫口說出：「唉，所以我不是早就說了嗎，姊。應該買更豪華的花束才對。這麼寒酸，太對不起花瓶了。這個，是巴卡拉（Baccarat）水晶吧？」時，果然還是挨罵了。

「別說了。從剛才就一直聽妳一個人唷呼，像小孩一樣。」

但梨子還不肯罷休，最後視線停留在組合櫃上那張我們的結婚照，又再次聒噪起來。

「杉村先生，你緊張得渾身僵硬耶。杉村太太，妳好漂亮喔，好棒的婚紗！」

我正想拿這個當引子，把話題轉向老是沉默不語的聰美身上，沒想到菜穗子已搶先提起了她的婚事。厲害，厲害。

「她前幾天曾介紹未婚夫給我認識。眞是天作之合，俊男美女喔。」

聽到我這麼故意調侃，聰美老實地羞紅了臉。

「恭喜。我想準備起來一定很辛苦，不過還是很有樂趣吧，連我都想再來一次呢。」

原來菜穗子是這麼想的？

「就是啊，杉村太太，妳又不是沒有機會對不對？」梨子逗我。「又沒人規定一輩子只能結一次婚。」

「喂喂喂。」

「不是啦，我的意思只是想再辦一次婚禮。」說著，菜穗子笑了。「這次我想穿日式傳統禮服。全身雪白和服，戴著綿帽子也不錯。」

「杉村太太結婚時是穿西式婚紗嗎？」

「對。那時我不想戴文金高島田（註一）的假髮。聽說假髮很重，會壓得頭疼。可是，現在回想起來，眞有點可惜。」

據說聰美舉行的是神前結婚儀式（註二），所以選擇和服，喜宴才改穿西式晚禮服。

「介紹人呢？」

「沒有介紹人。據會場的承辦人說，這年頭，十對新人當中好像頂多只有一對會找介紹人。」

這大概表示，形式已無人在乎了。

「這樣啊……老公，那我們也等於走在時代尖端耶。」

我們那時也沒有介紹人。我這邊，則連父母會不會出席都沒把握。但那並不是因爲走在時代潮流的尖端，純粹是有私人苦衷。

「接下來一定很忙吧。如果有什麼我能派上用場的，儘管說千萬別客氣。我很樂意幫忙。」

聽到菜穗子這麼說，聰美惶恐得全身緊縮。「那、那怎麼敢當，怎能麻煩大小姐。」

「梶田先生生前，眞的幫了家父不少忙。」

這時，撇下交談的我們，逕自眺望窗外、參觀客廳的梨子手機響了。從她放在沙發上的皮包裡，傳出鈴聲。

梨子轉過身，倒也不怎麼急，只說了聲「啊，對不起」。鈴聲響了兩次就停了。

「是簡訊，不用接也沒關係。」

「妳知道？」

「當然知道，聽鈴聲就能分辨。」

原來如此，剛才的鈴聲和上次她的手機在睡蓮響起時的旋律不同，是噗噗響的普通電子鳴聲。

「來電鈴聲還可以改啊？」

我這麼一問菜穗子，不只是妻子，在場三位女士面面相覷一起笑了出來。

「當然可以改。」

「還可以選你自己喜歡的聲音。」

「杉村先生，你都不知道嗎？」

娘子軍的攻勢令我慌了手腳。「我知道，這個我至少還知道。可是，可以用鈴聲分辨簡訊與通話，這我連聽都沒有聽說過。」

娘子軍再次笑了。

「應該說，現在新出的機種，還可以替每個通話對象都設定不同的來電鈴聲呢。你的手機也一

註一：傳統髮型的一種，現在主要用於新娘裝扮。

註二：日本結婚儀式之一，於神社舉行。

樣。原來的那一款不行，可是這次買的是最新型。你看過說明書了嗎？」
因爲嫌麻煩，我只大略瀏覽了一下。
「只要設定一下就行了，很簡單的。」
「也就是說，比方說我的手機，如果家裡打來時就可以響起〈一模一樣的小屋〉的旋律嗎？」
谷山浩子唱的〈一模一樣的小屋〉，是電視節目「大家的歌」裡面，桃子最喜歡的曲子。
「對對對。」
「所以只要聽鈴聲，就可以知道是誰打來的電話了。」聰美說著，想起什麼似地笑了。「像濱田，還把上司打來的電話設定成《星際大戰》的〈黑武士主題曲〉呢。」
濱田就是聰美的未婚夫，我向妻子說明。
「我爸說不定也被秘書室的某人這麼對待。」
「搞不好是反過來吧。」我想起冰山女王的臉孔，以及岳父聽到黑武士的旋律，慌忙接電話的模樣。
「梶田打來的電話，說不定響起的是〈車夫大哥〉的旋律。」
聰美一頭霧水，她似乎沒聽梨子提過那段軼事。我把從遊樂俱樂部的木內那裡聽來的故事告訴她。梨子倒是裝得若無其事，又把心思放回我和菜穗子的結婚照上，這次拿在手裡看得出神。
「原來還有這種事。」
聰美心有所感地回味著。我好高興，家父眞是幸福——

「噢。那不錯呀。」

園田總編喝著晨間咖啡，一邊馬馬虎虎地附和，依舊一臉睡意。

「這麼說來，婚禮也會如期舉行囉。」

「對，現在好像正忙著籌備。」

「簡直就像名曲〈如果幸福你就拍拍手〉所歌頌的嘛。」

她想說的應該是那首〈世界只屬於我倆〉吧，我猜。

放完連假，星期二、星期三工作堆積如山。對於猶帶瘀傷的身體來說有點吃力，我用「現在去道謝反而會讓他們擔心，還是等臉上的瘀青和傷痕不那麼顯眼了再去」當藉口，直到星期四傍晚才前往葛蕾絲登石川公寓的管理室。我效法梶田聰美，特地帶了一盒點心當禮物。

久保室長說：「分發剩下的傳單只是小事一樁，並不麻煩，倒是你傷勢不重眞是太好了。」然後皺起鼻子告訴我，「你身上有藥用貼布的味道。」

「我也想當面向工藤理事長致謝，不知他住在幾號。」

「八一〇。他太太應該在，不過他本人或許還沒回來。工藤先生是稅務師，事務所在別的地方。」

「那他一定很忙。」

「那當然。不過他已經當了好幾任理事長了，是個好人喔，做事實在又勤快。要是像他這樣的人多一點，管理委員會一定會更稱職，其他的住戶想必也會更輕鬆。對了，傳單發了之後是否得到什麼回應嗎？」

目前爲止尚無消息。

「噢，我們這邊也會幫你留意的。」

門廳以及電梯間的佈告欄，也都貼著椎名妹做的傳單。

一上八一〇室，果然如久保室長所料，是工藤太太出來應門。她大概正準備晚餐，身上還穿著圍裙，炒菜香連玄關都聞得到。我客氣但簡短地致謝，拿出點心請對方收下。

「但願能早點抓到犯人就好。」

在工藤夫人的鼓勵下，我走出葛蕾絲登石川公寓。

打死不退的殘暑已逐漸清涼，晚風甚至透著些寒意。我在看板旁佇立了一會，並再度站在前幾日被自行車撞上的地點，然後漫無目的地走向石川橋。今天，拐角那間屋子的老婆婆是否也正在眺望窗外呢？

走到橋上，我發現那扇向來敞著的窗子是關著的，不見老婆婆的身影。倒是圍裙女士——不知是老婆婆的女兒還是兒媳婦的主婦，正在面向馬路的二樓窗邊收取晾曬的衣物。天已經黑了，大概是忘了收吧，差點就把衣物留在外面過夜。

我本來就沒有特定目的，若只因爲老婆婆不在就立刻轉身回頭好像也有點奇怪。正在橋上看風景之際，視線和二樓窗邊的圍裙女士對個正著。

儘管隔了一段距離，我還是欠身致意。圍裙女士也回以一禮。她抱著衣服縮回窗內。緊接著，她推開拐角那棟屋子的玄關大門出來了。顯然是找我有事。

我急忙下橋。在這夕陽西下的巷弄，街頭的燈光下，圍裙女士的頭髮映成茶色。

「晚安。」

圍裙女士瞄了一眼四周。馬路對面那頭，除了穿西裝的男人正朝葛蕾絲登石川公寓的方向走去，別無他人。她小跑步接近我。

「上次在那棟公寓前面發傳單的，是你嗎？之前聽你說過正在調查中元節發生的那起車禍。」

「對，是我沒錯。」

「聽說你被自行車撞到了？連救護車都來了，鬧得雞飛狗跳。」

我苦笑著解釋經過。圍裙女士沒有笑。

「我家小孩的同學拿到傳單了。還聽說這次正在發傳單尋找目擊者的人也被自行車撞到了。」

圍裙女士的小孩念國一。

「他們學校的學區很大。這一帶的小孩，如果是念公立學校幾乎都上同一所國中。是三中，就在這條馬路再過去。」

說著，她朝後方一指。

「我家小孩的同學之中，也有人住在那棟公寓。」

所以消息才會立刻傳開吧。

「呃……所以……」

圍裙女士像有什麼難言之隱似地吞吞吐吐。今晚她沒穿圍裙，身上是暗色針織衫和牛仔褲，穿拖鞋的腳尖不安分地動來動去。

「聽說在三中已是傳言滿天飛了。」

「妳是指傳單的事嗎？」

「那當然也是……應該說，呃，是爲了八月的那起事件中，撞倒男人的學生。」

我瞠目以對。圍裙女士點點頭，顯然是因爲心裡遲疑著不知該不該扯上這種事，但是保持緘默也很不舒服，複雜的情緒令她顯得坐立不安。

圍裙女士說的不是「撞倒男人的小孩」，而是「撞倒男人的學生」。

「那孩子是三中的學生嗎？」

「好像是。沒有啦，事件發生時雖然在放暑假，可是孩子們還是會去補習班什麼的，也有社團活動，所以，好像有的小孩早就知道了。我也只是聽我家小孩提起，不是很清楚。」

原來之前已有傳言了。

「像我們這種小地方，鄰居還是會互相來往，學生之間也會互通消息，你說是吧。更何況這回是出了人命，一有些什麼不對勁，想瞞都瞞不住。」

圍裙女士霹靂啪啦，就像很不好意思告密似的，以甩脫追兵之勢一口氣說完。

「可是……該怎麼說呢，孩子畢竟還是難以開口吧。況且那樣很像在告密，因此他們才會絕口不提，倒也不是在袒護犯人。先生，你能理解吧。」

「是，我非常了解。」

「結果呢……，看到這份傳單，孩子們年紀雖小想必也有自己的想法，況且看到死者家屬這麼積極地尋找犯人，也會被感動，所以傳言又悄悄地流傳了起來。」

圍裙女士突然皺起臉。

「都怪我家小孩太魯莽。」她氣憤地說。不是瞪著我，而是瞪著無人經過的馬路。

「他在學校不小心說出來了。他說也有人上門找我家奶奶打聽那起事件。那時他還不知道那就是發傳單被自行車撞到的人。雖然不知道實際狀況，可是聽的人可嚇了一跳。結果現在，變成謠傳撞到發傳單那個人的，也是八月事件的犯人。他們不是說好了絕口不提嗎？所以就在吵說還是不能放任不管，可是插手好像又會惹上麻煩。不能放任不管又該怎麼辦？難道要把同學送交警察嗎？」

如果隨便插嘴發問，圍裙女士可能會勇氣頓失，所以我只是頻頻點頭專心聆聽。

「我家小孩的同學就問他說，如果那個人又去你家打聽，你會說出去嗎？這麼一來責任可大了對吧。他回來以後還氣呼呼地說，他絕對不會做這種出賣同學的事。」

圍裙女士似乎心情混亂，但簡而言之，她想說的應該是：第一要務，就算是爲了避免連累她的小孩，我最好也不要繼續在這一帶打轉。

既然如此，我不會再靠近。爲了讓圍裙女士安心，我慢慢地、斬釘截鐵地說：「看來好像給府上添麻煩了，對不起。」

圍裙女士一聽可慌了。「哪裡哪裡，其實也沒那麼嚴重啦。」

「爲了避免造成妳的小孩不愉快，我不會再來打擾。連累妳的小孩畢竟不是好事。」

圍裙女士默默看著腳下。在我看來，她的心情似乎猶疑不定。

「這是最後一次了，所以不好意思，請讓我確認一下。根據妳說的那個謠傳，撞倒梶田的小孩，應該是三中的學生吧。孩子們之間，已經確定知道是某某同學。」

圍裙女士點點頭，然後仰起臉。終於和我四目相對。她想要強調什麼似地匆匆說道：「我家小孩可不認識那個小孩喔。他們只是同一個學年。只是這樣聽說而已。」

「是，這個我知道。」

「聽說那孩子……，暑假期間好像受傷了，而且從此再也沒騎過自行車。」

梶田並非被自行車活活撞死的。錯就錯在他被撞倒後，不幸撞到頭部。但是，那股衝擊既然強烈到足以讓一個成年人跌倒，騎車的小孩受傷自然不足爲奇。撞上後，極有可能是失去重心連人帶車一起摔倒。

穿著紅色T恤的少年，在倒臥在地流血不止的梶田身邊，倉皇地扶起自行車匆匆離去的情景驀地浮現我的眼前。那張臉因恐懼而痙攣……

「聽說同學問他怎麼不騎車了，他說壞掉所以扔了。」圍裙女士的聲音越來越小。

「還聽說他一直悶悶不樂，學校也是有時來有時不來。」

他的異常舉止想必很顯眼吧。難怪周遭的人會有所察覺掀起流言。就算才國中一年級，也知道

A加B可以導出C。

從圍裙女士口中問出這事的良機，只限此時此刻。該從何問起呢？我的腦袋因焦慮而空轉。最後，縱然身爲調查事件的相關者，我卻只能說出凡是聽到這種事的成年人都會想到的話。

「那孩子的父母也發現了嗎？」

「難說，我可不知道。」圍裙女士像要撇清似地說。「若說沒立刻發現才奇怪，而要袒護小孩應該也會袒護到底吧。不過如果這是眞的，最可憐的其實是那孩子。」

我也這麼覺得。

「那孩子的名字……妳應該不知道吧。」

對於這個問題，圍裙女士就像要連我這個人的存在一併揮開似的，激動地頻頻搖頭。

「不知道，我家小孩也沒說。」

圍裙女士的小孩想必也很痛苦吧。被每一個陷入夾心餅乾處境的同學責問是否想告密，一定很難受。

「我完全明白了，眞是謝謝妳。這件事我絕不會說出去，也不會再上門打擾，麻煩也請這樣轉告妳的小孩。」

雖然不認爲這樣就能解決，但我也只能做到這個地步。

聽到我這麼說，圍裙女士撇開眼一逕點頭，急忙想回家。我想起話還沒說完，連忙跨出半步追上她。

「啊，還有，星期六撞到我的自行車，真的只是買東西回來湊巧經過的人，和梶田的事毫無關係。」

圍裙女士嘴裡說著「是是是」，便狠狠地把門關上。

回到家，我把經過告訴菜穗子。妻子說出和我相同的想法。

「事件發生後那孩子就開始不對勁……。好吧，就算暑假期間不惹人注意，可是等到第二學期開始，孩子們還是得天天上學。」

「嗯。必須和相處時間比親兄弟還長的同學一起度過。」

「如果真的因此傳出流言，這件事說不定警方已經掌握到消息了。因為或許警方也正在四處打聽。」

一點也沒錯。我想起梨子費盡千辛萬苦才找到承辦刑警，他在電話中所說的話。

──像這種事一定要慎重行事。

梨子當時還氣憤地說什麼叫做「這種事」，換言之，那該不會意味著「對方未成年，而且才國一」吧。對方之所以沒有告訴梨子，可能是判斷她身為受害者家屬，怒氣還沒有平息。以梨子的脾氣，一旦知道那孩子的姓名與地址，說不定會直接找上門。

「警方該不會是在等那孩子主動投案吧。」

沒錯。警方希望不用他們出動逮捕，當事人能和父母一起前往警局自首，所以正一邊觀望，一邊等待。這應該就是警方的方針。既沒有明確的目擊證詞，自行車這個最關鍵性的物證也已消失——因爲壞掉所以扔了。那麼，這應該是最安全且妥當的解決方法。

「如此一來，問題就在於那孩子的父母了。」

妻低語著，看似不安地眼神一暗。

「這可不是別人家的閒事。其實那孩子也不是故意要害死梶田的。假設今天換成是桃子……，萬一發生了那種事，老公，你說我們該怎麼辦？」

在圍裙女士不願透露情報來源的情況下，如何進一步調查呢？要直闖三中（我想，正式名稱應該是城東第三國民中學），去見一年級的班導師嗎？該把這個消息轉告梶田姊妹嗎？如果不等事態清楚一點再說，是否只會令她們不安？

與其如此，或許先去城東分局找承辦刑警談一談比較妥當？

出乎意料的收穫，帶給我的狼狽遠勝於欣喜。我果然是外行人。我一說「被自行車撞到總算值得」，妻子就罵我說，即便是開玩笑也不該說這種話。

對我來說，這個驟然躍進一大步的事態令人手足無措。我不禁抱頭傷神。

沒想到，星期五這麼苦思了整整一天後，事情竟然出乎意料地輕易解決。承辦本案的刑警主動打我的手機找我了。

「我是看到傳單才和你聯絡的。」

那是個姓氏奇特，叫做卯月的人。

年紀大約五十上下吧。臉龐和身體不是結實，而是呈四方形，像光滑的皮革一樣曬得黑亮。就這個年紀的人來說眼白清澈得罕見，和褐色的臉孔形成鮮明對比。

他掏出新型改良式警用手冊向我證明身分。頭銜是巡查長，隸屬於搜查課，應該是處理一般刑事案件的單位。

「不是少年課啊。」

我故意劈頭就來一記搗拳。卯月刑警笑也不笑。

本來我說要去城東分局找他，但他說用不著，最後還是決定再次利用睡蓮。

約好並掛斷電話之後，我才醒悟，卯月刑警說不定是想親自確認我是否果眞是今多財團的人。如果這樣，那我應該邀請他到編輯部會議室才對——雖然裡面很凌亂。

而現在，我和這個穿西裝沒打領帶的中年刑警，正在裝潢復古的卡座相向而坐。我差點又產生錯覺。這該不會也是改編自松本清張原作，由野村芳太郎導演的電影一幕吧。

「看來你已經知道不少。」卯月刑警正視著我說。「你是杉村先生吧。在這件案子裡，你是什麼樣的關係者？」

我那記毫不掩飾的搗拳似乎被他還以重量級的一擊。我連忙拋出毛巾，乖乖投降招供，從頭到尾全招了。

從我開始敘述到說完，卯月刑警的表情文風不動，眼睛眨都沒眨。或者，他的眨眼頻率和我的完全同步，所以我才沒發覺。

有點可怕。

卯月刑警喝了一口水，重重咳嗽。是那種我就算活上一千年也學不會的、充滿威嚴的咳法。

「事情原委我都明白了。」

像半熟蛋的蛋白般清澈的眼白中，黑眼珠滴溜一轉瞪視著我。

「如此說來，我們應該可以將你視爲梶田家屬的代理人囉。」

之所以在呼籲提供線索的傳單印上我的手機號碼，是因爲擔心印上梨子的，會成爲惡作劇電話和垃圾簡訊的目標，別無其他用意。但，現在被這麼開門見山地問起，我的確只能回答是梶田姊妹委任的全權大使。

「你說的沒錯。」

「換句話說，你受到梶田家屬的信賴，同時也負有相對的責任？」

「對，沒錯。」

在幾拍呼吸之間，卯月刑警一直觀察著我。我暗忖，這是個「擁有X光銳眼的男人」。那好像是超能力偵探佩特．胡可斯的綽號吧，據說他其實根本不是什麼異能者。在我眼前的這個四角臉大叔，應該也沒有特異功能。他只是累積了多年經驗，可以看穿人心、看穿別人的謊言、看穿別人的眞面目。

我很緊張，幾乎窒息。

不知道他最後得出什麼結論，四角臉刑警從鼻子噴出一口氣。

「在打電話給你之前，我拜訪過梶田的家屬。因爲我想請教一下何以會發傳單。那對姊妹是聰美和梨子沒錯吧。」

卯月刑警連記事本和小抄也沒看，就正確喊出梶田姊妹的名字。

「我見到的是梨子，星期六那天她好像也和你一起發傳單。她把詳細經過都告訴我了。她似乎非常信賴你。」

搞什麼，原來已經先打聽清楚了。

「所以……」說著，他再次睨視著我。「我也老實不客氣地直說吧。正如你所料，撞倒梶田的自行車騎士，我們早已鎖定特定人物。是三中的學生，國一的男生。」

我的膝蓋顫抖，下半身倏地無力，幾乎能聽見咻的漏氣聲。

很久以前，我曾經陪著桃子一起讀過一個博物館展示的恐龍骨骼標本動起來，和來參觀的小朋友愉快冒險的故事。桃子愛死了這個故事，連帶對骨頭深感興趣，然後就試著觸摸自己身上的骨頭，發現了膝關節——也就是所謂的「膝蓋」——是渾圓的。爲什麼只有這塊骨頭是圓的呢？爸爸。

我已忘了當時我是怎麼回答的。但，現在我倒是可以告訴她。那是因爲啊桃子，膝蓋就等於是一個蓋子喲。人類的氣力，就是從那裡灌進或逸出的。

「眞的嗎？」我的聲音不禁顫抖。

「眞的。進入九月沒多久我們便已鎖定了。」

「也就是第二學期剛開始時？」

卯月刑警冷然瞪視我。「三中採取兩學期制，所以暑假放到八月二十六日。新學期自二十七日開始。」

總之不管怎樣，暑假期間本來只在那孩子周遭發酵的流言，開學之後想必即刻散播開來了。上星期六我發的傳單，等於是在火上澆油。

「事實上，三中的心理諮商輔導室已和城東分局聯絡過。不是爲了報案，而是要磋商。」疑似涉及八月十五日在葛蕾絲登石川公寓前那樁自行車肇事死亡意外的學生，去輔導室做過心理諮商。

「意思是說當事人……也就是那個學生，把實情全都告訴輔導室了嗎？」

「好像沒有講得很清楚。不過，就談話內容應該可以推敲出來吧。」

「所以校方才向警方報案。」

「不是報案，純粹只是磋商。」

他一絲不苟地訂正。

「換句話說，當事人爲了那件事似乎非常煩惱、痛苦，所以在一邊接受輔導的情況下，就算多花一點時間，我們還是希望能讓他主動去警局投案。」

「這個我能理解，不過如果只是這樣，輔導室知道就好，不用特地通知警方吧？」

卯月刑警對於我的理智露出提防的眼神。

「當事人很恐懼，怕有人報案。」

「報案？噢。」我也眞笨。對，因爲已經流言四起了。

「事實上，在那個時候，我們早已接獲一些情報。」

「是三中的學生和學生家長提供的嗎？」

刑警對我的問題置之不理。不過，這等於已經做出了回答。

「因此，站在學校輔導室的立場，等於是先發制人，以免我們去找當事人。校方請我們寬限一點時間。」

對於此舉他並沒有說出個人想法，但我感到卯月刑警很尊重輔導室的判斷。

「那孩子的家長怎麼說呢？」

「關於這點恕我無法奉告。」

我狠狠吃了一記閉門羹。想必家長也知道了，或者，明明知情卻極力袒護。

——不說出來誰會知道啊。

冷不防地，我的腦中冒出園田總編的聲音。雖然那孩子的父母應該不可能這麼說，但那句話實在太貼切了。

不說出來就不會有人知道，忘了吧。那既非出於惡意，也不是故意要撞人的，只能說梶田和那個少年都太倒楣了。

然而，引發的後果實在太重大。

所以做父母的才會袒護，當事人才會煩悶。

「我小的時候，根本沒有什麼心理諮商輔導室。」

卯月刑警彷彿想質問我到底想說什麼，微微瞪大雙眼。

「這年頭的學校有各種問題，出現這樣的制度，我都是透過報章電視才知道的。因爲我的小孩才上幼稚園。」

卯月刑警默默點了點頭。

「老實說，我很懷疑心理諮商輔導能派上什麼用場。不過，看來那好像還是該有的制度。」

卯月刑警的四角臉，好像這才頭一次畫出柔和的輔助線。那並非可以順藤摸瓜、進而計算這個刑警（想必是個老江湖）心靈面積的明確輔助線。即便如此，我還是很高興。

四角臉刑警的方正視線，似乎也頓時圓柔起來。

「雖然對梶田的千金很抱歉，但能否請你代爲轉達，讓她們再等一陣子。」

「刑警先生還沒向梨子透露任何消息嗎？」

「我沒說。站在我們的立場，還是不大方便拜託家屬這種事。看到梨子如此認眞，我更說不出口。畢竟對家屬來說，當然會覺得開什麼玩笑，就算對方是個小孩，也該趕緊處理才是。」
所以他才會吞吞吐吐地猛找藉口吧。承辦的刑警，眞的落荒而逃了。
「我想，應該不會再等太久，大概再幾天吧。輔導室的老師說會陪孩子一起投案。」
「我知道了。我一定會確實轉告梶田聰美和梨子。」
聽到我的承諾，刑警這才端起冰咖啡喝。
「你說那孩子應該會很快投案，呃，換言之……」
難以啓齒。這次輪到我吞吞吐吐。
「是我的……傳單，把那孩子逼出來的嗎？」
「不能說是逼迫。」刑警拿著吸管來回攪動咖啡裡的牛奶說。
「不如該說，是讓他下定決心。對他自己來說，意義應該在於能以那種形式得知家屬的遺憾吧。因爲這起事件並沒有詳細的新聞報導，之前也沒有這樣的機會。」
我的心頭一緊。那麼，難道當事人親眼看到傳單了嗎？
發傳單時，我曾看到多名像是國中生的小孩。因爲腦中已有「紅T恤少年」這個目擊證詞的印象，所以對於經過的少年刻意積極地遞上傳單。
在那些少年之中，該不會就有當事人吧。他的父母不可能特意收下傳單拿給他看。
上個月，在被自行車撞倒的人死亡的那棟公寓前，正在發傳單喔。說不定他是聽誰這樣說起，按捺不住跑來觀望。他會是從誰手中接下傳單呢？是我？椎名妹？還是梨子？

我只願不是梨子。如果是我或椎名妹至少還好一點。不，也許相反吧，是梨子比較好嗎？

「出書的事要怎麼辦？」

赫然回神，卯月刑警正看著我。他露出那種我在想什麼他一清二楚的眼神。

「這個嘛。如果那孩子願意自首，那就沒有出書的理由了。」

刑警點了兩、三次頭，好像鬆了一口氣。

「梶田的兩位千金，對於父親的過世深感悲痛，也很憤怒。不過，她們倆都是心地善良的女子。絕對不會毫無必要地故意折磨那孩子。我會和她們商量。只要好好解釋，我想她們一定會理解。」

「那就麻煩你了。請轉告她們，等那孩子一來自首，我保證一定會主動和她們聯絡。」

卯月刑警向我鞠躬。他的頭頂，就像用圓規畫出來似的禿了一塊。我強忍笑意，忽然覺得心頭一輕，一點小事好像也能令我忍俊不禁。

「你的傷勢好了嗎？」

「啊？」

「你不是也被自行車撞到嗎？梶田梨子非常內疚。」

我頓時用手遮住半邊臉，不過現在才遮已經遲了。

「一點小傷沒什麼。不要緊，只是，那條馬路真的很危險。我看應該想個辦法解決吧。」

卯月刑警臉色一正，挺直腰桿。眼角若有似無地放鬆下來。

「你說的沒錯。我會催促交通課的同仁。」

我們的會面不到一個小時就結束了。

梶田姊妹那邊，幸運地立刻取得聯絡。

這次沒利用睡蓮，既然要加班，乾脆由我下班後直接去姊妹倆的公寓。

一聽之下，納骨就是後天星期日，今晚梶田的遺骨還在自宅。我本來就想去上個香，也想把卯月刑警說的話，當著梶田的面轉告姊妹倆，幸好及時趕上。

正逢晚餐時間，聰美本來還操心我的用餐問題，但我客氣地婉拒，向梶田的遺骨與牌位合掌膜拜後，立刻切入正題。

三房兩廳的公寓雖然充斥著家具與用品，感覺有點雜亂，卻是很舒服的住處。鋪榻榻米的和室有一個高及人背的書架，架上塞滿了書，大部分都和電影及戲劇有關，也有大本的攝影集。我想起梶田生前愛好歌舞伎的事。

姊妹倆與我，在平常大概是用來吃飯的四人座桌前相向而坐。

記得在中國或歐洲的傳說中，有個國王或皇帝把帶來惡耗的使者腦袋砍了。對梶田姊妹來說，卯月刑警的消息究竟算惡耗還是喜訊呢？我難以判斷。

聽完我的敘述，姊妹倆睽違已久地——至少就我所見——面面相覷。

先開口的是聰美。

「太好了，小梨。」

這是我第一次聽到她喊「小梨」。

「太好了……是啊。」

梨子凝視著姊姊的臉點頭，旋即將目光轉向我。

「那孩子眞的會去自首嗎？」

「應該過幾天就會去。」

「萬一他沒去怎麼辦？還是有可能到了緊要關頭打退堂鼓吧？到時警方打算怎麼辦？」

「如果拖太久，警方還是會出動吧。」

「但願不會演變成那種局面。不，絕對不會的。」

聰美這麼低語著，起身離席，在父親遺骨前坐下點香。她垂下頭，合掌膜拜良久。

我和梨子默默凝視著她的背影。

「這樣不會被判刑吧。」梨子將視線垂落桌上，冷不防說道。她望著桌面上清晰的茶杯印子似的圓形漬痕，或許是梶田留下的。

「因爲未成年嘛，才國中一年級。」

就車禍這種案子而言，就算致人於死或受傷，也不會判處傷害罪或殺人罪，通常會被認定爲業務過失傷害或過失致死。這年頭，即使是酒駕和闖紅燈這種惡質違規致人於死，雖然也適用危險駕駛致死罪這項罪名，但判定基準仍相當嚴格。

總之不管怎樣都如梨子所言，這種肇事者未成年的案例想必不會予以逮捕懲處，只會把少年交付保護管束，加以監督輔導。

「即便如此，總比一直搞不清楚我爸到底是怎麼死的、車禍是怎麼發生的來得好多了。這些他應該會告訴我們吧？」

「我再去問問承辦的卯月刑警。我想他應該會坦誠相告。」

梨子深深嘆息，並大幅晃動肩膀。她穿著領口挖得很開的連身洋裝，鎖骨清晰可見。說到這裡我才想起，打從初次見面到現在才過半個月，她好像瘦了一點。她本來就身材纖細，所以看不太出來，但下巴似乎也變尖了。

「就算他不叫我們等，我們除了等待也別無辦法。我們只知道對方是三中的學生，連姓名和地址都不知道。」梨子自言自語地嘀咕，有點嘶啞。

聰美穿過桌旁，走進三帖大的廚房煮咖啡。她正垂頭落淚，兩、三滴淚水，瑩然滴落流理台水槽內。

「明天，我就打電話給卯月刑警。我會告訴他，我們知道了，我們願意等，拜託他務必盡力而爲。」

「謝謝。」我朝姊妹倆低下頭。這是代替撞倒梶田的孩子致歉？代替那孩子的父母致歉？代替卯月刑警致歉？我並非出於那種僭越之情，而是以一個父親的身分。因爲我的耳朵深處，傳來妻子的低語：如果換成是桃子發生那種事該怎麼辦？

「兩位的心情，那孩子一定也會明白的。」

「應該致謝的，其實是我們。」聽美的淚水奔流而出，她斷斷續續地說。「真的麻煩你了。多虧有杉村先生幫忙。」

「姊妳真是的，現在還早呢。要表示謝意，應該等那孩子自首後再說。」

梨子好強地回嘴，喀拉喀拉地拉開椅子起身，說聲「我去一下洗手間」，就小跑步衝過短短的走廊，奔進洗手間去了。

隱約中，我聽見哽咽的抽泣聲。

在飄散的咖啡香中，我呼喚聽美。她仰起臉，隔著廚房的吧台，以淚濕的雙眼看著我。

爲了避免讓梨子聽見，我沉穩地小聲說：「令尊的死是不幸的意外，並非遭人嫉恨，被狙殺而亡。妳已經沒必要再害怕了，這下子妳放下心頭大石了吧？」

聽美本想說什麼，但她只是抖著嘴沒出聲，露出小朋友受委屈哭泣時的神情。這個嘴角往下撇、明明想大聲哭泣卻拚命忍住的女子，看起來英氣凜然。

「不過，妳四歲時那段可怕經歷的謎團尚未解開。因此，我打算繼續調查。」

浸淫在這種氣氛中，我也很想落淚，所以我努力擠出笑臉。

「雖說要調查，我畢竟是門外漢，即便現在也沒有什麼傲人的成果，不過是去友野玩具走了一趟。但是，既然已經開了頭，我希望妳讓我再試試看，好歹我也是個採訪記者。」

可惜只是社內報。

「這種調查對我來說也是一種學習。」

聽美沉默地頻頻點頭，就這麼順服地低下頭。

好一陣子，我尊重姊妹倆的悲痛，只是安靜等待。

梨子終於走出洗手間，雙眼哭得紅腫。經過我身旁時，還從桌旁的面紙盒抽出一把面紙，響亮地擤鼻子。然後把面紙揉成一團，朝著屋內角落的垃圾桶用力一丟。

面紙砸到垃圾桶邊緣，輕輕反彈後落到桶內。

「嘿嘿。」

梨子朝我一笑，然後對著父親的遺骨與牌位合掌膜拜，叮地敲響銅缽。

品嘗了一口聽美煮的咖啡後，我忽然很想抽菸。我向正呑雲吐霧的姊妹倆要了一根菸點燃。我們就這麼和樂融融地變成三支大煙囪。

「梨子，書要怎麼辦？」

對於我的問題，梨子仰望天花板思索了一下。

「是啊……，的確已經沒必要再出書了。」

聽美望著妹妹的側臉。

梨子振作精神起身，閃著明亮的眼睛問我：「杉村責編，請問我可以更改寫作方向嗎？」

「我洗耳恭聽作者的想法。」

「我要寫關於我爸的回憶，純粹只是懷念爸爸的回憶。這樣的話，你們願意幫我出書嗎？」

我豎起食指。「有一個條件。」

「什麼條件？」

「如果照那個方向去寫，梶田先生當了今多嘉親十一年私人司機的事，就變得更加重要了。妳必須把焦點鎖定在那個部分去寫。這樣的話我就幫妳出。」

聰美向我投以感謝的眼神，我也回她一個眼色。不過，我並不是爲了替她隱瞞梶田那段只有她知道、卻不希望妹妹知道的過去才隨便說說。我是認眞的。

不只是可以幫她出書，那本書說不定還會暢銷。這可是財界名人御用司機的家屬撰寫的回憶錄。

「會長老師的存在果然很重要。」

「是的。」

「可是這樣子，會不會給會長老師添麻煩。一旦失去了爲了擒兇、呼籲犯人出面才出書的大義名分，該怎麼說呢……？會不會變成主動爆料的八卦報導？不，我當然不可能寫那種東西。」

我笑了。「那是程度的問題，重點在如何拿捏分寸與寫法。我岳父一定也會這麼說。」

梨子「噢」了一聲。本以爲她是在感嘆我以編輯身分提出的建議，結果我錯了。

「這還是你頭一次在我們面前喊會長老師『岳父』耶。你每次不是都會長長會長短的。」

聽起來感覺不錯喔——她說。我一看，聰美也在微笑。

連我自己也不明所以地害羞起來。或許是這個家裡充斥著梶田姊妹對父親的追思，連帶地也影響了我的心。

15

星期日是雨天。

天亮時，我好像做了一個奇怪的夢。在毫無條理、斷斷續續的各種場景中，和各式各樣的人在一起。多年未見的友人，乃至我哥、我姊都出現了，還有梶田。雖然沒看到梨子的臉，但聰美在。這個夢就好像連看了好幾齣只有剪接片段的電影，醒來的同時，便從腦中七零八落地消失了。可是，唯有和聰美一起的場景，卻清晰留存。

夢中的我不知爲何正和她坐著小船，漂在一個很像湖的地方。聰美在哭泣，我一邊想要安慰她，一邊笨拙地划槳。

（有人沉在水底下。）

聰美指著水面下說。

（一定要把人拉起來。）

我想把船朝她指的方向划去，可是力不從心。船頭歪了。

夢中的我，知道沉在水底的是梶田。明知梶田的喪禮已辦完，正準備納骨安厝，不可能沉在那種地方，但不知爲何他就是在水裡。

我無法隨心所欲地操縱船槳，於是對聰美說：「沒辦法過去。」她一聽就悲痛地垂下頭把手撐在船緣，湊近窺看水底說著：「可是那裡正沉著我。」

不對，不對。沉在水底的是妳父親。妳不是好端端地坐在船上嗎。我拚命喊她，但聰美只是一逕搖頭。她從船邊探出身子，好似就要投身湖中。不行——我大喊，就在這時醒了。

妻子和女兒都在睡夢中。我起床上洗手間，從窗子往外看，屋外正下著雨。秋雨初降。清涼溫柔，好一場靜雨，是夏天的休止符。

再度鑽回被窩入眠，這次我沒作夢。醒來時，枕畔的鐘已指著十一點。回籠覺是晏起的元凶。

我慌忙起床，只見收拾得乾乾淨淨的桌上放著妻子寫的紙條。

「我和桃子一起去試上韻律體操課了。兩點左右結束，到時再打電話給你。記得開冰箱喔。」

我遵照指示打開冰箱一看，早午餐盤上放著我的早點。我加熱進食，閱讀報紙。

正在洗盤子之際，手機響了。

雖然我擦乾手急忙接起電話，但在掀開手機蓋的同時，鈴聲戛然而止。

一看來電顯示，是「未知」的號碼。

知道這個手機號碼的人並不多。我的生活圈子很小，那些人的電話號碼也已統統輸入手機。如果他們打來（就算無法憑來電鈴聲辨認），一看來電顯示就知道是誰打的。

這個未知的號碼會是誰呢？

我抓著手機走進書房，在桌前坐下，決定把這段日子的經歷彙整成篇。

星期二之前，岳父都在大阪出差。就算回來了，想必也得忙著處理不在公司期間累積的工作，別說無法立即見面，恐怕連在電話中多聊幾句的餘暇都沒有。他每次出差回來後總是如此。不如送上一份報告，請他趁著工作空檔過目。

這不是信，也不是社內報的報導，而是像在寫業務報告一樣。至於我的感覺、想法，等見面時再告訴他就行了。包括我的如釋重負、對那個少年的同情，以及卯月刑警像是擁有X光銳眼的男人。

寫好文稿正重讀順稿之際，手機再次響起。

是友野榮次郎打來的，他的嗓門大得絕不可能認錯。寒暄之際，我將手機拿離耳畔些。

榮次郎已和友野玩具時代的得力助手關口取得聯絡。「關口說，他還記得梶田。」

原本沒抱太大期待，所以這是個意外的驚喜。

「那眞是太好了。畢竟事隔多年，我本以爲恐怕沒希望了。」

「那傢伙也不是憑空想起來的。他說他從二十四、五歲起平時就有寫日記的習慣，到現在還是天天寫。小老弟，你能相信嗎？關口都已經七十五了呢。眞搞不懂他怎麼能如此執著。」

「他一定是個一絲不苟的人。」

「對啦，也許吧。以前工廠還開著時，關口一手包辦廠務，打理得非常好。」

所以喔……他連咳嗽都很大聲，「他說梶田夫婦離職時，有別的員工跟著一起辭職。他寫在日記上了。呃，我看看喔……」

榮次郎的語氣像在朗讀手邊抄寫的東西。

「野瀨……祐子是個叫野瀨祐子的女辦事員。這女孩當時也一起辭職了。不過，也只有這樣而已，沒別的事可提了。就只有三人在同一天辭職這件事。怎麼樣？你要和關口見個面嗎？」

麻煩您了，我回答。「我可以直接去拜訪他嗎？」

「那我告訴你關口的電話，你們自己商量。那傢伙啊，現在住在三鷹。和我一樣是個閒來無事的老頭，要抽空見個面應該沒問題。」

「我知道了，謝謝您。對了，友野先生，剛才您打過電話來嗎？」

「我？沒呀，我沒打。」

「這樣呀，因爲剛才有一通電話我來不及接。」

「不是我，這是我第一次打。因爲關口出門了，我一直找不到他，好不容易找到他說明原委後，那傢伙翻日記查閱又花了一點時間。拖了這麼久眞不好意思。」

「哪裡，謝謝您的幫忙。」

通話結束，我再次檢視來電紀錄。螢幕上出現友野玩具店的號碼。前一通，就是剛才的未知號碼。

明知就算再怎麼看也不可能得到更多情報，我還是耿耿於懷。

我覺得對方還會再打來。說不定是看了傳單的某人，正遲疑著該不該向我提供情報。

當然，也可能是打錯電話。

不過，也或許是……

我把手機擱在一旁，用家裡的電話打去關口家。接電話的男人就是關口，看樣子他正在等我。

「明天我正好要去醫院，如果不介意順便碰面，那我們就能見個面。」

他說醫院在新宿。固定去那裡掛號拿降血壓劑已有將近十五年的時間。或許是這個原因，關口非常熟稔新宿的巷弄，他指定的碰面地點是我也很清楚的某大型電器量販店旁，某間我完全沒聽過的咖啡店，他還把路徑和可供辨識的標誌告訴我。我們約好下午一點見面。

我把要交給岳父的報告列印出來，收拾好桌面，回到客廳，仔細閱讀報紙的週日版。通常我只會大略瀏覽，而且連那都只有在心血來潮的時候才會。但今天我卻鉅細靡遺，連郵購的什麼「帶來幸運的金印」和「懷念暢銷金曲全集CD共三十張」的廣告都看了。我試著計算那套CD收錄的歌謠當中我聽過幾首。有三首美空雲雀的暢銷曲，沒有〈車夫大哥〉。說到這裡忽然想起，之前和菜穗子說過要一家三口去唱KTV。

手機躺在視野一隅。快點打來吧，就算不是我期待的人也沒關係。只要能告訴我「剛才那通電話是我打的，湊巧是用未登記的電話打來」，那麼無論對方是誰都行。

星期日的電視很無趣。乾脆去拿本沒看完的書來吧。一旦忘了電話這回事，說不定就會打來了。

才剛起身，家裡的電話就響了，是菜穗子打來的。

「我們現在在表參道。我想在外面喝杯茶，買點東西再回家，你呢？」

手機的特質是什麼?就是便於攜帶。因此我們再也不用守在家裡或辦公室,苦苦等候或許會帶來重要情報的電話。和野村芳太郎導演電影中的刑警大不相同。

「我去幫妳提東西。」

我把手機塞進長褲後面的口袋,走出家門。

桃子似乎對韻律體操極有興趣。無論在店裡或路上,只要一有機會就想表演給我看,難度相當高,我實在跟不上。

從日用品到奢侈品,菜穗子採購了一大堆東西。還替我買了新睡衣。雖是長袖的但質料很薄,她說初秋穿來剛剛好。

「我認爲穿T恤和短褲睡覺很沒規矩。」她順便「釘」了我一句。

逛街購物期間雨停了,正當我們坐在露天咖啡座吃著下午茶套餐的蛋糕,我的手機響了。看到我那麼急著接電話,妻子瞪大了眼。

液晶螢幕上顯示的又是未知號碼。

「喂?」

我猜就差那麼一瞬間,對方應該聽得見我的半聲「喂」,但我的耳朵只聽見嘟嘟嘟這個冷漠的聲音。

「打錯了?」菜穗子說著歪起腦袋,笑了出來。「爸爸剛才急得差點沒把電話吃掉耶,桃桃。」

桃子似乎覺得自己選的杏桃派沒有想像中那麼美味，正苦於不知如何解決。她知道如果沒把東西吃完一定會被嚴厲斥責，正拚命思索該怎麼收拾眼前的東西。

「桃子，爸爸的蛋糕和妳換。」我說。

「可以嗎？」女兒的小臉頓時一亮。

「可以呀。每次都吃草莓蛋糕太無趣了。爸爸想吃妳的派。」

這種派是用杏桃果醬做的，嚴格說來比較適合大人的口味，但它之所以吸引桃子，是因爲在《胡椒罐婆婆》書中，曾提到婆婆親手做、看似美味的杏桃果醬，以及婆婆的丈夫最愛在剛烤好的鬆餅抹上厚厚的杏桃果醬。

桃子興沖沖地忙著交換盤子，一口咬下草莓蛋糕上的大草莓。

「我在問你話。」妻子說。

「嗯。」我點點頭，看著妻子的臉。「我在家時也打來過，這是第二通了。」

我曾把從卯月刑警那裡聽來的消息一字不漏地告訴妻子。所以，她應該已察覺我的想法。她的明眸一動。

「不會是詐騙電話吧？掛斷電話讓你撥過去，然後再送帳單過來。我在電視新聞看過。」

「我想應該不是。那種電話的目的是要讓你回撥，不顯示號碼就沒意義了。」

菜穗子放下叉子，手指按著嘴。「我看還是別想太多比較好吧？」

「也許是情報提供者，也或許是惡作劇電話。」我說。「可能性有很多種。」

「對，沒錯。」

「不過，我懷疑也許是那孩子。」

撞倒梶田的少年，或許臨到最後關頭仍在猶豫是否該去警局自首，一邊又忍不住打來我印在傳單上的電話號碼——我如此猜想。

「其實我毫無根據，純粹只是直覺。不過，我每次一要接電話，對方就好像落荒而逃，這點令我實在不得不如此猜想。」

妻子替我和她的茶杯添上紅茶，緩緩品味，然後才說：「總之，先等等看吧。如果你的直覺是對的，那對方一定還會再打來。」

這時她的手機響了。我們倆都嚇得跳起來。菜穗子看著螢幕顯示露出苦笑。

「是交友網站的廣告。眞討厭，看來我又得換個電子信箱了。」

那天，再也沒有未知號碼打來。我們也沒再提起那件事。

餐桌上，妻一邊塡寫韻律體操課的入學報名表，一邊說明試上的情形。

「對了，有件事情很好玩。」

和菜穗子同年的某位女性，帶了三個四、五歲的小男生來上課。

「因爲長得不像，所以應該不是三胞胎，我本來還在猜想會不會是一個年頭生、一個年尾生，結果完全不是那回事。她是託嬰中心的保母，帶她照顧的小孩來。三個孩子原來是不同家庭的小孩。」

與其說是託嬰，正確說法應該是託兒才對吧。

「聽說生意還挺好的。現在很多父母連星期六、日都得工作，再不然，爲了遠行或旅行，必須請人帶小孩的需求也與日俱增。那家託嬰中心除了幫忙看小孩，連這種補習班或才藝班也代爲接送上下課，所以風評好像很不錯。」

妻說對方也給了她一張名片，請她多多利用。我想起替《藍天》做採訪時遇到的那個園藝公司庶務課長，於是說給妻子聽。菜穗子極表同情。

「我能理解她不方便託鄰居照顧的心情。萬一出了什麼意外，委託者和受託者都會很不幸。」

我又想起了另一件事。

「桃子還是嬰兒時，岳父幾乎從未抱過她。就算偶爾抱一下，也總是馬上還給我們。」

（萬一摔壞了，我可賠不起。）

他如是說。

菜穗子開懷地笑了。「對對對，我想起來了。」

「我老爸抱我哥的小孩時也這麼說過。」

「說到這個我才想起，我聽過一個可怕的故事，是河西太太說的。」

那是我家的鐘點女傭。只有非假日的白天才來，所以我只有初次碰面時見過她一次，是個年約五十的福態女士，幸好，她和菜穗子很投緣。

「這年頭，當女傭的年輕女孩也越來越多了。因爲工作難找，公司招募時又是以『管家』的名義徵人，所以令人對這種工作頗有好感。」

女傭的工作雖然也有明文規定的契約，但有時還是得視情況臨機應變，配合雇主的各種要求。

「和河西太太在同一家分公司、今年剛入行的一個年輕女孩，某天到她被派去的家庭時，被迫幫忙照顧一個兩歲的男孩。因爲那個家庭的另一個小嬰兒突然發高燒，媽媽抱嬰兒去醫院，做丈夫的又恰巧出差在外。」

「這可是緊急情況。」

「對。受託的這方也不好意思說這在契約所訂的工作內容之外而回絕，便無奈地答應了。可是，那年輕的女傭活到這麼大從來沒照顧過這麼小的孩子，她不知道該怎麼辦。更何況，兩歲的小男生正是最調皮搗蛋的年紀，只要稍一不注意，難保闖出什麼禍。男童看到媽媽因爲嬰兒急病而心神大亂，自己又被孤單地撇下，生氣得又哭又鬧，怎麼也勸不聽。她實在束手無策了。」

最後她想出一個辦法——去翻衣櫃，借用一條太太的皮帶，把男童綁在床柱上。

「這下子她總算安了心，正忙著打掃之際，做媽媽的回來了。她一看到小孩，就發出響徹左鄰右舍的尖叫，引起一陣騷動。」

也難怪做媽媽的會大吃一驚、暴跳如雷。

「年輕的女傭哭著辯解，她既不能罵小孩，又覺得這樣總比任由小孩哭鬧不慎受傷好，可惜雇主還是聽不進去。她當天就被解雇了。河西太太也感嘆著說，即使知道她不是惡意要這麼做的……」

話說到這裡就打住，一陣沉默。「老公，這次你又在想什麼？」

我在想梶田聰美，在想那起綁架事件。

「那件事……是否也能解釋成是個不習慣照顧小孩的人，因爲某種緣故受梶田夫妻之託照顧聰美，在無奈之下做出的行爲。」

妻子愣然眨眼。「所以就把她關進洗手間？」

「嗯，這樣好像太荒唐了吧。」

「看來今天你可是讓我吃驚連連。沒錯，就算再怎麼說也太荒唐了。況且，囚禁聰美的女人如果只是因爲不知如何和小小孩相處才如此，那她大叫『都是妳爸的錯』，還說『如果不聽話我就殺了妳』，未免太奇怪了吧？」

我用指尖抓抓臉。「關於那個嘛，也許只是聰美因爲某些原因哭鬧不休，所以那個女人想狠狠地嚇唬她一下。說不定她連這種說話的分寸拿捏都不懂。」

妻子鼓起臉頰。

「就算這樣也太誇張了吧。聰美的事發生在將近三十年前。那個年代的女人，就算自己沒生過小孩，通常也會有照顧弟妹或是替鄰居看小孩的經驗。只不過是受託帶小孩——而且還是個四歲的女孩，這個年紀的孩子你只要好好解釋她已經聽得懂了——眞的會慌亂到那種地步，做出如此令人匪夷所思的行爲嗎？」

苗頭不對，反正我本來就是臨時想到的。

「說的也是。」

「看吧？那就是聰美之前的經歷和現在的狀況截然不同之處。河西太太的那個年輕女同事，據說既沒牽過小孩的手，也沒碰過小嬰兒。」

我投降了，前言收回，我說。妻子戲謔地雙手扠腰，狠狠回敬我。

「可是，聰美聽到的威脅之詞，不見得正如她所記憶的那樣。」

「例如那句『都是妳爸的錯』？」

「對對對。記憶這種東西，本來就會隨著每次的回想漸漸改變，況且我也不認爲年僅四歲的聰美能正確理解並記憶那個女人叫嚷的內容。桃子不也是這樣嗎？」

我的意思是說，在梶田聰美的心中，有可能把那個女人用來威脅幼小的她的那些話重新整理，再次詮釋，加以替換改變。

夜深了，上床之前，我去書房，取出友野玩具的紀念照放在桌上。打開檯燈，感慨萬千地看著。泛黃的強光下，昭和四十九年友野玩具的員工們，圍著社長夫婦一同開懷展顏。唯有三歲的梶田聰美獨自臭著臉，像要隱藏什麼重大祕密似的，把和服袖口露出的兩隻小拳頭緊緊握著。

「啊，這是梶田伉儷吧。一起拍照的的確是他女兒，名字叫什麼來著？」

一手掌管友野玩具事務工作的關口身材肥胖，和友野社長正好相反，有一張看起來好脾氣的彌勒佛臉孔。他除了肝臟不好，也有糖尿病。

「這種病還能胖的時候就不要緊。」他自己倒是一點也不緊張。

那張正月紀念照，關口說他手邊沒有。黑色粗框眼鏡底下，那雙眼睛看似懷念地瞇了起來。

「照片加洗之後我應該也拿到了，不過可能是沒有好好整理，久了就不知掉到哪去了。我最不擅長整理照片了，其他方面倒是很勤快。」

「您的確很有恆心地寫了這麼多年日記。」

「那根本不算是日記，只是隨手做筆記，就那麼一、兩行而已。寫記事那種東西如果要持之以恆，不能寫你想的事，必須寫發生過的事。如果要把心裡想的全寫出來，頂多寫個三天就累了。」

關口還特地帶了日記給我看。那是一本老舊得令人懷疑是否一摸就會從邊緣開始風化為塵的大學筆記本。徵得同意後打開一看，果然一天的記述頂多不過三行，漢字之間夾雜著平假名與片假名，數字與記號糾纏不清，還有很多地方乍看之下令人不明所以。除了作者本人，在別人眼中幾近暗號。

「梶田以時薪雇員的身分來到友野玩具，是在昭和四十四年的十月，應該是這前後吧。」

他用手指按著要找的記述指給我看。褪色的鉛筆字跡寫著「梶田信夫」。

「名字下面，寫著製作助（時）對吧？意思是說，是以時薪雇用他擔任製作助理。」

半年後，梶田升爲正式社員，妻子也以時薪受雇擔任事務員，兩人就此住進員工宿舍。上面寫著「梶田　二〇二　遷入」。聰美對父母在友野玩具安頓下來、生活安定後才生下她的敘述果然是正確的。

「這本日記中，寫的全都是員工的更迭，客戶公司承辦人的姓名，還有從銀行貸了多少款子之類的資料。當時我也正值壯年，滿腦子只有公司和工作。重讀之後連我自己都很驚訝，我竟然完全沒提到老婆小孩。這段期間，我的老大得了盲腸炎，甚至惡化到引起腹膜炎，我卻連那件事情也沒寫。」

所以雖然形式上是日記，但應該算是業務日記。他說著露出尷尬的表情。

「幸好也因此幫了我大忙，那麼野瀨祐子……」

「噢，野瀨啊。說眞的，其實我連她的長相都不記得了。只是因爲這上面有紀錄，才知道有這麼個人，應該是事務小姐。」

她是在昭和四十九年四月入社的。

「那麼，這張照片上就沒有她了，因爲這是四十九年正月的紀念照。」

「可以這麼說吧。呃……說到這野瀨，究竟是什麼樣的人呢？」

他翻著日記低語。有三個地方貼著便條紙。

「入社和離職時我都會做紀錄。你看，這上面寫著『野瀨祐子　事務』。然後，離職是在五十年的九月底，當時梶田夫婦也一起辭職了。」

我看著紀錄。上面寫著「梶田、野瀨離職　二〇二號室　打掃」。

「野瀨應該沒有住員工宿舍吧，上面沒寫她的房間號碼。」

關口一邊按著眼鏡，一邊確認自己的紀錄，然後應了一聲「是啊」。

「野瀨好像是個單身的年輕女孩。我是不記得了，不過我們不會雇用年長者當事務小姐。所以，我們那個宿舍其實應該說是員工住宅，會讓有家室的員工優先入住。畢竟和支付住宅津貼比起來，這樣比較省錢。」

原來如此。

「關於野瀨，我查閱之後發現還有一個地方提到她。」

那是昭和四十九年的十一月十日。

「野瀨　預支（父），」我唸出來。「所謂預支，是預支薪水的意思吧？括弧裡寫的這個父是……」

「是她爸爸來了，我猜。」關口說。「她老爸跑來預支女兒的薪水，我才會原原本本地寫下來。當時，負責出納工作的應該不是我，我只是聽到事後報告。如果是我，像這種情況我才不會答應預支。不過，出納好像常背著我幹這種事，還被我臭罵過。」

聽他的語氣，連現在回想起來都一肚子火。

「預支薪水這種事，除非是生病或受傷這種緊急情況，通常是絕不允許的，否則會壞了規矩。」

父親擅自拿走女兒的薪水……

「野瀨祐子是什麼樣的人，您還記得嗎？」

「這個嘛，」關口渾圓的手撫著層層皺皮的頸子。「不好意思，我想不起來，一點印象也沒有。大概是因爲她在四十九年春天入社，翌年九月就離職的關係吧。」

「梶田夫婦呢？」

「那個嘛，我也沒什麼印象了。頂多只有這上面寫的……，沒能幫上忙，眞的很抱歉。」

畢竟是二十八年前的事了嘛。「哪裡，您別這麼說。那本來就是陳年往事，是我強人所難，光是有這本日記就已經很厲害了。」

「社長應該也告訴你了，梶田以製作助理的身分錄用的，但他應該常開車送貨。我們那裡有兩輛小貨車，雖然也和貨運公司簽約合作，不過那樣無法應付小案子，不太方便。」

說著說著，已從「友野玩具」變成「我們那裡」。

「社長是個道地的玩具迷。至今依然不變。通常像這種沉迷的人，空有滿腔理想，做起事業往往不會成功，可是我們社長也有生意手腕。哎，那眞是一間有趣的公司。」

正因如此，漏電失火造成工廠關閉，對關口來說似乎是一大恨事。一談起當時的話題就一發不可收拾，我洗耳恭聽了一陣子，找個機會把話題拉回來。

「梶田夫婦與野瀨一起辭職，應該有什麼理由吧。您猜得到是什麼原因嗎？」

「這就難說了。如果有什麼惹眼的事，我應該會記得才對，可是什麼也沒有。日記上也隻字未提。所以，應該就只是三人湊巧一起辭職。因爲必須找新人遞補，我才把人數記錄下來吧。」

純粹只是時間點的問題，就這麼簡單嗎？

聰美被陌生女子綁架，極可能是在幼稚園放暑假的八月。而梶田夫婦與野瀨祐子，在九月底就離開友野玩具。

雖然我說要爲他特地抽空致贈謝禮，但關口堅持不收。他笑說這一點也不麻煩，能夠聊聊往事他很開心。我客氣致謝，只能堅持替他付咖啡錢。

手機響時，我正走下新橋車站的階梯。爲了避免搭車時影響別人，我已改成震動式。是未知電話。

我像昨天一樣迅速接起電話。

「喂？」我把手機貼在耳上出聲應答。車站大廳喧囂擾人，並未聽見電話掛斷時無情的嘟嘟聲，電話是通的。

「喂？我是杉村。你是看到我在葛蕾絲登石川公寓前散發的傳單才打來的嗎？」

無人應答，只聽見雜音。這車站怎麼會這麼吵？

「你聽得見嗎？很感謝你肯打電話來。我是杉村，有話……」

這時響起嘟嘟聲，電話被掛斷了。雖在一瞬間逮到人，卻又讓他溜了。

我的心頭湧起確信，這絕非惡作劇或打錯電話。這個未知號碼的背後有某人在，某個既想和我聯絡又想逃離，處於夾縫之間不知如何是好的人。

秋分那天，我們一家三口去菜穗子母親墳前掃墓。這是春秋兩季彼岸節的習慣。這天是個涼爽晴朗的好天氣，前往千葉公園墓地的路上，成了愉快的兜風之旅。掃完墓，我和桃子在廣場恣意綻放的波斯菊之間丟飛盤玩。玩到一半，臨時加入一對小情侶，連他們帶來的狗也一同參戰。那是一隻溫馴的牧羊犬，卻比我們任何一個人都會接飛盤。等我們和他們揮手告別時，果然，桃子已完全罹患了「我要養狗狗病」。晚餐是在附近牧場的烤肉餐廳解決的，我們滿腹而歸。

我的手機終日保持沉默。

翌晨，我還在家裡吃早餐之際，梶田梨子打電話來。

「一早就打擾你，不好意思。」

「出了什麼事嗎？」

「其實也沒什麼大事，只是因爲星期六、日都毫無動靜，害我越等越焦急。也沒人和你聯絡嗎？」

很遺憾，的確沒有。

「妳的心情我了解，其實我也一樣。不過卯月刑警既然再三保證，妳就再忍耐一下吧。」

梨子的語氣顯然很焦躁。我決定把未知號碼的事按下不提，因爲那只會增加更多壓力。

我問她姊姊的情況如何，她立刻讓聰美來聽電話。照理說她應該同樣焦急，可是聲音卻很冷靜。

「一早就打擾你眞對不起。梨子好像變得很神經質。連星期日納骨的時候，還哭著說什麼本來想在我爸下葬前找到肇事者。」

「星期日那天不巧下著雨呢。」

「是，不過我爸媽的靈位，是按照這年頭的作風設在大樓內。」

「噢，那就不怕受天氣干擾了。」

「大樓很新，每樣東西都亮晶晶，甚至看起來有點廉價。」

想像得出來。

「我爸和我媽好像都沒什麼親戚。尤其是我爸，斷絕關係後想聯絡也找不到人，所以反而比較輕鬆。要是有囉唆的叔伯阿姨在，肯定會發幾句牢騷，怪我們不該把他安置在這種既無分量又沒感情，看起來金光閃閃的靈骨塔。」

他和他爸媽都來了，聰美說。她大概是很欣慰吧，聲音之中，誠實地帶著溫情。

「尤其是濱田伯母，還搶著幫我打點各種事項。」

喪禮時，她未婚夫一家也幫了不少忙。

「那一定讓妳安心多了。」

「對。照理說，婆婆本來應該是我的死對頭。我沒有母親，雖然很孤單、很無助，不過反過來想想，其實也有好處。」

我把和友野玩具的關口見面之事告訴她。

「關口先生是事務方面的負責人。是個身材很胖、戴眼鏡的歐吉桑，妳還記得他嗎？」

「不知道……」

「那麼有個叫野瀨祐子的女辦事員呢？有沒有聽過這個名字？」

聰美歉疚地聲音一縮，說她不知道。

我上班遲到了五分鐘。今天是椎名妹來打工的日子。傳單朝意外的方向發揮效果之事，也知會她一聲吧。畢竟這本來就是她想出來的點子。

沒想到，十點準時按下打卡鐘報到的她，竟看起來無精打采。她說：「我們吵架了。」

「跟誰？」

「我的阿娜答。」她用這年頭流行的用語說。他們從高二就開始交往了。

「怎麼，虧妳還在那裡哀嘆自己反二高沒人追，搞了半天原來早有男朋友了。」

「那傢伙又不是白馬王子。現在啊，我們成了遠距離戀愛。都是他故意跑去念什麼九州的大學。」

昨天是他們睽違半年的約會，卻因細故發生口角。

「原來椎名妹也會爲這種事垂頭喪氣啊。」

「沒禮貌，人家我好歹也是純情少女。」

她嘆了一口大氣。高頭大馬的椎名妹一旦認眞憂鬱起來，這口氣果然也比別人嘆得更長、更久。

「我看果然還是沒救了。」她托腮低咕。「物理上的距離是無法克服的，對方在想些什麼我已經不再理解了，他應該也有同感吧。」

「總之，午餐我會遵守諾言請妳吃任何妳想吃的，打起精神來吧。」

在椎名妹指定的義大利餐廳裡，我報告了卯月刑警的事。她拍手大喜。

「那孩子就算爲自己，也絕對是自首比較好。但願他能早點做出決斷。」

她說太開心了，甜點能不能吃兩種，我欣然首肯。她正在對著洋梨冰淇淋和卡士達布丁大快朵頤之際，我的手機發出震動。

不是未知電話，只是垃圾簡訊。我憤然啐聲刪除。

椎名妹像昨天的菜穗子一樣雙目圓睜。

「雖然我只在電視上看過，但你剛才接電話的樣子，簡直就像在等綁匪打電話來的刑警。而且啐聲這種動作，對你來說也很罕見。」

我把原委告訴她，也說出我的推測。

「嗯……」椎名妹嘴裡塞著湯匙，就這麼陷入沉思。「我也投你的推測一票。那通電話，八成是那孩子打的。如果只是想提供情報的人，應該不會那麼遲疑不決。就算是那孩子的同學或朋友，想要打小報告洩露他的名字……」

「應該還是會猶豫不決吧。」

「既然決定要打電話那就會打吧，如果不想做就不會做，打小報告又不必說出自己的名字，應該不至於那麼煩悶苦惱吧。」

她輕鬆地把甜點一掃而光，又回頭提起那件事，咕噥道：「說不定是想知道梶田的家屬對他有什麼看法。」

「嗯？這是什麼意思？」

「我只是試著想像那孩子的心情。他或許在想：死者家屬不知有多憤怒，他們會原諒我嗎？好可怕啊。他既想知道又不願知道。因爲他明白對方會生氣是理所當然，也明知對方不可能這麼輕易原諒他……，如果他眞的是個國一學生的話。」

下午利用工作空檔，我爬上總公司大樓的會長室，是名副其實地爬上去的。會長室所處的最頂樓和別層樓的裝潢截然不同，這裡是人上人的殿堂。這層樓所有的設備，甚至連備用文具，稱爲存貨都很失禮，那叫調度品。光是走廊地毯的厚度就不一樣。

雖然沒能見到岳父，不過祕書室還有來自地獄的門房冰山女王賣力看守，我把星期日寫好的報告書交給她。由於她問起內容，我只好回答那是要刊載在《藍天》的稿件，想請會長過目。

我懷著卑屈的心情回到別館。

那天臨下班前我靈光一閃，把友野玩具的正月紀念合照拿去加洗，然後前往葛蕾絲登石川公寓。我抱著碰運氣的心情把照片拿給管理室的久保室長看，問他這張照片中有沒有特別眼熟的面孔。

「這還眞是張老照片。」

「是昭和四十九年拍的。」

「哇，那時我還在不動產公司當業務員呢。別說是陳年往事了，簡直是百年往事。」

他說可惜這裡面並沒有他認識的面孔。我正想前往工藤理事長住的八一〇號室，恰巧碰見他穿著西裝，拎著塞得鼓鼓的公事包站在電梯前。算我走運。

「上次梶田出事時，你說看熱鬧的人群中有個女性差點暈倒是吧。那名女性，不知道在不在這張照片裡？」

工藤理事長從西裝內袋掏出老花眼鏡，仔細打量照片。

「我看不出來。這張照片很舊了吧，就算她眞的在裡面我也看不出來。因爲那女士的臉我也只是驚鴻一瞥。」

野瀨祐子確定並不在照片上，所以我原本也沒抱著什麼期望，只是想問問看。

「辛苦了，有什麼進展嗎？」

理事長一臉好奇地走進電梯，就此道別。

因爲先拐去葛蕾絲登石川公寓，回家有點晚了。菜穗子一看到我的臉就說：「就在剛才，梶田梨子才打過電話來。」

我當下急著問：「是卯月刑警有什麼消息嗎？」

「別提了，根本不是那回事。」她一臉憂心忡忡。

妻子向來介意她的眉毛稀少，即便在家沒化妝時也會畫眉毛。當她一露出詫異的表情，眉毛就會彎成意料之外的微妙弧形。

「梨子說她傍晚接到奇怪的電話。」最簡單的說法就是恐嚇電話，妻子說。

我不想讓桃子聽見。「桃子呢？」

「已經洗完澡了，正在喝果汁。她在看電視，沒關係。」

我們是站在玄關竊竊私語。「恐嚇電話是怎麼回事？」

「是啊……，梨子好像也不知該如何解釋，說話語無倫次。她說是個男人的聲音，叫她別再打聽梶田的過去。你等一下，我把她說的話都抄下來了。」

妻劈啪踩著拖鞋走回客廳，對桃子說了一、兩句話後又走回來，把便條紙遞給我。

「別再打聽梶田的過去　小心遭到不測　那傢伙的死是天譴。」

內容就是這樣。是字跡端正的楷書，大概是妻子掛斷電話後重新謄寫的吧。

「你覺得呢？」菜穗子已不止是訝異，而是明顯地憂慮。

「這該怎麼說才好呢……？」如果照字面解釋，那的確是恐嚇。

「這是否表示聽美那麼害怕父親的過去，其實並非純屬多心？」

我一邊重讀便條紙一邊點頭。

「梨子的情況怎麼樣？」

「好像沒被嚇慌，反而有如墜五里霧中的感覺，似乎不明白現在唱的是哪齣戲。她不知道她姊姊以前遭到綁架的事吧？」

「不知道，聰美一直瞞著梨子。她把這件事告訴她姊姊了嗎？」

妻子搖頭。「她說聰美下午就出門了，還沒回家。」

我急忙打電話，梨子立刻接起。

「對不起，驚動到你。」

她的聲音聽起來勉強帶笑，卻有種和她平日作風不符的退縮。

「沒關係。接到這種電話，妳一定嚇到了吧。」

電話是在六點多時打來的。她表示，對方雖然刻意壓低聲音，還是可以確定是個男人，並不年輕，似乎是個中年男子。

我唸出便條紙上的字，再次確認男人說的話。梨子表示就是這樣，沒錯。

「當場聽到時，實在太缺乏現實感，令我毫無頭緒。因為那就像連續劇台詞，對吧。可是現在這樣重新一聽，對方威脅得很狠呢。」

「妳家的電話有來電顯示功能嗎？」

「啊？對，有。」

「有顯示什麼嗎？」

「呃，我想想是什麼來著的……」

「沒有顯示號碼。」

「沒有。好像是公用電話吧。嗯，我想應該是這樣沒錯。」

梨子突然揚聲笑了。「討厭，我還真有點怕了。」

「會怕是理所當然。」

「可是，這應該只是惡作劇吧，也許是看到傳單的人覺得好玩。」

「那應該不可能。是打妳家裡的電話對吧。如果真是看到傳單的人打的，應該打我的手機才對，對方不可能知道妳家的電話號碼。」

說的也是，梨子再次退縮地囁語。「可是，說不定對方只要一查就知道了。況且我爸的名字，傳單上也有寫。」

「會打惡作劇電話的人，應該不會那麼大費周章吧。他會用更花俏的手法，不，用花俏這種形容詞或許有點怪，如果是媒體喧騰一時的殺人命案自然另當別論。可是，梶田先生的事件並非如此。」

梨子默然。

我問道：「除了這通電話，最近還有沒有發生什麼怪事？比方說陌生人在妳家附近徘徊之類的。」

「我想應該沒有，要問問我姊嗎？」

我遲疑了。這種事萬一傳入聰美的耳中，她一定會再次亂了方寸。可是，瞞著她或許又會有危險。

也許聰美並沒有瞎操心、想太多。說不定她的畏懼是正確的，是我想的太天真。

——恭喜。

露出那副笑容的梶田，在追求到那個笑容之前的人生中，或許曾經走過像我這種人作夢也想像不到的黑暗之地。

唯有聰美察覺到。因為唯有聰美，曾經接觸過那段黑暗的過去。

「妳姊姊如果回來了，能否請她打個電話給我，讓我來說。在那之前請妳先別告訴她。」

「我知道了。」梨子如此回答，「你好慌張，」她的語氣雖不明顯卻帶著責問。「聽起來，好像你知道什麼內情似的。我爸可不是這種做過什麼虧心事、會讓人威脅的人。」

「那當然。」我以非常肯定的口吻說，就像每個人希望謊話被相信時會做的那樣。「但是，有時就算行事光明磊落，還是會被人懷恨在心，所以我才擔心。」

「你是說惱羞成怒嗎？」

儘管連說出這個用詞我都不願意，但事情就是如此。

「請小心門戶。」說完，我還是姑且先掛上電話。之後用了餐，雖然妻子特地準備了一桌我愛吃的菜，我卻幾乎食不知味。

「老公，你沒事吧？」妻子的表情似乎也在故作堅強。

「沒事的。與其說是害怕，其實我是後悔，後悔爲什麼沒有打從一開始就認眞看待聽美說的事。」

「你要報警？」

在這個階段，就算報了警，警方也不可能採取任何行動。不過是否該和卯月刑警商量看看呢？吃完飯，我去書房等聽美的電話。哄桃子睡覺的任務就交給妻子。等待的過程中，我反覆審視妻子仔細抄寫的那段恐嚇之詞。

別打聽梶田的過去。

小心遭到不測。

那傢伙的死是天譴。

是天譴。我用鉛筆把那個字眼圈起來。這似乎是老派的說法，但卻令我覺得怪怪的，好像有點不對勁。

梶田遭到天譴而死。可是，回頭追溯起來只剩難堪的過去。那種難堪對恐嚇者而言，更勝於梶田（或者是同樣難堪）。打電話的人已經如此表明了，所以不准再打聽。

那倒也不奇怪。奇怪的是……

這時電話響了。是聽美打來的。就算不清楚原委，或許也已從氣氛察覺到什麼了吧，她的聲音很僵硬。

「出了什麼事嗎？」

在我說明原委的過程中，她不發一語。對著失神愕然般的沉默，我娓娓敘述。

「果然……」她終於開口說話。沒有哭，卻比哭泣更糟。

「不要緊的，又不是眞的出了什麼事。現在只是接到電話而已。我們還可以盡量想辦法解決。」

「我會阻止梨子繼續採訪，也會阻止她出書。早知如此，打從一開始我就該強硬阻止她。」

「聰美……」

「對不起，我還是很害怕。」

我喘口氣，才開口發問，「妳有這種想法是理所當然。不過聰美，難道妳就不想知道究竟發生過什麼事嗎？」

老實說，我很想。等電話邊思考的過程中，我察覺到這點。雖然不想讓梶田姊妹身陷險境，但我有股強烈的衝動，想探明眞相。這個恐嚇者到底是何方神聖？他究竟在威脅梶田姊妹不得打聽什麼？

「我……已經受夠了。我不想知道。我爸已經死了，就算再重提舊事，也毫無意義。」

「這樣的話，妳會一輩子都活在這件事的陰影中。」

「無所謂，反正這些年也一直是這麼過的。」

隨時隨地瞻前顧後，在意著流逝的時間，畏懼著父母過去的種種。

擔心那個陰影有一天或許會帶來鋪天蓋地的壞事。這就是聰美打從四歲以來所過的人生。

「要不要和卯月刑警商量看看？」

電話中的沉默變成了不安。

「我不知道，現在我無法好好思考。我會和梨子討論看看。」

「聰美，」我鼓起勇氣開口。「趁這機會，還是把妳四歲時的遭遇告訴梨子比較好。現在梨子雖然覺得毛骨悚然，卻無法有切身感受。因爲那背後藏著她所不知道的事。請把令尊令堂在成爲計程車司機之前的人生告訴她。把妳的不安具體地坦誠相告。或許妳不忍心，但那才是現在該做的吧。」

「我知道了。」聰美客套地說完，就此結束對話。我再次瞪視便條紙。

17

隔天早上，梶田梨子來公司找我。

大概是我的表情格外嚴肅吧。園田總編沒有發揮她拿手的小惡魔精神，二話不說就乾脆地同意我使用會議室。

乍看之下，梨子的模樣並無改變。她對我報以微笑，應對自如地向編輯部同仁寒暄。

「我姊已經全部告訴我了。」

今天她穿著頗有秋意的長袖白襯衫和胭脂色迷你裙，口紅顏色也相映成趣。右手無名指上，大顆的紅寶石戒指璀璨生光。

「妳有什麼看法。」

「眞是可怕的經歷，我姊好可憐。」

她垂下眼，十指交握。「我一點都不知道。杉村先生早就從我姊那裡聽說了吧？」

「我早就聽說了。對不起。」

梨子和椎名妹不同，連嘆氣都楚楚可憐。

「原來只有我一個人被排擠在外。想起來，還眞有點難受。」

我再次道歉。

梨子展顏一笑。「不過，那其實沒關係，因爲你們是不想讓我聽到不愉快的事嘛。況且杉村先生，我也沒那麼害怕。」

看起來的確如此。

我驀地有些後悔。昨晚，我應該直接趕去梶田姊妹的住處，旁聽兩人談話才對。這個萬事快活積極的女孩，當她聽到自己出生前父母的人生時，不知何等驚訝。

可是昨晚，氣氛不容許我把妻女留在家中獨自外出。恐嚇者打過電話到梶田家，也知道梨子正在打聽父親的過去，找了一些人做採訪。如此說來，對方可能也知道我的存在，絕對有可能以某種形式主動與我接觸。

即便機會不大，只要我家也存在接獲「小心遭到不測」這種恐嚇電話的危險性，我絕不希望那通電話被妻子接到。今天，我也吩咐她開著答錄機別接電話。

「我姊很害怕，不過她那個人本來就是緊張大師。我可不一樣，我不會認輸的。」

「那，妳還是要替令尊出書嗎？」

「當然要。因為，如果就此罷手不就等於輸了嗎？」

她笑得很好強。不，我覺得那是一種已經勝券在握的笑法。這還眞奇怪。

「雖然我不知道以前發生過什麼事，但我爸媽都是規規矩矩的好人。既沒有被人懷恨的道理，也沒有任何躲躲藏藏的必要。」

杉村先生，你還會繼續幫我嗎？她換個姿勢坐正了問。

「我想要出書，說不定會暢銷對吧？」

我無法立刻答覆。不是因為退卻，而是因為一時之間想到太多連自己都無法完全掌握的事。

「妳姊不是很反對嗎？」

「她還在我面前哭了。」梨子說。

「那是因為她經歷過可怕的遭遇，她怕妳也遇上那種事就糟了。」

「我才不會有事。況且我姊說的那什麼綁架，我覺得根本就沒那麼嚴重。應該只是和鄰居發生一點小糾紛吧。我姊連一點小事都會越搞越大。你是不了解她，才會當眞，會長老師知道這件事嗎？」

我默默點頭。

「那他怎麼說？」

「他很擔心，不過正如妳所說，他也認爲聰美小姐在個性上有點膽怯。他說那究竟是不是綁架還很難說。」

「你看，我就說吧。」梨子露出笑容，看起來就像是鬥志十足。她握著雙手晃動肩膀。

「我一定會努力的。不管怎樣，下個星期天我想去水津一趟。我之前就已安排好了。」

「最好還是不要出遠門……」

「沒關係。我不會一個人去。」

她用挑戰的眼神看著我。這丫頭究竟爲什麼這麼亢奮？

最終，梨子連待客用的粗茶也沒碰，就精神抖擻地起身。

「杉村先生，拜託你，請別辭去責編之職。我敢打賭就算出了書，也不會發生任何事。像那種會用電話威脅別人的卑鄙小人，肯定是膽小鬼。絕對使不出更進一步的招數，對吧？」

當她要走出會議室之際，又像想起什麼似地轉身說：「對了。我姊或許會和你聯絡。她說還是決定把婚禮延期。」

我有點目瞪口呆。「怎麼又舊話重提？」

「嗯。她說不能給濱田家惹上麻煩。我問她是否要把原委告訴對方父母，她說這麼丟臉的事她說不出口，然後就又哭了。她應該會找個什麼藉口吧。」

「妳的意思是……，她要取消這樁婚事嗎？」

「誰知道。總之先延期，等我出了書，如果安然無事，她才會再做打算吧。」

梨子走後，我仍在會議室待了一會兒。我一直支肘，交握的十指托著下巴陷入沉思，卻依然被如沙般欠缺真實感、如稻殼捉摸不定、難以掌握的茫然思緒深埋至脖子。

敲門聲響起。

總編探頭進來。「如果談完了，可以把會議室讓出來嗎？有客人要來。」

「總編。」

「幹嘛？」

「我現在，是什麼表情？」

「和平常一樣呀，超偉大會長大人的傻呼呼女婿的表情。」

聽起來顯然不像是疑心病很重的偵探臉。不過只要看起來不像無能的編輯，就該偷笑了吧。

「啊，這一刻終於來臨了。」貓咪說。「這麼多天以來，我一直在等，等了又等，終於等到這天了。快跳到我背上來。然後，我們立刻出發吧。」

婆婆一跳上貓背，貓咪就踢著雪，邁步跑了起來。

我坐在桃子床邊，正唸著《胡椒罐婆婆》。今晚念的是第九集〈婆婆與祕密寶藏〉。

桃子睏了，眼睛已闔起一半。但她還是深受故事吸引，拚命抵抗睡魔。

「爸爸，貓咪的祕密寶藏，會是什麼呢？」

「如果搶先知道了，那就沒意思了。」

「不能稍微透露一點，給個提示？」說著，我的寶貝女兒打個大呵欠。

「今晚就先到此爲止吧。」

「啊……統統唸完嘛。」

我聽菜穗子說，白天平安無事，也沒有可疑電話。「老公，沒事的。你還是不要鑽牛角尖比較好。」

「好吧，那只能再唸一頁喔。」

我猜唸個半頁她大概就睡著了。

「坡道旁的白樺樹上，棲息著許多喜鵲。」

「喜鵲們正想嘲笑背著婆婆的貓咪。你們看，貓咪來了！」我吸口氣，正想裝出喜鵲高亢的音色，手機卻在長褲口袋裡響起。

未知號碼的來電顯示，竄入我的眼簾。

我連書也忘了放下，急急站起。桃子已經睡著了。我一邊反手帶上門，一邊在走廊接聽。

「喂？我是杉村。」

沉默傳來，電話是通的。

「我是杉村。你曾打過好幾次電話來吧？請不要掛斷，拜託別掛。」

電話彼端隱約傳來鼻息，有人。

「請問……」

我絕沒聽錯，也不是幻聽。對方的確開口了。是個遙遠細弱的聲音。虧它經過手機公司的收訊衛星和中繼基地台後，還能不被抹消地傳入我耳中。啊，這是小孩的聲音，是畏怯的少年的聲音。我的心情激昂，心臟竄到眼睛後面，緊接著又筆直驟降到腳底，在那裡噗通亂跳。

「是你，是你沒錯吧？」

我盡量溫柔地，用唸書給桃子聽時的聲音呼喚對方。

「你肯打電話給我眞是太好了。謝謝。虧你能下定決心打這通電話。」

對方只是默默聽著。

我向前弓著身子傾訴。「事情原委我明白，也很能體會你的心情。不，我或許無法體會，但曾拚命試著想像過。你一定很害怕吧，到現在還在害怕吧。事情既然發生了就無法回頭，不過，如果繼續逃避下去，你將永遠背負著那種恐懼的心情。你一定也不希望如此，那反而更痛苦。」

電話彼端的沉默動搖了。有微微的騷動。

「梶田家裡有兩個女兒。她們都很愛父親，所以很悲傷，不過絕不會因此就無法原諒你。其實她們倆最難過的，是完全不知道父親發生了什麼事。這點你能設身處地想想嗎？」

「梶田。」我的手機傳來囁語。

「對，梶田。」

彷彿鑽過沸騰的情感下方，我的理性對我囁語：你要仔細聆聽對方的聲音。

「是梶田信夫，死者就是叫這個名字。他是個司機，六十五歲，有兩個女兒。」理性提醒著我。剛才的聲音你聽見了嗎？認眞聽了嗎？

剛才囁語梶田的聲音，並非小孩的聲音。

我的腦袋被搶先行動的心給帶著走，失去了原有的功能，但耳朵依然正常運作。

那，是女人的聲音。

我頓時啞然，看著依舊顯示未知號碼的手機螢幕。雖然已有被再次掛電話的心理準備，還是重新把手機貼緊耳邊。

那裡，依舊有震顫般的沉默。那股沉默向我問道：「你是杉村三郎先生吧？」

那的確是女人的聲音。雖然聲音小得必須豎耳靜聽才能聽見，但不可能有錯。

「對，我是杉村。」

客廳的門開了，菜穗子大概是聽到我的聲音，探出半個身子。面對用眼神質疑的妻子，我也以眼神回應。

「我是杉村三郎。就是爲了梶田信夫的事件印製徵求情報的傳單，在葛蕾絲登石川公寓前面散發的人。妳是看了傳單才打電話過來的吧？」

停頓了一會兒，電話中的女人答道：「……是的。」

菜穗子湊到我身邊，將耳朵貼到我耳旁。

「妳打過好幾次電話了嗎？或者這是第一次？」

在聽到答覆前，我呼吸了兩次。我刻意小心，避免呼吸聲傳入話筒中。

「之前也打過幾次。可是，對不起，我又掛斷了。」

我朝妻子點點頭，在一瞬之間把手機轉向她，讓她看到螢幕顯示的未知號碼。

「妳不用在意。能這樣說上話，我已經很感激了。」

「對不起……」那個女人道歉。某種我無從推量的情感，使她的聲音嘶啞。

「梶田過世的事，我已聽說了，好像是被自行車撞倒的是吧。」

「對。很遺憾。」

「撞他的人找到了嗎？」

「還沒有，不過就快了。警方正積極調查中。」

「是嗎？那眞是太好了。」細微得幾乎消失的聲音說。沉默再次來臨。她就是爲了打聽這個才打來的嗎？那這時她應該會掛斷電話。這個女人是誰？該怎麼喊她才能挽留她？

可是那女人卻拋來意料之外的問題，繼續發話。「梶田家裡有兩個女兒吧。」

「對，沒錯。」

「我……我只知道其中一個，叫聰美。」

我瞠目以對。妻子戳戳我的手肘。

「妳是梶田的友人嗎？」

「以前，他非常照顧我……」說到最後已語不成聲。她在哭？

「對不起。」道歉的聲音已完全是哭腔。「聽到發傳單的事，我才知道撞倒梶田畏罪逃走的自行車車主，至今還沒查出身分。我還以爲早已解決了。不，是我一心期盼如此。即使當時在場，我卻無能爲力……，眞的非常對不起他女兒。」

我頭暈目眩。妻子緊貼著我。

當時在場？

「該不會，妳就是那位看到梶田倒下，也差點不支暈倒的人？」

「對，我就是……這個你也知道？」

「我是聽管理員說的。妳住在葛蕾絲登石川公寓吧？」

「啊，不，我不是住那裡。」

「那麼，當時妳是湊巧造訪那裡嗎？」

女人痛苦地吸著鼻子，呼了口氣顫抖著答道：「我阿姨住葛蕾絲登石川公寓裡。她是我母親的妹妹，雖已高齡，每年中元假期她都會和子孫們一同出國旅行。這時，她就會託我幫她看家。替她的盆栽澆澆水、餵貓……」

要是手搆得到，我八成會保持站姿朝自己的膝蓋用力一拍。難怪會是八月十五日那天。

「因此，梶田出事後的發展我並不知情。因爲中元假期結束後，我就回到我自己的家了。不過上星期因爲有點小事和阿姨講電話時，她隨口提起你爲了八月十五日的那起意外，正在散發傳單，我才大吃一驚。」

想必是為了打聽詳情，才打我的手機卻又掛斷吧。

究竟是何原因令她躊躇到如此地步？她和梶田又是什麼關係？

就聲音聽來，她應該介於三十五至四十歲之間。不過，聲音透過電話會改變。工藤理事長曾說過那個不支昏倒的女人並不年輕。

她說話時獨特的抑揚頓挫也令人好奇。雖還談不上是方言腔，但至少說的絕非標準語。整體而言語尾帶著上揚的味道，「我」聽起來像「哦」。這個女人究竟住哪？是從何處打這通電話來的？

「梶田知道八月的中元假期妳都會待在葛蕾絲登石川公寓，才去找妳吧。」

「對，他是來找我的。」

「那天，你們見到面了。」

沒聽到回答，取而代之的是呻吟般的嘆息。

「真的很抱歉。」為了忍住放聲大哭，她試圖屏息說話。

「眼看著他倒地不起，我卻落荒而逃。梶田剛離開，我就聽到救護車的警笛聲，好像出了什麼大事，我跑到外面張望。結果……已經是血，血流滿地，在場的人告訴我他好像死了……」

我專心傾聽沒有插嘴。妻子也僵著身體。

「我不該逃開，應該陪在他身邊才對。歸根究柢，他就是因為來看我這種人才會發生不幸。可是，我根本沒那個資格。我不該和他見面的。我甚至沒臉見梶田的夫人與女兒。」

大概是喘不過氣來，她一陣猛咳。聽到那陣咳嗽聲，我當下察覺她不像聲音給人的印象那麼年輕，說不定已經年過五十了。

「剛才妳說梶田很照顧妳是吧？」

等她的咳聲止住，我才緩緩發問。有時只是人影落在水面，便足以令魚逃走。

「梶田對妳有恩。雖然我不是很清楚，但說不定也給他造成過麻煩。那是什麼時候發生的事？很久以前嗎？」

好一陣子，我就這麼聽著含淚紛亂的吐息聲。然後，女人沒給答案，卻反問我：「杉村先生，你知道吧？」

「妳指的是……」

「我的事，你該不會從梶田那裡聽說過吧。既然會幫忙找犯人，可見你和他應該相當親近。你該不會就是要和聰美成婚的那位吧？」

她應該在試探我，但我卻毫無那種感覺。她雖然很想傾訴，巴不得能一吐爲快，卻又心存畏懼。我覺得她似乎在等我給她一個契機開口——或者說是一個允許。

那個契機是什麼？該說出什麼暗號才能讓芝麻開門呢？我絞盡腦汁。

「我不是聰美的未婚夫。基於工作上的來往，我曾受過梶田的照顧。」

這並非謊言。七年半前，梶田給我的那句祝福，至今仍長在我心。

「他是個大好人，他的過世眞的令人萬分遺憾。」

那同樣不是謊言。暗號是什麼？究竟該怎麼說，這個女人才肯開門？

「噢，這麼說來杉村先生也是司機囉。」

我沒訂正她的誤解，保持沉默。

「聽說他太太也過世了……，他太太眞的很溫柔。」女人說著嗤然有聲地擤著鼻子。「聰美小時候也好可愛。大家都說她比我們做的洋娃娃還可愛。她是個安靜的乖孩子，梶田太太送做好的家庭代工來時，她常一起來……」

我那無處連接、徒然過熱的腦袋線路，終於連結上一個地方。

友野玩具。

和菜穗子結婚時，我以爲已經把我這一生賭博的中獎率都用光了。既已做出如此誇張的豪賭，我以爲今後再也不可能會面臨孤注一擲的局面。

沒想到還有。

我調整呼吸，開口問道：「妳是野瀨祐子女士吧？」

沒聽到肯定的答覆。即便如此，我還是知道我已抽中正確解答。

「你果然知情，我的事你全都知道吧。」

影子現形，原本朦朧的東西逐漸聚焦。電話彼端的遙遠聲音突然有了人性，變成活生生的聲音。

「你早就知道了吧。所以剛接電話時才會那樣說。因爲你知道是我。」

錯了。我以爲來電者是那個遲遲拿不定主意去警局自首的國一少年，才會那樣喊話，說什麼「你很怕吧，可是這樣下去會一輩子活在陰影中」云云。

這眞是天大的陰錯陽差。野瀨祐子把話中之意給聽擰了。

「對不起。我根本不該打電話給你的，請原諒我。」

野瀨祐子放聲大哭。但我感到在她的心中至少有一點點安心。終於可以傾吐，這裡有個知情者。既然已經被發現了，就算說出來也無妨。

就是因爲知道這點，我並沒有解釋誤會。怎樣都行。請把妳長久以來潛藏心中的祕密釋放出來吧。

——啊，這一刻終於來臨了，貓咪說。這麼多天以來，我一直在等，等了又等，終於等到了，這天來臨了。

我說：「妳打電話給我，並沒有錯。」

痛哭一場，再三道歉後，野瀨祐子終於說道：「請告訴我。」

她帶著是我一定肯回答的確信——或者該說是期盼的聲音，隔著迢迢距離，超越空間擊中我的耳朵。

「關於我的事，梶田是怎麼向你說的？明明被我連累，受到無妄之災，他卻一次也沒有怪過我。那天見面時，也像昔日一樣說了好多溫言軟語，非常關心我。可是，實際上究竟如何，我一想到就害怕得不得了。」

因爲……我……我……

「我是個親手弒父的女人，是個不配活著的人。可是梶田爲什麼……對我，那麼親切……，竟然原諒了我呢？爲什麼能如此呢？」

即便是再怎麼鮮明，甚至強烈到不願想起也會自動想起的記憶，一旦深埋心底的歲月久了，還是會產生風化。野瀨祐子的敘述不時失去脈絡，變得前言不著後語。由於她一直哭個不停，聲音也難以聽個分明。

負責問話的我當然也有問題。她一心以爲我早已知道一切。若非這麼想，打電話給我就會變成一樁無法挽回的過錯，所以她只能緊抓著那個念頭不放。

爲了避免露出馬腳，我被迫扮演一個小心翼翼的詢問者。這場戲很難演。眼看我把手機貼在耳邊，一逕走著那種百年難得一見的高空鋼索，妻子伶俐地把我帶到客廳沙發上。她坐在我身邊，一起傾聽野瀨祐子的聲音，中間只有一次躡足去看桃子睡得如何，隨即折回來。

二十八年前的八月，野瀨祐子殺害了親生父親。

那是個沉迷酒鄉、好賭成性，已經無藥可救的男人。一年到頭都在向女兒討錢，錢不夠他花就闖去她的工作地點，自行預支薪水花得一乾二淨。

向友野玩具預支薪水的事，是我主動問起的。她驚愕地承認這個事實，訝然表示：你果然連這種小事都一清二楚。

事態演變至弒親的詳細經過我沒聽到。縱使過了快三十年，那件事在野瀨祐子的心中想必仍未訴諸言語，應該是做不到吧。所以，關於那個部分，她只是反覆強調：「你已經聽說了吧，你早就知道了吧，沒辦法，我不是故意的。」

即便如此，我還是打聽出事件的導火線，她擔心深夜遲未歸宅的父親——因爲之前，他曾多次被關進警局，或是睡倒在別人家門口惹出麻煩——出門一找，果然發現父親醉得不省人事，在路邊像野獸一樣縮成一團。

「沒喝酒的時候，他其實是個很安靜的人。可是一喝醉就判若兩人。好幾次我都差點被他活活殺死。只要我一說沒錢，他就勃然大怒，不是踢就是打，弄得我渾身是傷。他從來不打別人看得見的地方。他在外頭向來是個大好人，對這種事很拿手。」

昭和四十九年那個炎熱的夜晚，面對父親再次襲來的暴力發作，她試圖保護自己。結果，父親死了。

「也不知是哪裡惹火他了，我爸突然朝我撲來。他當時已爛醉如泥。我用力把他推開，他就踉蹌倒下，撞到腦袋……」

當時野瀨祐子住在八王子市區、距離友野玩具不遠的公寓一帶，那時還不像現在這樣住宅與大樓櫛比鱗次。夏夜的底層，仍有恣意抽長的雜草叢與樹林。路燈也很少，夜色深濃。

她把屍體交給黑夜，當場逃離。

「從小，我爸的酒後亂性常把家裡搞得一塌糊塗。我媽很早就病死了，但其實也等於是被我爸害死的，而兄長也早就離家出走。我國中一畢業就立刻工作，逃離了那個家。不讓爸找到，以免淪爲他的禁臠。可是怎地還是會被他追上。不管我逃到哪裡，他一定會找到我。非常狡猾，很會動腦筋。我在友野玩具時也是這樣。有一天我一下班回到公寓，就發現我爸站在門前嘻嘻冷笑。」

不過，那也已經結束了，他不在了，是我親手做的了斷。野瀨祐子亢奮、自豪，同時卻也怕得要死。

所以，她衝進在友野玩具唯一熟識的梶田夫婦家。

「因爲我爸是那種人，我很怕和人接觸，更討厭年長的男人。可是梶田不同，對於不擅與人交往的我，他一直很溫柔，他太太也是。他們夫婦倆就像大哥哥大姊姊。如果要找人求救，也只有梶田。」

打從以前，梶田夫婦就知道野瀨祐子深受父親折磨。

聽完事發經過後，梶田夫婦決定要保護她。無論基於何種理由，殺人畢竟是殺人，祐子應該會被判刑。天底下哪有這麼不合理的事！據說梶田當時憤怒地如此表示。

「他說他很清楚警察在對付我們這種人微言輕的小老百姓時，會是殘酷且毫不留情。警方根本不可能酌情量刑，只會一口咬定我是殺人兇手，把我關進監獄就此了事，而我的人生也就完了。」

那或許是梶田從他進入友野玩具之前的危險人生中，得來的親身教訓。

三人當下商量。現在還來得及，不如偷偷毀屍滅跡吧。把屍體運到遠處埋起來，小心別讓人發現就好。她父親本來就居無定所，總是突然出現在女兒面前，賴上一陣子之後又倏然消失。就用這個藉口，只要屍體沒被發現，絕不會有任何人懷疑。

「梶田把令尊的屍體運走時，用的是友野玩具的小貨車吧？」我問。因爲那家公司，對於公用車輛的鑰匙管理很鬆散。

她以爲我只是再次確認已知的情形，便毫不遲疑地一口承認。友野榮次郎要是知道這件事，不知會做出什麼表情。如果他知道在他記憶中毫無印象，應該是「規矩員工」的梶田夫婦，竟然把運送玩具的小貨車，當作棄屍車的話。

梶田說要一個人解決，可是堅強的梶田太太認爲他一個人應付不來，自告奮勇要幫忙。對於事態發展，只能畏縮顫抖的野瀨祐子，他們打從一開始就不指望她當幫手。

問題是聰美。要棄屍，不知得花上多少時間。如果丟得遠，說不定得耗費整晚。這段過程中，不可能撇下聰美獨自在家。可是話說回來，又怎麼可能帶她一起去。她還是個四歲的孩子。

「於是在梶田和大嫂出門的期間，就由我照顧聰美。」

起先，她說本來打算待在梶田夫婦位於員工宿舍的房裡等待。可是，冷靜的梶田認爲這樣太危險。當時友野玩具正在放暑假，也有些員工返鄉探親，宿舍雖冷清，但終究並非空無一人。萬一梶田夫婦遲歸或弄到早上才回來，在某種因素下被誰察覺他們撇下孩子自行出門，不住在宿舍的野瀨祐子卻待在他們家，而且神色非比尋常，說不定會起疑心。

梶田夫婦叫野瀨祐子把聰美帶回她住的公寓，在那裡等他們回來。

「帶她走的時候她睡得很沉，不過大概還是察覺到什麼吧，聰美半夜忽然醒來，沒看到爸爸媽媽，又待在陌生房子裡，她當下嚇得哇哇大哭。我已經不知如何是好，又怕聰美哭鬧起來會引起附近鄰居的懷疑，怕得要命，索性和她一起哭。」

至今仍殘留在梶田聰美記憶中的「綁架」，原來是這一夜發生的事。

一直過著獨居生活的野瀨祐子，沒有照顧小孩的經驗。而且，才剛殺死父親，正處於委託他人棄屍、自己只能袖手乾等的狀況下。就算變得歇斯底里，就算對哭鬧的聰美大吼，就算怕聰美跑掉所以把她關進廁所裡……

我不想說這也難怪。但是，我可以想像得到。

而我，沒有問她：「妳是否曾對年幼的聰美說過『會變成這樣都是妳爸的錯』或『再不聽話我就殺了妳』？」

因爲我猜，就算問了，她可能也一頭霧水。她應該說過類似的話吧。爲了讓聰美安靜下來，她或許口不擇言地極盡恫嚇之詞吧。

那晚，野瀨祐子正陷於瘋狂的深淵，也還殘留著身體溢出的暴力餘波。四歲的梶田聰美憑著本能感受到，並從中察覺死亡的氣息，爲之膽怯。

這種怯意，極有可能在事後追溯的過程中竄改記憶。同時，對於四歲的聰美來說，怎麼也無法把野瀨祐子這個在事發之前一直和爸媽交好、對待聰美雖然笨拙但想必也很溫柔的女子，和囚禁自己、厲聲恐嚇的可怕女人視爲同一個人。兩個女人的形像就這麼破碎支離，在聰美的心中變成一種禁忌，就此遭到封印。

抑或，在聽美聽來充滿可怕威脅的說詞，其實根本不是那麼一回事。野瀨祐子或許並不是在對聽美說。

「會變成這樣都是妳爸的錯。是妳爸不好。」這個「妳爸」，也許是指她自己的父親。

「梶田夫婦是什麼時候回來的？」

「我想應該是隔天中午。才短短一晚，他們就累得判若兩人。」

聽美說她被囚禁了兩晚。是夜晚令她覺得時間漫長得永無止境嗎？以至於連她母親來「救她出去」的時間，都在記憶之中延長了？

屍體被埋在秩父的深山中。直到如今，野瀨祐子依然不知道正確地點。據說梶田曾告訴她，不知道最好。

今後想必也無從得知吧。不管罪名是過失致死或傷害致死，抑或是遺棄屍體，總之都早已過了追訴期。今後，就算在秩父山區的某處發現一具白骨，也不會有人翻舊帳再追究此事。

已經沒事了，梶田夫婦如此告訴野瀨祐子。什麼都不用擔心。

然而，事情沒這麼簡單。

梶田夫婦與野瀨祐子再也無法面對彼此。再也無法在朗朗白日下，若無其事地一起生活。

因爲那具不知被埋在哪座山中的屍體，擋在梶田夫婦與野瀨祐子的中間，成了只有他們三人才看得見的幽魂。只要三人的眼眸一對上，在那裡定焦，散發著腐臭汗味、醉得窩囊的鬼魂就會驀地出現。

所以他們才會離開友野玩具，決定分道揚鑣。他們決心在不同的地點，各自走向不同的人生。

不過，野瀨祐子搬家時，梶田夫婦還曾幫忙打包行李。

「要是沒發生那件事，梶田或許會一直待在友野玩具，甚至當上主管職。」

對他們各自而言，不同的人生成了困難度增加的人生。至少梶田夫婦頗費了一段年月，才讓失速的翅膀再次乘風而起。

「雖然我們沒有保持來往，但我們分手前說好了，爲了預防萬一，要一直互相交換電話號碼，稍微透露一下現在在做什麼、過得好不好，交換一下彼此的近況。就連這種短暫的聯絡，梶田還是一直很擔心我。可是，我們根本無法好好交談。我又再次逃離了，這次是逃離梶田，我總是在逃避，眞的眞的很對不起。」

我不這麼想。野瀨祐子所逃避的，是透過梶田的聲音傳來的過去之音。是二十八年前那個盛夏夜晚，留在她耳中最後的聲音。

那是父親垂死前的呻吟嗎？抑或，是她自己壓抑的悲鳴？

「從那件事之後，上個月是我們初次重逢。相隔已有二十八年之久。」

最後再請教一件事，我問道。「上個月十五日，梶田是爲了什麼事來找妳？」

野瀨祐子坦然相告。聽了以後，我深深頷首。

聰美要嫁人了。妳能不能來喝喜酒——梶田就是這樣說的。

「都是因爲我，害得梶田夫婦辭去好不容易找到的好工作，還得離開東京。對於幼小的聰美來說，想必也是莫名其妙地跟著一起寂寞痛苦，連生活必然也陷入窘境。這二十八年來，我一想到這件事就寢食難安。老是在擔心萬一那件事對聰美留下什麼負面影響該怎麼辦，要是因爲發生過那種事而改變了聰美的人生該怎麼辦。」

不用擔心。聰美已是成熟的大人，今年都三十二歲了，她找到好男人即將步入禮堂。妳一定要來觀禮，親眼看看她風光出嫁的模樣。與其費盡千言萬語來說明，不如親眼看到聰美幸福的笑靨，就會一目了然——梶田八成這麼想吧，才會在睽違多年後初次去見她。

那就是聰美聽到的，「必須先做個了斷的事。」

野瀨祐子雖然打從心底祝福，卻堅持不能出席。

「我這種人沒那個資格。我說我會從遠處遙祝她幸福。梶田似乎也明白我的心情，馬上走了。」

然後，就在葛蕾絲登石川公寓的出入口遭自行車撞上。

漫長交談的最後，我說：「妳有資格親眼看著梶田過世的這起意外如何落幕，也有這個義務。」

「一開始，妳說很想知道梶田夫婦心底究竟是怎麼看待妳。這個答案，不是早已出來了嗎？梶田如果眞的後悔在二十八年前袒護妳，覺得妳……禽獸不如的話，怎麼可能邀請妳參加聰美的喜宴，不是嗎？」

野瀨祐子又哭了。但我覺得那和前一刻猶在責備自己、折磨自己的眼淚不同。

她其實早已明白。不用別人提醒，她心知肚明。可是，她還是希望從別人口中聽到這句話。

每個人不都是如此嗎？光自己知道是不夠的。所以，人無法獨活，很無可救藥地，需要除了自己之外的某人。

對野瀨祐子而言，梶田夫婦已經不在了。我只不過是幫上一點小忙，讓她足以認清這點，並且學會承受。

「如果找到犯人我再通知妳。應該馬上就會解決了。妳會再打我的手機嗎？」

她考慮了一陣子才說，不可能，我再也不會打電話給你。

「不過犯人如果抓到了，公寓前的看板就會拿走吧？」

「啊，妳也知道有看板嗎？」

「我聽阿姨說的。」

看板一旦消失，就表示破案了。這樣就夠了，她說。

「妳的阿姨，對於過去的事……，梶田的事……，也毫不知情嗎？」

「她不知道，我沒告訴她。阿姨也很厭惡我爸，雖然台面上的說法我爸是下落不明，但她毫無擔心之情，說不定還爲了可以斷絕關係而鬆一口氣，早把我爸那種人給忘了。所以，雖然我也考慮過向她吐露眞相，但還是做不到。我還是會怕。」

傳單和看板的事，純粹都只能以「阿姨住的公寓發生的意外」來打聽。野瀨祐子想必也憋得很難受吧。

祕密總讓人孤獨。

「杉村先生，如果你去祭拜梶田時……」

「是。」

「能否也替我獻上一炷清香？我已經……不能再接近梶田夫婦的身邊了。」

沒問題，我說。

掛上電話時，她說了一聲謝謝。

現在住在何處、在做些什麼？至今是否仍叫野瀨祐子這個名字？這些我都沒問，我感覺不出這個必要。不過唯有一點，我想問卻問不出口。

妳現在，幸福嗎？

看看鐘，已是深夜三點。妻子和我都毫無睡意，依舊在客廳沙發上並肩而坐。

「欸，老公。」菜穗子冷不防說。「對梶田夫婦來說，爲何梨子會是『第一顆星』，我現在好像可以理解了。」

雖說是基於袒護野瀨祐子的善意之舉，但在半夜搬運屍體，趁著夜色上山、挖土，一邊提防著被誰看到，一邊把逐漸僵硬的死人埋在那裡——這項行動，不可能不對夫妻倆的心理造成傷害。

他們夫妻生下梨子，是在事發的五年後。計程車行的工作很穩定，生活也已安頓下來。已經沒事了，過去的陰影不可能再追來。在無人知曉的情況下，黑暗替他們吞沒了一切。

這孩子，是閃耀在我們今後即將打造的嶄新人生中的，希望之星。

相較之下，聰美還在童蒙稚齡時，便已知道父母體會過的那種恐懼，也知道之後吃的苦。知情的小孩，正因爲知情所以可憐，正因爲知情所以不可能天眞無辜。

梨子說過。梶田夫婦總是只依賴聰美一個人，那是因爲她的姊姊是她父母的小小戰友。

令梶田聰美變成「膽小鬼」的，或許並非二十八年前那個八月暑夜的遭遇，我暗忖。當時如果能盡力而爲，柔軟的童心，早晚會忘懷那片暗影吧。

在聰美心上烙印、腐蝕、至今仍令她在凝望遠方時眼眸黯然的原因，毋寧該說，是梶田夫婦在事件之後的歲月吧。

小孩會把一切黑暗看成妖怪的形貌。而且有千分之一、萬分之一的可能，在那片黑暗中，的確潛藏著眞正的妖怪。對於一度見過眞正妖怪的聰美而言，所有隱藏在黑暗中的妖怪，從此全都化爲實體。

正因如此，梶田夫妻擺脫不掉的東西，聰美也擺脫不掉，而且比他們夫妻更久更久。

18

接到卯月刑警的電話時，正值午休時間，我正在總公司大樓的前庭，拍攝今多財團寫樂俱樂部的成員照片，以便放在《藍天》的同好會成員招募欄的報導中。

寫樂俱樂部由一群攝影愛好者組成，想當然耳對於相機也講究得不得了，結果我居然用數位相機替這些人拍合照，照片主角們正在開懷地笑鬧竊語。

按下第三次快門時，手機響了。

「剛才，撞倒梶田的自行車少年，在母親和學校輔導室老師的陪同下來自首了。」

我只能說「謝謝」。

「剛才不小心閉上眼了。」

「因爲不習慣被拍嘛。」

寫樂俱樂部的成員們開朗的聲音傳來。

「對方爲了和梶田的家屬針對善後事項磋商，好像已經找了律師，也有意去梶田家登門道歉。不過少年的母親受到的打擊比少年更嚴重，或許得再等一段時間才能正式上門拜訪。」

通話結束後，我拍下第四張和第五張照片。焦距對準了嗎？你確定裡面有記憶卡嗎？會員們一邊七嘴八舌地調侃我，一邊各自散去享受剩下的午休時光。

我在前庭的灌木叢邊坐下，把相機放在膝上，關掉手機。

緊接著，梶田姊妹應該也會打電話過來吧。無論是聰美或梨子，我現在都不想和她們說話。

對於聰美，我還不知道該從何說起。思緒無法釐清，就連野瀨祐子敘述的往事眞相，我都不知道是否該告訴她。

至於梨子——雖然有話非問不可，但我不知道該怎麼問。

現在的我，已經連知道什麼、不知道什麼都無法確定了。

唯一能夠確定的，就是野瀨祐子沒打過恐嚇電話給梨子。

也就是說，誰都沒打過。

在員工餐廳用完午餐，回到編輯部。我說今天會跑外務，解決幾樁會晤後直接回家，便拿起公事包離開辦公室。該和印刷公司討論的事情已積了一堆，也得和預定在企劃報導中登場的公司員工碰面。

「如果有我的電話，留張紙條給我就行了。」

天空陰霾，風很冷。今早的氣象預報說這是個十月下旬的晴天。看來對於賴著不走的夏天，枯候良久的秋天似乎變得沒耐性了。

辦完兩件公事，從御徒町走向ＪＲ的上野車站，急著趕往下一個目的地之際，我聽到那首歌。駐足四下一看，面向人來人往的步道上，有一間不到正常店面大的小小唱片行。店前放著花車，上面立著手寫的廣告牌。放在花車旁邊的小腳架上，擱著機身渾圓的手提式ＣＤ。

那首歌，就是從它的喇叭流洩而出。

我急忙走進唱片行。店內最深處有個身穿無袖Ｔ恤、似乎在發愣的年輕金髮男子，沒什麼誠意地說了一聲歡迎光臨。

「請問一下，現在外面放的曲子是……」

越過我的肩頭，店員抬眼朝手提式ＣＤ瞥去。

「那首曲子叫什麼？我之前聽過，可是不知道歌名。」

店內正在放別的曲子，是吵死人的西洋歌曲。待在裡頭根本聽不見外頭的歌聲。我一邊朝他招手，一邊大步朝花車走回去。店員和剛才懶洋洋的回答很不搭調地，動作俐落地走到人行道上。

「噢，你說這個啊。」光聽到副歌重複的部分，他就馬上說。「這是〈墜入情網〉嘛。」

「墜入情網。」我跟著複述。

「對對對。不過這已經是很久以前的暢銷曲了。」

「這首歌很有名嗎？」

「賣得超好的，是電視連續劇的主題曲。」

「連續劇的主題曲。」我像木偶一樣傻傻地複誦。

「是《給星期五的妻子們》這齣超紅的連續劇，簡稱《星期五五妻》。」店員嘿嘿笑，一邊耳朵上的三個耳環發出俗麗的光芒。不過他還挺親切的。

「是什麼內容的連續劇？愛情故事嗎？」

「對呀，應該說是外遇故事吧。」

外遇。這次我沒說出口，只在心底確認。

「是女明星篠廣子主演。在多摩新城那邊的時髦住宅區拍的，甚至還有粉絲因為那裡是連續劇的拍攝地專程跑去參觀，掀起很大的話題喲。對了，像木村拓哉和山口智子演的《長假》，不也有一大堆粉絲特地跑去看新大橋。」

不過這兩齣戲都很老了——說著他一個人靦腆地笑了。

「大家都知道這是那齣連續劇的主題曲——或者說，這是不倫之戀主題曲嗎？」

「那當然是家喻戶曉囉。因爲歌詞就已說得很明顯，提到『星期六晚上和星期日也想見你』之類的。」

「現在二、三十歲的年輕人也知道嗎？」

「就算當時沒看過連續劇，應該也會知道這個吧。因爲有KTV嘛。只要誰在KTV唱過，就會直接傳播出去。這年頭的年輕人，甚至還會覺得昭和三、四十年代的復古歌謠有趣，特地跑來找黑膠唱片呢。」

我掏出皮夾。「我要買這張CD。」

「謝謝惠顧。」

這個親切得出乎意料、實際年紀似乎比外表更老的店員，再次嘿嘿笑著說：「雖然有很多張電視連續劇的主題曲精選集，不過買這張眞的很划算喔，曲數特別多嘛。」一邊把CD替我裝入袋中。

我再次向他確定歌名是〈墜入情網〉沒錯後，這才走向車站。

「你怎麼回來了？提早下班？」

我把驚訝的妻子拉到客廳，將CD放入音響。與其用嘴巴解釋，不如先讓她聽〈墜入情網〉，也看了歌詞。

然後，我把我的想法告訴妻子。

將近一個小時後，我們倆坐在書房的電腦前，看著栃木縣水津鎮的網頁。

「我們家的汽車衛星導航系統常常出問題，你還是先查閱一下路線比較好。」妻子說著把地圖拿來給我。

星期日，我一早就醒了。妻子也隨之起床，替我做了便當。是塞滿午餐盒的三明治，以及裝在保溫瓶裡的熱咖啡。

「你打算開館之前就去，一直在那裡等對吧？也不曉得要等上多久，又不能離開，所以你應該帶點吃的去。」

謝謝，我接下東西。

「但願是白等一場。」

聽到我這麼說，妻子忽然換上有點正氣凜然的表情，用力搖頭。

「那可不對，還是今天弄清楚比較好。」然後她推著我的背。「我認為你的推測沒有錯，快去吧。」

雖是初次造訪，但道路鋪設得很完善，也做過事前調查，所以我毫無困難就抵達了。看看鐘還差五分才上午十點。

水津鎮歷史紀念館。鑲在石碑上的銅板這麼刻著，緊貼著下方還用括弧補上一行「舊水津鎮公所」。

極目遠眺淨是稻田與菜園。之中，點點散佈著大型民宅，是雄偉的日本式家屋，也有附有古老倉庫的房子。屋子的北邊與東邊多半環繞著防風林，用來屏擋北關東吹來的強風。

我的頭上，是一整片靜謐的秋日晴空。

舊水津鎮公所，是一座會讓人想到如果完全用木材打造迷你城堡，應該就會長成這樣的建築物。雖有三層，但三樓的部分很小，就像個搭著瓦頂的小屋，小巧玲瓏地端坐在二樓之上，如同天守閣般。外牆歷經長年風吹雨打的木板，幾乎已變成黑色，上面縱橫交錯著細小的裂痕，也許是因爲乾燥吧，板子上浮著一層白粉。

小鎮中心和私鐵線路的水津車站，都位於距離這裡還很遠的東北方。在移建到田地中央之前，舊水津鎮公所應該也在那裡吧。

建築物也能進入隱居生活。眞是幸福的晚年，我想。

歷史紀念館準時在十點開館。付了一百圓門票錢，我走進館內。坐在櫃檯、身穿水藍色事務服的中年女性，對我這個第一個上門報到的觀光客投以興味盎然的眼神。

館內等於被我一個人包下來了。我悠然參觀展示品，做出了以前每次造訪類似場所時都想試一試的舉動，按照「行進方向」的箭頭反過來走。

一試之下才知道。原來這種展示，多半都是按照時代的先後順序排列，眞的該以最接近現代的地方爲出發點，倒過來走就像在追溯時光般，很有趣。小鎭的小小歷史，老實說，根本沒什麼令人瞠目的珍品，但時間倒流的趣味，倒是令我頗爲開心。

在接近出口處，陳列著目前水津鎭的空中鳥瞰照片，旁邊是水津鎭的歷史年表。舉凡道路開通、拉攏企業來此設廠、遭受風災或震災等大事記述，以粗體字標明。

梶田在此地出生的那一年，平平無奇。

環繞館內一圈後，出館時會再經過櫃檯前。剛才那位女士主動出聲，「你是從東京來的嗎？」

「對。」

「來辦公事嗎？」

「算是。」

我穿著馬球衫和棉質休閒長褲。

「我們這裡雖然沒什麼值得一看的東西，不過你可以慢慢逛。手擀烏龍麵很好吃喔，因爲上州的蕎麥麵條，是沒攙什麼麥粉的道地鄉下蕎麥麵條。」

她送給我一張單頁的「水津鎭觀光地圖」。

「其實，我和人約好在這裡碰面，所以得在外面的長椅待一陣子……」

「哎呀，那眞是辛苦你了。請便請便。」

鄰接著建築物有個停車場。地上鋪著水泥，「來館者專用停車場」這塊油漆已漸褪色的看板旁放著自動販賣機。兩張長椅，背對建築並列於角落。

我的車子也獨占整個停車場。靠近建築物的後方，停著兩輛自行車。其中一輛，八成是櫃檯那位女士上下班的交通工具吧。

從車上取出保溫瓶和帶來的書，我在長椅落座。

一到正午，蔚藍無雲的天空響徹童謠〈故鄉〉的甜美旋律。我起身伸個懶腰，環顧四周尋找音樂的來源。遠處的田地彼端，有一幅和剛開始玩電玩遊戲「俄羅斯方塊」時畫面一模一樣的零星大樓圖。其中，有一座電塔就像畫面中唯一落下的四格長縱棒。在秋陽照射下，細長的胴體閃著白光。環繞在頂端的幾枚天線和喇叭，就像變種菇類。那應該是發訊源頭吧。

整個上午，一個來館者也沒有。

我回到車上，在駕駛座上吃便當，咖啡依舊是熱的。我打開收音機聽NHK播報的新聞。雖發生了幾起事件，但大致上還算和平。看來在我待在這種地方做著毫無把握的行為之際，東京並沒有毀滅。

到了兩點左右，來了一家人。從停靠在停車場的箱型車內，走下年輕的父母和三名小男童。他們吵吵嚷嚷地進入館內。小朋友在館內吵鬧的聲音，不時傳到我耳邊。

等他們走後，又剩下我獨坐長椅。睡意開始襲來。

雖然我自以爲意識集中在沒讀完的書本上，但似乎在不知不覺中打起瞌睡。直到車子接近的引擎聲傳來，我才赫然清醒。

一輛藍灰色房車駛入停車場。大概是剛洗過車吧，車身光可鑑人。駕駛把車停在和我同一排的最遠處。車門開啓。

從副駕駛座，走下梶田梨子。

她穿著靛藍色襯衫與牛仔褲，頭髮綁成馬尾，看起來不像二十二歲的年輕小姐，倒像是化了妝的高個子國中女生。

我坐在長椅上。

駕駛座的車門開了，走下來的駕駛，繞到車前來到她身邊，是個和梨子同樣裝扮的高大男人。他們是一對穿著情侶裝的年輕情侶。

梨子挽著他的手臂。男人一手被她拉著，一邊用空著的那隻手摘下太陽眼鏡。是濱田利和。

我從長椅起身。在一瞬間遲疑著書該怎麼辦，最後還是夾在腋下。

越過停車場朝這邊走近的兩人，邊走邊互撞著肩和腰，不斷打鬧。由於他們倆都只看著對方，所以並未發現我。直到相距僅剩兩公尺，我張嘴正想喊他們之際，梶田梨子的視線方才掃到我身上。

她當下靜止。

就和有一次在睡蓮看到的聰美一樣。某人對她做出了錯誤操作，所以系統當機，一切動作都停擺了。

而濱田利和與其說是沒注意到我，應該說是因爲沒有及時發覺梨子的異樣，所以比她多走出一步。兩人原本交纏的手臂幾乎鬆開。

然後他也看到了我。一瞬間，他露出不明白我是何許人的表情。

接著，他的眼睛倏地瞪大，下巴幾乎掉了一半。

永遠機敏靈光的梶田梨子，先我一步開口問道：「杉村先生，」聲音沒有顫抖，就像這秋日晴空一樣清澄如水。同時，卻又像嚴冬刺骨裂膚的疾風般銳利。

「你在這裡做什麼？」

在長椅上並排坐下後，濱田利和的靛藍色襯衫，飄來男性古龍水的香氣。

梨子在濱田車上的副駕駛座。因爲我說，只要十五分鐘就好，我想先和他單獨談談。

隔著擋風玻璃望著這邊的梨子瞇起眼，彷彿想透過嘴唇的動作，讀取我和濱田的對話。彷彿是一個正等著攫食我倆對話的獵食者。

「從幾時開始的？」我問。

即便濱田利和一臉豁出去的賭氣表情，看起來還是健康開朗。「什麼幾時？」

「你和梨子的交往。」

他連手背都曬得黝黑，他抬起手撩著頭髮。

「有多久了呢……，四或五個月，差不多吧。」

「那你和聰美訂婚是？」

「半年前。」他臉一沉，如此答道。

他的臀部挨著長椅邊緣，雙膝大大地向前綳出，整個身子往前傾，就這麼扭過脖子，終於看著我的眼睛說：「沒關係。不管你怎麼罵我，我都無話可說，這的確不是值得嘉獎的行爲。」

嘴上雖然這麼說，他的嘴角還是浮現鄙薄的淺笑。

明明已和某個女子許下婚約，卻又和她的妹妹卿卿我我。讓她坐在車子的副駕駛座，兩人單獨遠遊，手挽著手走路。我實在無法理解這種神經。但在遼闊的人世間，或許也有某種價值觀能夠嘉許這種行爲。而濱田利和，或許就是活在那種價值觀之中。

「我不是故意的，等我回神時已變成這樣了。」他抹去淺笑，嘴唇一歪。就像從自行車摔下的幼兒，即便沒人看見，還是要逞強地強調「一點也不痛，這點小事我才不會哭」似的，用握拳的手背擦著嘴唇。

「今後你打算什麼辦？」

「還能怎麼辦……」

他又笑了。他的表情就像萬花筒，稍微一動就轉呀轉地變換圖案。可是，一開始就沒放進萬花筒的玻璃片色彩，絕不會出現。就算圖案再怎麼瞬息萬變，色彩的基調終究在限定的範圍之內。浮現在他臉上的豐富色彩基調，是卑劣。

「我會按照原定計畫和聰美結婚的。」他的視線落在自己膝蓋之間的地面，如是說。

他穿著球鞋的右腳尖旁，黏著一團被人亂扔的口香糖殘渣，已經乾癟。在我看來，那彷彿就是他剛才吐出的話。

「梨子怎麼辦？」

「我會和她分手。我們早就說好了，只交往到我和聰美結婚爲止。那之後，就得做感情融洽的兄妹。」

我抬起眼，看著濱田車中的梨子。她筆直回瞪著我，然後把目光轉向後視鏡。

「你以爲聰美沒發現嗎？」

他如遭針刺般，猛然一動，整個上半身轉向我。「她說過什麼暗示的話？或對你說了什麼嗎？」

我默然。

「或者是你……向聰美告密？」

萬花筒轉呀轉地再次變換圖案。然而，看得見的卑劣色彩依舊。

「我什麼也沒說，來這裡也是個人的想法。我之前就知道梨子今天會來水津，也知道她不可能一個人來。直到前天，我才察覺陪她一起來的應該是你。」

所以我又賭了一把。然而，如妻子所言，那並不是一場勝算微薄的賭注。

「你們倆，手機用的是同樣的來電鈴聲吧？」

「你在說什麼？」

我提高音量。「你們用的是同樣的來電鈴聲吧？每當你打電話給梨子時，或梨子打電話給你時，手機就會響起〈墜入情網〉的旋律，以便彼此知道是對方打來的電話。」

那是歌頌不倫之戀的歌曲，我說。「很有意思的點子，是你想出來的嗎？」

濱田莫名地退縮起來。「是梨子提議的。」他辯解似地說。「很女孩子氣對吧，不過那也正是梨子的作風。」

「那是首老歌。」

「她說是有一次聽美告訴她的。雖然是不倫戀之歌，但很有名。」

然後就坦然拿來使用嗎？與其說是嘲諷，應該說是充滿惡意的做法吧。

聽美想必知道梨子的來電鈴聲之一是〈墜入情網〉。而且，當她和我及濱田三人待在睡蓮時，也聽到濱田的來電鈴聲響起這首歌的旋律。

想來，聽美就算不去請教唱片行的親切店員，也早已知道〈墜入情網〉是什麼內容的歌曲。

所以那一刻，她才會忽然靜止。

說不定在霎時之間，她已死過一回。

「聽美不知道事實。可是，我想她已隱約察覺到了。你不妨設想看看她一直故作不知的感受。」

濱田厚實的大掌，忽地抹了一把臉，看起來不像是在擦汗。

「是梨子勾引我的。」他如是說。「她說我們遲早會是姊夫與小姨子的關係，想進一步認識我，和我打好交情。」

「你不認為有必要疏遠？」

「她這樣說有錯嗎？聰美的妹妹，的確也將是我的妹妹。」

「兄妹之間，應該有兄妹之間的相處方式吧。」

濱田憤然啐舌，目光再次垂落地面。他抖起腳來，長椅的椅腳喀搭作響。

「梨子是個開朗的女孩，和她交往之後我大吃一驚。她和聰美截然不同，愛撒嬌、很黏人，總是讓我滿心幸福，也讓我明白她不能沒有我，任何男人都無法取代我。」

「可是你還是要和聰美結婚。雖然你明知梨子不能沒有你，明知這代表她有多喜歡你。」

「我也沒辦法呀。凡事總有個先來後到。誰教我先認識聰美。我也好好勸過梨子了。我們的感情，只能維持到我和聰美結婚爲止，就連今天來這裡也是……」

他突然壓低嗓門，迅速朝車子擋風玻璃投以一瞥後才說：「對我來說，這等於是最後一次約會。」

以他剛才這種彷彿面對什麼潛伏不動的妖魔鬼怪、巴不得飛快拔腳逃離的掃視方式，一定來不及看清梨子的表情。

她坐在副駕駛座上，正以雙手蒙臉。

即便在東京，狂風呼嘯的冬夜裡，天空有時也會異常乾淨澄澈，可以看到多得驚人的星星。有時當你茫然仰望，看似點點散佈的繁星，會驀地令你欣喜地發現：啊，那是星座，只要把這顆、這顆，還有這顆連在一起就變成北斗七星了。

雖然沒有丁點欣喜，但我的腦中正發生這種現象。星星點點忽然連成了一線。

「梨子從來沒寫過文章，個性也不擅長擬定周密計畫，逐一進行。可是，她的採訪和她製作的筆記，卻工整得令人驚訝。那是因爲有你幫忙吧？今天想必不是你第一次陪梨子出來找資料。」

濱田努一努下巴，自棄地點個頭。

「你從梨子那裡，聽到要替她父親出書的計畫，於是從旁協助。另一方面，你也知道聽美很反對這件事。她在四歲時遭遇的可怕經歷，你也很清楚。」

「你是說被綁架那件事吧？那種事根本沒什麼大不了。聽美什麼事都喜歡往壞處想。」

錯了。那眞的是很大不了的事。聽美的記憶，就等於是二十八年前實際發生過的那場痛苦、可悲又可怕的悲劇唯一留下的證據。

可是，我當然不可能把眞相告訴這種男人。我已經快嘔吐了。

「你不只跟梨子交往，明知梨子想做聽美害怕的事還從旁協助，等於是雙重背叛聽美。」

我眼前的陽光一暗。走下車子的梨子，站在我正前方。

「十五分鐘到了。」

然後她在濱田身旁坐下。

他們穿著一樣的球鞋。同樣的款式、同樣的配色，好像是剛買的。

即便中間夾著濱田，我也能感受到她的體溫。她正燃燒著怒火。她沒發覺那不只是單純的怒火，其實也夾雜著羞恥。她就這麼用純眞少女的眼神看著我。

「你不要怪阿利。阿利從來沒有勾引過我，我們是眞心相愛。」

對於如此相愛的男女，我還能說什麼。

「那妳姊怎麼辦？」

「我會向她說清楚，坦承一切，讓他們解除婚約。然後阿利再和我結婚。」

我和濱田之間大約隔了十公分，梨子的身子貼著他。這果斷的宣言一說出口，想必梨子也感覺得到濱田渾身猛然一震吧。

「妳透過濱田，早就知道妳姊爲什麼那麼反對妳調查令尊生前的往事並出書了吧？」

梨子點點頭。她挺直腰桿坐正，左手放在濱田膝上。我以爲他說不定馬上就會摸索著她的手，像小孩握住母親的手一樣緊握不放。

然而，他的手沒動，頹然垂落在雙膝之間。

「可是，我不是說過了嗎？我爸是個正派的好人，絕不可能招人忌恨，扯上犯罪事件。是我姊自己胡思亂想，沒事找事嚇自己。我……很生氣。」

「對妳姊？」

梨子憤然說：「對呀。她這樣，豈不是等於一點也不相信我爸我媽。」

那是因爲妳沒看到妖怪，因爲妳是梶田夫婦的第一顆星，才說得出這麼殘酷的話。我只能在心中如此反駁。

「八月令尊過世，妳姊主動說要把原訂十月舉行的婚禮延期時，妳是怎麼想的？很高興嗎？」

梨子的眼神頓時變得凌厲。「你爲什麼要話中帶刺？」

「因爲我問過濱田了。他已經告訴過妳，你們倆的交往只能維持到他和聰美結婚爲止，是有期限的，對吧？」

梨子沒看我，逕自把臉湊近濱田。她主動拉起他的手，十指交纏，更用力地握緊。

「就算想解除婚約，阿利也開不了口。他說那樣對不起姊姊，他說姊姊太可憐。就是因爲明白他的心情——明白阿利的溫柔，所以我不忍心看他夾在中間左右爲難，才會姑且答應。我本來只想在阿利和姊姊結婚之前，留下足以回味一生的美好回憶，然後再分手。從此以阿利小姨子的身分活下去。我是這麼下定決心的，眞的。」

「然後再偷偷請濱田幫妳蒐集出書資料和寫稿。」

「對呀。不行嗎？我想替我爸出書的想法並非謊言。正如我一開始和你說過的。而且那本書，也將是我和阿利的相愛紀念。」

而我是那種書的責任編輯。

「後來聰美的心情動搖了。我和會長都勸她不要把婚禮延期，濱田的父母也這麼勸她。所以她雖然心懷不安，還是一度決定如期舉行婚禮。這令妳很不高興，非常反對吧。妳對我說：『殺死父親的犯人都還沒抓到，哪有這個閒工夫喜孜孜地去結婚。』。」

「那是因爲我眞的這麼想！」

我想起她說過，「想準備就去準備呀，到時有什麼後果我可不管。」那時，她在電話彼端，八成也是這樣鐵青著臉吧。想必恨不得捏碎電話筒，咬斷電話線吧。

「眞的嗎？難道妳都不會不好意思嗎？爲了阻撓妳姊的婚事，拿令尊當幌子。」
「才不是。你憑什麼這麼說？你以爲你知道什麼！」
我才不管大叫大嚷的梨子，繼續窮追猛打。
「可惜，不管妳怎麼抱怨，婚禮的籌備工作還是加速進行。濱田完全沒有反抗這樣的事態發展。對吧？他壓根不打算取消婚事。他和聰美一起來見我時，看起來非常幸福。」
「住口！」梨子突然露出利齒。「我不想聽！我一點也不想聽！」
「聲稱愛妳的濱田，和聰美在一起時，一臉比誰都愛聰美的神情。他們眞的是很登對的一對……」
梨子抓起某種東西朝我丟來，砸到我臉上之後掉落地面，是被揉得皺巴巴的手帕。優雅的蕾絲花邊全毀了。
她上氣不接下氣地渾身顫抖，臉色如鉛，唯有眼睛周圍蒼白如雪。如花美貌和楚楚可憐的風情，都已不剩一絲一毫。
「所以，妳就撒謊是吧。」我直視著她凍結在清澈眼白中的眸子，如此說道。
「這次，爲了讓妳姊的婚禮——不，是婚事就此取消，妳無中生有地謊稱接到什麼恐嚇電話。」
那是捏造的。根本沒有人打電話給梨子，沒有人恐嚇她。難怪她專程到我公司來見我時一點也不害怕。
雖有這種小聰明，可惜演技太差。

梨子聳起的肩膀，驟然失去力氣，馬尾在頸後晃動。

「……我是臨時起意。」

不是對我，也不是對濱田，倒像是在對地面解釋。像在對黏在地上、已經乾掉的口香糖說話。

「我爸納骨時……，阿利的爸爸媽媽也來了，跟我姊……就像一家人般親熱。我看了實在無法忍受。」

「不關阿利的事，阿利是無可奈何的……」梨子彷彿要護著他，拉著他的手搖晃。「和我姊在一起時，他不能不那麼做。他非得做點表面工夫不可。」

濱田一直深深垂著頭，說了些什麼。我看不見他的臉，只能看到前傾的背部。

對不起，他似乎是這麼說。

「所以我……好難受好傷心，我心想，難道我還是非放棄阿利不可嗎？後來，我打電話到你家時，不是你太太接的嗎？」

那是二十四日傍晚的事。那天我晚歸，梨子打來的電話是妻子接的。就是透過留言，讓我得知她接獲恐嚇電話。

梨子哭了。什麼時候開始哭的，我沒注意。一條又一條的淚痕沿著她的臉頰滑落，停留在下巴尖上。

「我聽到她說：『你好，這是杉村家。我先生還沒回來。不好意思，等他回來再讓他打給您。』」

梨子像背書似的，呢喃著那晚我妻子說過的對話。

「她是你太太，這麼說是理所當然的。可是，我的心都快要碎了。一想到姊如果和阿利結了婚，八成也會這樣接電話，和誰寒暄時也會這麼說，我就……」

你好，這是濱田家，謝謝你平時照顧我先生——我想像著聽美的聲音、她的語氣。想起上次在睡蓮，她說濱田要晚點才能來時，慎重代他向我致歉的情景。

「在你家看到你和太太的結婚照也讓我想到，姊和阿利，也會那樣肩並肩照相。那讓我看清了事實。」

的確，她和聽美來我家時，曾眼也不眨地盯著我和妻子的照片。

梨子沒和濱田牽手的那隻手握成拳頭，直敲著膝頭，一邊高叫著：「我心想我絕對、絕對無法忍耐！我不准！這種事我絕不容許！」

梨子的身體晃動。濱田的上半身也被扯得搖來晃去。明明是她如此纖瘦，他如此強壯。

停止敲膝的動作後，梨子彷彿頓時萎縮。

「情急之下，我就編出了接到恐嚇電話的故事。」

她說，之前，其實就已這麼幻想過——如果我說被誰威脅，姊一定會渾身哆嗦，嚇得無心結婚吧。

「你怎麼知道那是假的？你從一開始，就發現我說謊了？」

那晚，望著妻子替我抄下的恐嚇電話內容，我逐漸明白自己是覺得哪裡不對勁了。在那一刻，我的確懷疑起這是梨子捏造的。不過，眞正確定是在聽了野瀨祐子的告白之後。至於梨子的動機，則是在我走過上野街頭，發現她和濱田的手機來電鈴聲都是〈墜入情網〉的那一刻，才醒悟她爲何要編造這麼無聊的謊話。

「因爲恐嚇電話的內容太奇怪了。」我說。「不管對方是誰，害死梶田先生的人，如果是因爲不希望被人發現才來威脅，應該不會用那種說法。」

「不要打聽梶田的過去，小心遭到不測」，到此爲止都還好，可是問題出在後面那句。

那傢伙的死是天譴。

如果眞打算恐嚇，不可能用那種說法。應該會說「小心妳也會和他有同樣的下場」，或是「小心我也把妳宰了」。就算不是親手殺死梶田，實際上在他被撞倒過世、犯人尙未被捕的情況下，利用這個來威脅應該很自然才對吧。

所以，會用「梶田的死是天譴」這種說法來形容——不，「不自覺」用上這種形容的——只有知道梶田是死於不幸的車禍，警方已鎖定特定對象，肇事逃逸事件很快就會解決的人。

就是因爲清楚梶田並非被人預謀殺害的事實，才無法佯裝不知地選用「妳也想被殺嗎」這種說詞。就這點而言，梨子非常誠實。

而我，如今回想起來還眞窩囊，就是因爲知道梶田是被一個少年撞倒的，以致我的眼睛只看到那一點，遲了一步才察覺恐嚇內容的不自然。

「不過，之前我還是無法理解妳的動機。我無法把妳和濱田聯想在一起。我……對男女關係是個很遲鈍的人。」

如果連結梨子和濱田這兩個點，看成一個扭曲的星座，剩下的就可以輕易地一目了然了。梨子想讓婚禮延期。她想讓聰美的婚事泡湯。

到了這個地步，梨子終於露出像要討好我的眼神，開口問道：「今天，你怎麼知道只要在這裡監視，就會看到我和阿利一同前來？」

監視這種說法未免太誇張。我不禁苦笑。

「純屬直覺，我猜的。不過，妳不是說過不會一個人去水津嗎？」

「那，你打算等上一整天？一直待在這裡，整整一天？」

「我妻子幫我做了便當。」

驟然間，梨子的表情變了。她的眼睛吊起，雙頰抽搐，眼眸深處燃起青白色火燄。

「我討厭你太太，超討厭！什麼嘛，自以爲高雅！」

唐突的毒舌，別說是我了，連濱田也詫異得彈起身子。梨子把臉往前一伸，像要揪住我胸口似地伸手過來。

「我也討厭你。你們一定很幸福，是對很恩愛的夫妻吧？不費吹灰之力就可以過著奢華的生活，高高在上地對別人冷嘲熱諷。你以爲你是誰啊？哼！她也不過是會長老師的情婦生的女兒！」

她的口水噴到我臉上。

「梨子……」濱田說著，慌亂地想要抱住她。梨子甩開他的手臂。

「你不覺得可恥嗎？仗著老婆有錢，靠她的錢過日子，身爲男人，你不覺得窩囊？你老婆如果是小老婆的女兒，那你不就是小白臉嗎！」

「住口！妳知道自己在說什麼嗎？」

濱田粗聲喝止。梨子從長椅上跳起，拔腿就跑，一把扯開濱田車子的門。

才剛見紅色球鞋翩然一閃，車門已被粗暴地關上。

我和濱田癱坐在長椅上。濱田來回審視他那輛被梨子霸占的車子和我。

「對不起，她是拿你出氣。你應該明白吧？她就是那種女孩，其實還是個小小孩。」

我沒有受到影響。被人這樣直接痛罵，並非頭一遭。我媽嘴裡的毒，等於是一千個梨子的分量濃縮之後那麼強烈。

「我們該走了。」濱田弓腰起身。「回程可得小心以免出車禍。」

眼看他要走，我用問題留住他。

「你早就知道梨子在說謊嗎？」

他的手指掛在牛仔褲後面的口袋上，給人一種莫名的頹廢感。他朝我點點頭，「她當下就打電話給我了，說她闖了禍，還說這下子婚禮要延期了。」

「而你並沒有罵她。」

濱田默然凝視著腳尖。

「對你來說，能多延一點時間是求之不得吧。就算不至於取消婚事，只要婚禮延期，在這期間事態說不定就會出現轉變。或許是梨子的熱情冷卻，主動離開你。再不然就是聰美會發現，由她主動做出改變。對吧？」

婚禮最好不要隨便延期——園田總編說過的話，曾令我深思良久。延期之舉，有時會令隱藏在檯面下的問題就此曝光。

濱田沉默了一下，看著遙遠的方向——正好是電波發射塔的位置——說道：「說到這裡我才想起，上次聰美和我見面時，好像也沒有戴婚戒。」

也許是在暗示我她已經發現什麼了吧，他不關己事似地說。

「可是她那人，從來不會明說。表面上總是裝得若無其事，照樣和我媽親親熱熱地去看家具，高高興興地挑選喜宴禮服。其實我們半斤八兩吧。」

爲了忍住揍他的衝動，我換手拿起書本。

濱田看著我。他仰起那張臉，而我，在萬花筒中，發現了到目前爲止最最卑劣的圖案。

濱田說：「在你看來，或許覺得我是個沒用的男人。被眼前的愛情耍得團團轉，每次都只能夠見招拆招臨時搪塞，是個令人鄙視到極點的男人。其實我自己也清楚。不過，很不巧，我就是無法像你一樣，有那種毅力從愛情這種禍害中冷靜脫身，一發現對自己有利的結婚對象就準確地開槍命中。我沒你這麼厲害的戰略性，因爲我是個遠比你有血有肉的男人。」

直到濱田鑽進車子，發動引擎，駛出停車場，甚至連車影都看不見爲止，我仍動也不動地坐在長椅上。

打從我小時候，我的母親就用她那張毒嘴教過我很多事。有正確的教誨，也有錯誤的指導，還有我至今仍持保留態度，難以判定對錯的教誨。

那種對錯「未定」的教誨之一，就在這一刻，在水津鎮這個我有生以來初次造訪的土地上，在這一望無垠的稻田與菜園之中的停車場，移到了「既定」的箱子裡。

「男人和女人啊，一旦黏在一塊，連品性都會越來越相似。所以，千萬得小心挑選交往的對象。」

我把放在既定箱裡正中央的某個教誨，也順便拿出來重溫一遍。

「人生在世，不管是誰，都有那張嘴可以說出你所知對方最不喜歡聽的話。因爲就算再怎麼笨，唯有那個目標，絕對可以一槍命中。」

染上緋紅的天空某處，有烏鴉啼嗚。

回去吧，我想。

我本來沒那個打算，但回過神時卻已變成這樣。我，來到了岳父位於世田谷區松原的住處。環繞廣大庭園、全用檜木製成的圍牆，即便在這都內首屈一指的高級住宅區仍然惹眼。我沒走大門卻繞到後門，把車子停靠在圍牆邊。

按下對講機報上名字，女傭的聲音隨即回應。裝在後門口木門柱子上的監視器紅燈，正凝視著我的身影。

牆內，菜穗子和我結婚前居住的今多家古老日式家屋，以及我大舅子一家居住的磁磚外牆現代建築，隔著照料周到的庭園巍然並立。此外，尚有日式茶室和倉庫，以及住在這裡的傭人使用的偏屋，所以或許該說是在庭園的森林中，散佈著幾座建築物比較正確。

上次造訪這裡，是大舅子舉辦賞花宴的時候。紅燈籠繞著庭中樹叢盞盞浮現，盛開的櫻花風姿絕美。在這庭園中，單是櫻樹便有十棵之多。

現在，庭園中僅有散佈各處的常夜燈發出幽微的白光，在我眼中，只看得見貫穿庭園的踏腳石。經過池畔時，可能是鯉魚跳起吧，「啪」的響起水聲。

岳父穿著和服，待在面向庭園的和室。他坐在放在緣廊的扶手椅上，戴著看書用的眼鏡。

「去書房談吧。」說著，讓我先走。對於我的突然來訪，他並無驚訝之情。時間已過了晚間八點。

在這雖然不管來過幾次，還是會對這裡的精心裝潢感嘆不已，卻永遠無法習慣的大宅裡，唯有岳父的書房另當別論，能讓我安之若素，眞是不可思議。想必是因爲這裡華美的成排書架和大量的書本吧。書本，總是把我和陌生的世界連結，扮演了親切的仲介者。當初菜穗子要是不愛看書，就算再怎麼被她吸引，我想我還是無法下定決心娶她吧。

岳父背對書櫃，坐在桌後。我把桌前的高背椅拉過來坐下。對，這個位置關係，也是讓我鎭定下來的主因。這不是家族，而是主從的位置關係。適合我的位置，不在岳父旁邊，也不是和岳父同席，而是岳父桌子的另一邊。

「報告書我看過了。」岳父主動開口。多盞間接照明的燈光，令他的臉孔半明半暗。

「你的傷勢不要緊了嗎？」

「沒事了，不好意思讓您操心了。」

女傭端來紅茶。

「你是開車來的吧？」

「是。」

岳父嚴禁喝酒開車。而我，現在也還不覺得需要酒精。紅茶的香氣莫名地令人懷念。

女傭離去後，岳父在紅茶中加入兩匙砂糖。

「騎自行車的小孩出面自首的事，聰美已經通知我了。當時我正在開會，但她留了話。之後，我還沒和她談過。」

「應該是我通知您的。對不起，我又遲了一步。」

「那倒無所謂。不過，總算沒事了。」

雖然梶田不可能起死回生——岳父咕噥著，喝起紅茶。然後又補上一匙的砂糖。

「怎麼了？」說著，他看著我問道。

我一邊看著岳父攪拌紅茶的手，一邊說出野瀨祐子的事，今日的水津之行，包括在那兒發生的經過情形也說了。

說完仰臉一看，岳父的手肘撐在紅茶茶杯旁，手托著腮。

「原來是這麼回事。」

「是，就是這麼回事。」

岳父微笑。

「看你好像非常沮喪，沒想到你這把年紀還這麼純情。」

「會嗎？」

岳父指的是野瀨祐子的事嗎？抑或是梨子與濱田的事呢？

「不管哪一樁，都不是常有的事，但也不值得大驚小怪。至少，應該不是那種會讓人驚聲尖叫躲到桌下的事吧。」

「可是，梶田夫婦涉及的行爲……是犯罪。」

「如果就觸犯法律的角度而言的確是。」

燈光落下的影子，使得岳父如猛禽般的五官更顯銳利。可是，岳父看起來又非常閒適，看起來好親切。

霎時，我悚然一驚。

岳父的表情道盡了一切——雖然沒有觸犯法律，但我可是做過很多更可怕的事喔。包括背叛與野心、算計與暗鬥、巧奪與祕匿。

人就是這樣。只要迫於需要，什麼都敢做。岳父毫無粉飾地，如此告訴我，問題只在於你是否背負得起。

我讀出了他的未盡之語，並且為之感到親密。

岳父就是因爲確信我會有這種感受，才浮現微笑。

「野瀨祐子的事，你打算告訴聰美嗎？」

我被剎那之間閃過的醒悟分了神，來不及回答。岳父又問了一次。

「你打算怎麼辦？」

「老實說，我拿不定主意。不過現在，我覺得不說出眞相也無所謂了。」

「反正，她現在恐怕也無暇分神管這個了。」

岳父說得不帶感情。不是因爲冷酷無情，純粹只是就事論事。

「那邊就交給你處理。還有，出書的事已經取消了對吧，反正也沒那個必要了。」

「我個人，多少還是有點遺憾。」

「那是因爲基於編輯的立場嗎？」

「這個嘛，我也不知道。」我眞的不知道。

「聰美、梨子與濱田三之間的問題，不是你該插手的。雖然這應該用不著我提醒……抑或，你眞打算出面仲裁？」

「不，我沒那個本領。」

岳父低聲笑了。

「年輕人就是這樣，沒辦法。最好的辦法就是袖手旁觀。讓他們盡量鬧個夠，他們應該會自己解決。」

「會長，您見過濱田嗎？」

「不，沒有。聽美沒替我介紹過。雖然邀請我出席婚禮，但那應該只是出於禮貌。聽美想必也認爲我不會出席。」

「這樣嗎？」

您不是很疼愛聽美與梨子嗎？不是還去過梶田家，買過小禮物送去嗎？

那個跟這個，是兩回事嗎？

我喝著香氣散去的溫紅茶。

「記得有一次，你不是問過我，」岳父望著整齊排列的書背，開口說道。「關於梶田，你問我有沒有察覺到什麼。就是我們在遊樂俱樂部談話時。」

「對，我是問過。」

不知爲何，當時那個問題令岳父趣味盎然地雙眼發亮，看著我。

他現在又露出同樣的表情。「我的確察覺到什麼。」

說著，岳父把手籠進袖中。從和服袖口露出的手臂枯瘦如柴，即便在讀書用的柔和間接照明下，也看出他的皮膚乾澀。

那是老人的手臂，老人的皮膚。他老了，累了。

驀地，友野榮次郎的臉孔浮現眼前。

岳父說：「當然，不是察覺到此人曾經涉及犯罪這麼具體的感覺，我可沒有千里眼。」雖然在財界，有段時期他的確被人稱爲千里眼。

「只是自然而然地……，砰地撞上心頭，覺得他的眼睛深處好像藏著什麼。我也不太會形容。」

「可是，您還是雇用了梶田當私人司機。」

岳父想了一下，訂正我的說法：「不是可是，應該說正因如此。」

岳父一靠向椅背，黑皮椅子的椅背便無聲傾倒，承接著老人的身體。

「我現在的立場，被重重保全裝置包圍，等於是整個公司包圍著我。爲什麼說是包圍呢？因爲我就是公司的保全裝置。不過，現在只是保全裝置的一部分了。」

他有點失神，唯有眼睛像調皮的小鬼閃閃發亮。

「有時，我會對這種情形感到厭煩。該說是不耐煩嗎？也可以說是覺得無趣吧。如果用現在流行的說法，大概就是很不爽吧。」

我小聲笑了，岳父也笑了。

「所以，有時我會忍不住想故意反抗，就像老毛病發作一樣，雇用梶田也是出於這種心情。」

對於岳父的話，我試著解釋——

自己還有眼力足以分辨值得信任和不能信任的人嗎？還有這個力量嗎？即便脫離一手打造的今多財團這巨大的保全裝置，我還是管用的嗎？不如稍微試驗一下吧——

「不過，我一雇用他後就忘記這個了。梶田的駕駛技術很好，和我也很投緣。最重要的是，他的口風夠緊。他有一張『石頭嘴』。這種人很少見，比那種稍有能力與才華的人更可貴。在今後的社會上，這種人說不定會絕種。」

那是因爲梶田自己也有絕對不能洩露的祕密，才會變成石頭嘴。

「我想，就是這樣吧，如此而已。」

岳父把掀起的和服袖子重新拉好，轉身面對我。

「辛苦你了，給你添了麻煩。」

我默默鞠躬。

「好久沒看到桃子了，改天我們一起吃個飯吧。」

「好，桃子一定也會很高興。」

有時，我們會有這樣的對話，不過三次當中只有一次會實現，因爲岳父的時間並不屬於他自己。

突然間，彷彿棲息在我心中那塊地圖尚未畫出的蠻荒之地的蠻族發出高叫般，一個念頭驟然湧現。

有一天，我想出一本描述岳父生平的書。我想做那樣的書。

我想知道岳父是什麼樣的人。我想鉅細靡遺地挖掘出連岳父自己也不了解的部分來，描繪出他的人生地圖。我想探索岳父。

所以——

請長命百歲。紅茶加兩匙糖就好。

彷彿什麼也沒發生過，新的一週開始。

椎名妹得知少年自首後很替我高興——雖然可憐，但總比一直活在陰影中掙扎好多了耶。

我也這麼想，打從心底這麼想。

在那之後，我不得不想。得知自己罹患癌症，死神逐漸接近時，梶田太太在想些什麼呢？是鬆了一口氣，慶幸終於把祕密堅守到底？抑或覺得沒看到孫子就得離開人世是某種報應？

躺在盛夏熾熱的水泥地上，即將失去意識的剎那之間，梶田又在想什麼呢？臨死之際應該會浮現某人的面孔吧。是在另一個世界等他團聚的妻子？是他心愛的女兒們？抑或是不久前還在他眼前，睽違了二十八年歲月的野瀨祐子呢？

對於保護野瀨祐子的棄屍之舉，梶田夫妻應該至少後悔過一次吧。

他們難道沒想過，就算是有再怎麼走投無路的苦衷，野瀨祐子的行爲畢竟還是犯罪嗎？

如果再更進一步，那就更加不得不多想了。野瀨祐子當時眞的殺死父親了嗎？二十八年前，梶田夫妻奔赴盛夏的八王子黑夜底層時，祐子的父親眞的已經死了嗎？只是被推開、倒地不起，說不定還尙存一口氣？或者，也許梶田夫妻開著友野玩具的小貨車運送「屍體」的途中，在秩父深山中忙著挖洞之際，那具屍體又起死回生了？

野瀨祐子逃走還說得過去，可是連梶田夫妻都不得不倉皇逃離八王子——其實可以讓祐子一個人逃走，夫妻倆繼續留在友野玩具——直到最後都不肯告訴她父親埋在哪裡……把這兩件事聯想到一塊之後，我的想像不由得漫無邊際地馳騁。

接著，我打從內心最深處感到恐懼、悲哀，硬是勉強自己切斷那種想像。

我在想，真相，已經永遠無人知曉了，真相也是有壽命的。

然而，晦暗的祕密將會折磨人生。就算再怎麼努力振作，還是會殘留在人生某處，並在當事人意想不到之處落下陰影，梶田夫婦留給梶田聰美的就是那個。

在夏日之中，穿著紅色T恤，騎著自行車破風飛馳的少年啊，你不該重蹈那個覆轍。

「杉村先生，我跟你說喔，」椎名妹難得如此含羞帶怯地對我說。「我和男朋友和好了。」

「真是太好了。」

「我們整整講了三個小時的長途電話。這個月我的零用錢要破產了。」

「放心吧，椎名妹。」

「啊？你的意思是會一直請我吃午餐？我不用勉強忍受公司供應的食物和便宜的立食麵條了？」

「不是的。我的意思是，就算是遠距離戀愛，也用不著灰心。」

「搞了半天是這樣。」

「就算對方近在眼前，該貌合神離時還是會貌合神離。」

高頭大馬的椎名妹以和我平行的高度，瞪大她那雙漂亮的眼睛。

「我作夢也沒想到，居然會得到杉村先生的戀愛建議。」

梶田聰美打電話來時，我和桃子正在泡澡。我連忙起身，套上浴袍就在書房接電話。

給你添麻煩了，她說，語氣像是在道歉。並未含淚，也許淚水已經哭乾了吧。

「妳和梨子……」

「談過了。她和你在水津見面的那天，晚上一回家就和我說了。」

我沒問她聽了之後作何感想，但她還是說了。「今後的事，我打算好好商量之後再決定。」

「和誰商量？」

聰美默然。

「聰美，」我喊她。「實在很抱歉，我的能力有限，無法確認妳四歲時那段遭遇的眞相。」

聰美以慵懶的、嘆息之中甚至帶點動感的聲音，說了一聲「噢」。

「不過，和友野玩具的社長和關口談過之後，我倒有個想法。我還是認爲那應該不是綁架，也許是什麼糾紛吧，不過並不嚴重。妳這二十八年來都忘不了那個陰影，其實是錯的。妳何不就此忘懷呢？」

按照箭頭的指示方向反過來走，追溯過去的時光，這種樂趣只要留在去參觀博物館和歷史紀念館時就夠了。當我們走出建築物時，陽光依舊燦爛。

「妳很清楚令尊令堂過去所吃的苦，就把它當作令人懷念的回憶吧。只要妳願意，應該做得到，也應該努力向前看。」

就算妳再怎麼提心吊膽，提防著不讓幸福逃走，就算妳再怎麼頻頻回顧，確認有沒有東西撲上來攻擊，還是不足以成爲任何防禦。

最實際的例子，就是濱田背叛了聰美。

聰美的幸福逃走了。

所以就算一直往後看也沒用。

我拚命地，試圖讓她明白這點。

電話中的沉默太深，我甚至以爲她已經不在了，懷疑自己是否正對著虛空徒然說教。

終於，聰美的聲音傳來。彷彿電話本身在發抖般，她聲音中的戰慄，透過耳朵與手，令我感同身受。

「……這不是第一次了，以前也發生過。」

「妳是指什麼？」

「梨子她……做的事。」

我揉揉眼。頭髮還是濕的，頭一動就滴下水。

「梨子念高一那年。當時，我和在上班地點認識的某個男人交往。他是個好人，是第一個讓我產生結婚念頭的人。」

所以聰美找了個機會，把他介紹給家人認識。

「後來過了一陣子，他……眞的很尷尬地向我吐露一切。他說梨子打電話約他出去，兩人也見過好幾次面。」

那時，梨子也是這麼說的：你是我姊的情人，而且應該早晚會結婚吧，到時就會成爲我的姊夫，我想先和你打好關係。

「他一個人住在外面，梨子主動跑去他的住處。還說因爲是他的小姨子，在超市買了一大堆東西帶去替他煮晚餐。」

身爲聰美的男友，就算感到困惑，想必也難以當面拒絕吧。

「他向我道歉。因爲知道梨子沒有惡意，又是個可愛的女孩，最重要的是，她是我妹妹，他難以拒絕。」

可是最後，他終於說出——

「梨子勾引他上賓館。她說已不再把他當成姊夫，而是當成一個男人愛上了。」

喜歡撒嬌、善於黏人、會讓男人滿心幸福的梶田梨子。

可是聰美的男友是個遠比濱田利和像樣的男人。

「他對我說：『對不起，老實說我覺得很噁心，不知該如何應付。我想暫時保持距離，順便好好思考妳和我的事。』他眞的是個好人對不對？我當場就一口答應了。」

「那時，妳和梨子……」

「我沒告訴她。我知道他說要好好思考，其實是不忍心傷害我，其實我們之間已經完了。可是，我不想讓梨子發現，我不希望她知道我受到傷害。」

「我也有我的骨氣！」聰美用拔尖的語氣說道。

「梨子也一臉若無其事的樣子。」

我想了很多，有好多話想說。妳和梨子是在爭奪父母關愛之下長大的。妳羨慕梨子是爸媽的第一顆星，而梨子嫉妒妳是爸媽的戰友。

妳個性膽怯，梨子卻是鬥士。爲了打倒妳，她用搶走妳東西的方式，來證明自己比妳強。這就是梨子的生存方式。而妳明知這點，既不認輸也不求勝。那是妳的生存方式。

夠了，這種分析有什麼用？

我保持沉默。

「我們倆，明明是相依爲命的親姊妹，」聰美低語。「爲什麼老是會變成這樣呢？」

我很想告訴她，正因爲如此，梨子才會總是以妳爲目標。我很想告訴她，其實妳應該也很清楚。

但我沒這麼說，反而開口說：「妳的人生屬於妳自己，誰也沒這個本事把它奪走。」

「眞的是這樣嗎？」

「眞的。」

「如果我爸媽還活著，看到我們這樣，一定會很痛心吧。」

「令尊令堂已經過世了。他們什麼也不知道，也不會痛心疾首。」

泣。

電話再次震顫。聽美在哭。我暗自祈禱，但願在她老是畏怯流淚的人生中，這是她最後一次哭泣。

「要是我爸還在，一定會站在梨子那邊，叫我讓給她。」

我不由自主地動聲說：「這怎麼可能！妳在胡思亂想什麼？」

「因爲我爸比較愛梨子。」

「我也是有女兒的父親。妳是女兒，不是父親，所以妳要聽我的。梶田先生如果健在，他首先會做的，是狠狠揍濱田一頓。而且，他應該會破口大罵，叫他滾出兩個寶貝女兒的人生。」

滑過我額頭的水滴，從臉頰流到下巴，就像聽美的眼淚。

「這次，妳不也早就發覺梨子與濱田的事了嗎？」

聽美沒有回答。

我咄咄逼人。「妳不可能完全沒察覺吧。我說的對嗎？」

「對。」

「和濱田見面時，妳是因爲這個緣故故意拿下婚戒吧？」

聽美沒回答這個問題，僅僅自嘲：「我很白痴吧？」

「他好像也發覺了，但他似乎沒把這事看得很嚴重。」

濱田不屑地說「我倆半斤八兩」時的語氣又在我耳中迴蕩。到現在都令我噁心，噁心得想吐。

「雖然妳做出這樣的暗示，卻不質問他，也沒有生氣。」

「我並不生氣。」

可是聰美現在生氣了。她說話的速度越來越快。

「我還是裝作不知情，以爲那是最好的辦法。只要不知道，就等於沒有發生過，這樣我就滿足了。我本來打算隨他們去。」

明明因爲害怕，在什麼事都還沒發生時就已開始找妖怪，可是一旦眞正的妖怪現身，她卻佯裝沒看見。那同樣也還是因爲害怕。

「只要我們結婚，梨子就不得不對濱田死心。我以爲這樣就可解決一切問題，這次應該可以得到幸福。」

「就算妳大度能容，但妳和這種同時周旋在兩姊妹之間、腳踏兩條船玩弄感情的不誠實男人在一起，也絕不可能得到什麼幸福。」

這你就錯了，這純粹是你個人的看法——岳父大概會這麼說吧。幸福與否全看當事人自己，用不著旁人多嘴。

可是我還是說了。

聰美嗚咽。聲音上揚，越來越高亢。

「我應該沒拜託你替我調查這種事吧，沒有吧？」

這倒是事實。

聰美不是生梨子和濱田的氣，而是在生我的氣。

「你爲什麼要跑去什麼水津？我又沒有拜託你。你爲什麼不肯袖手旁觀？」

「聰美……」

「像你這種好命的人，根本不可能理解我的心情！」

我和聰美都巴不得逃入沉默中。可是本該成爲避難所的沉默，卻在聯結我倆的電話線中縮得小之又小。

「我很抱歉。」我說。

對不起，聰美說。聲音小得幾乎低於人耳的聽覺頻率極限。

可是妳會幸福的。就算被什麼東西、被什麼人苦苦追趕，尖叫著躲到桌下，遲早還是得爬出來。一旦出來了，世界依然在那裡。

我還沒來得及說聲祝妳幸福，電話就掛斷了。

放下話筒，終於從那裡鑽出來的沉默，一股腦地籠罩著我。

我打了個噴嚏。

這年頭眞方便。只要用網路檢索一下，待在家裡就能查遍各種事情。

我和妻子挑了幾家ＫＴＶ，一一檢視相關資訊，想找一家既不會廉價到有大批學生聚集吵鬧，又不會高級到莫名其妙，就算帶四歲女兒去也沒問題，令人舒心順眼的店。

就這樣，爲了確認我們的評鑑是否正確，我們一家三口意氣昂揚地出發了。

我們的眼光很準。包廂設備清潔美觀，食物和飲料也很美味，歌曲數量相當豐富，店員態度親切。唯一的缺點，就是隔壁唱歌的聲音不時傳來。

起先由桃子單獨表演。她以不輸給隔壁的氣勢大唱特唱。妻和我都笑得東倒西歪，猛打拍子鼓勵她，還不時跟著唱。

接著，終於輪到妻子初展歌喉。

「其實我偷偷練習過，也請河西太太幫我鑑定了。河西太太很會唱KTV喔，她還加入了同好會呢。」

前奏一開始，妻就向桃子說明，這是外公喜歡的歌。

「媽媽，加油。」

「嗯，我會加油。」

妻子慢了一拍才開口。她很緊張，歌聲和拿麥克風的手都在抖，就像參加才藝發表會的小朋友。這樣顫抖的聲音，我願意聽上一輩子。

妻子的雙瞳明亮、歌聲溫柔，替我洗去了一切煩囂。我把桃子抱在膝上聽得入神。

——恭喜。

同時我也回想起梶田祝福我時的笑容。

稍等一下　車夫大哥

我看中你
想託付你　把這封信
偷偷交給他　偷偷討個回音
不讓人發現
可以嗎

喂　對方的名字
問了就

（全文完）

解說　曲辰

在城市的邊緣看見幸福的光

有個鏡頭，是在哪部電影裡看到我已經不記得了，以文字表現的話大概像這樣：在海邊小鎮的巷弄裡，天色是那種大亮的地中海陽光，有點曝光過度似地刷淡，攝影機就像擱在地上一樣，遠遠地拍著牆角的小草、經過的女人裙襬與花鞋，然後在某處傳來的異國民謠歌聲中，慢慢融出，直至全黑。

不知道爲什麼，雖然《誰？》是宮部近年來難得的現代推理小說，但是看完後卻給我一種如上面提到的鏡頭般的懷舊感。

更有趣的地方在於這麼具有復古風味的小說，背景居然是在台灣人想像中光鮮亮麗、無比先進的城市——東京。

以東京爲舞台的推理小說可說是多不勝數，如大澤在昌的「新宿鮫」系列，以新宿最爲繁華的歌舞伎町爲中心，輻散出屬於東京的魔性與活力；還有赤川次郎諸多發生在東京的故事，則是將這個城市的繽紛多彩、快節奏給描寫出來；就算是以略微過時的池袋爲背景，石田衣良眼中的東京街道，仍舊熱鬧糜爛到一種地步。

相較於上述這些作家，《誰？》中的東京，則是安靜、樸素、單純，而當我們注意到小說中偵探的身分後，這份靜謐感更加顯得彌足珍貴。

本書的偵探杉村三郎有個很特別的設定，他娶的妻子是日本數一數二的今多財團會長的女兒，照理講，尤其是在日本這種親屬關係可以凌駕一切的社會，一般的作者要是賦予筆下偵探如此顯赫的「身分」，通常都不會浪費。或許讓他成爲如蝙蝠俠一般靠著錢財行俠仗義的英雄，或許讓他成爲日本商界重要的金融偵探，至不濟都應該會充當岳父的臥底員工，探查公司內外發生的一切事情。

但是宮部並未如此照本宣科，反而塑造出偵探相當溫柔的性格，雖然並非原本所願，杉村仍舊將與妻子結婚視爲天降的幸福，並戰戰兢兢地捧著那名爲幸福的水杯，深怕稍一不愼什麼都打翻了。也就是，杉村基本上就是個普通人的形象，做著一份普通人的工作，有著普通人的思考模式，他並不把探究眞實當作自己的天職或責任，只是被動地等待問題來找他。

因此，整本小說的基調都相當低調壓抑，小說場景同樣具有復古風格。雖然作者將杉村上班的地方設定在東京新橋這個相當熱鬧的地方，去過的人大概都會注意到那邊櫛比鱗次的高層大樓、具現代感的街道與街上看來都是菁英的上班族，不過杉村並未如讀者所期待，在那個由「鋼鐵和玻璃打造而成，宛如巴別塔」的大樓頂端上班，而是在大樓背後一間三層樓的洋樓中任職。也就是說，作者並不是不知道東京先進、亮麗的那一面，但在選擇之後，她決定將目光對準在超高層大樓背後陰影的那些城市邊緣。

我曾經在某篇文章中提到，宮部美幸的小說視線是很低的，她以一種比平常人還要低上許多的視角，來注視整個城市，所以她的小說會表現的也多半是我們所能看到的。加上她往往注意著城市較爲平淡的那一面，可以發現，她的確是徹底選擇了「庶民」作爲寫作的素材以及訴說對象。

因爲所謂的超高層大樓、超繁華鬧區，都不是屬於庶民的，大樓背後代表的資本主義邏輯是由有錢人把持著、鬧區則是集中所有人的消費性格而產生的，除去少數人之外，每個人都還是過著搭電車上下班，擔心房租繳不繳得出來的日子。多數的時候，那些東京人是在城市比較不引人注目的地方過著自己的生活，只求守住屬於自己的幸福而已。

這點在《誰？》中看得格外清楚，裡面每個主要的角色幾乎都是爲了尋找或保有自己目前的幸福而存在的，主角杉村不用多說什麼，他爲了保有自己那水杯般的幸福可以做出任何努力；梶田聰美則因爲過去的經驗，總是不信任自己的幸福究竟是否確實，小心翼翼地企圖不讓任何人碰觸到過去；梶田梨子卻是相反，正由於她並未與雙親以及姊姊共同經歷過那段過去，孤獨地成爲「第一顆星」，於是在無法驗證自己幸福爲何的情況下，決定不斷地向姊姊追索屬於她的幸福。

所以這本小說註定沒有「壞人」，每個人都只是爲了追尋自己的幸福而做出決定與行動。只是幸福之路總是崎嶇的，偶爾某個人與另外一個人的路程就會打結，或許可能是悲劇、或許可能是喜劇。梶田夫婦與野瀨祐子的相遇成爲悲劇的起點，直到自行車撞死梶田信夫後，悲劇的全貌才在偵探的介入而全盤揭露；不過杉村與太太的相遇一開始像是悲劇，到了後來卻似乎是幸福的起點。

這樣看來，《誰？》的副標題「Somebody」就顯得別有深意，在這邊我想這個單字應該不是用「是個人物」的含意，而是與本書卷首詩的篇名「某人」所呼應。我們總是與某個人相遇、與某個人告別，相遇不一定是喜悅的，告別也不一定悲傷，只是幸福總交織在我們與「某人」的交會中，或許一開始毫無線索，但在後來回頭想想，才發現「啊，要是當初沒遇到他，我也不會……」。

不過我最爲驚豔的部分，還是在於宮部美幸將昭和時期的歌謠引渡進本書中，美空雲雀的〈車夫大哥〉開頭輕快的曲調到了後面變成婉轉的傾訴，彷彿是在暗示，這樣的人與人的相遇，並不是只在這個時代才會發生，而是從有人類誕生以來，就不斷出現。於是本書不僅有當代人的悲歡離合，更有屬於人類的共通經驗。

印度有個相當古老的提問：「何事凡人皆不可避免？」當然，死是一定不行的，但這邊指的卻是人們會不斷地去追求、去把握的，答案就是：「幸福」。正因爲人們無法避免追求幸福，因此出現各式各樣的故事。我們只能不斷努力，嘗試著在城市的邊緣看見幸福的光。

或許那道光相當微弱，但不管如何，那是屬於我的幸福。

本文作者簡介

曲辰

接觸推理小說以後，就自動分裂爲三位一體的生物，作爲一個讀者要求完整的故事、作爲一個評論者要求更深層的咀嚼、作爲一個未來的創作者要求絕對的文字宇宙。目前雖然努力整合中，但時有齟齬，希望能早日尋找到一個平衡點，不使跌躓。

宮部美幸

作品集 / 30

Miyabe Miyuki

誰？

國家圖書館出版品預行編目資料

誰？/ 宮部美幸著；劉子倩譯. -- 二版. -- 臺北市：獨步文化：家庭傳媒城邦分公司發行, 2015〔民104〕
面；　公分. --（宮部美幸作品集：30）
譯自：誰か Somebody
ISBN 978-986-5651-21-3（平裝）

861.57　　104003763

原著書名 / 誰か Somebody・作者 / 宮部美幸・翻譯 / 劉子倩・特約編輯 / 鄭靜儀・責任編輯 / 王曉瑩（初版）、陳盈竹、陳亭妤・總經理 / 陳逸瑛・發行人 / 涂玉雲・行銷業務部 / 陳亭妤・陳玟潾・版權部 / 吳玲緯・出版 / 獨步文化 城邦文化事業股份有限公司 台北市中山區民生東路二段141號5樓　電話 / (02) 2500-7696　傳眞 / (02) 2500-1967・發行 / 英屬蓋曼群島商家庭傳媒股份有限公司城邦分公司 台北市中山區民生東路二段141號2樓・讀者服務專線 / (02)2500-7718; 2500-7719・服務時間 / 週一至週五：09：30-12：00、13：30-17：00・24小時傳眞服務 / (02)2500-1990; 2500-1991・讀者服務信箱 E-mail / service@readingclub.com.tw・劃撥帳號 / 19863813 書虫股份有限公司・香港發行所 / 城邦（香港）出版集團有限公司 香港灣仔駱克道193號東超商業中心1樓 電話 / (852) 25086231 傳眞 / (852) 25789337 E-mail / hkcite@biznetvigator.com 馬新發行所 / 城邦（馬新）出版集團 Cite (M) SDN. BHD. 41, Jalan Radin Anum, Bandar Baru Sri Petaling, 57000 Kuala Lumpur, Malaysia. 電話 / (603) 9057-8822 傳眞 / (603) 9057-6622・美術設計 / 謝佳穎・印刷 / 中原造像股份有限公司・排版 / 浩瀚電腦排版股份有限公司・2008年1月初版・2023年10月12日二版3刷
定價 / 399元
Printed in Taiwan　ISBN 978-986-5651-21-3

宮部みゆき